猫だけがその恋を知っている(かもしれない)

櫻　いいよ

JN052862

集英社文庫

目次

猫だけがその恋を知っている（かもしれない）

プロローグ

海と山が近い町は、食べ物がおいしい。

自信満々にそう話す女性を、塀の上にいた猫は見ていた。女性の隣にいる男性が「めちゃくちゃ期待してんじゃん」と目を細めて言う。

ふたりは駅に向かって歩いていた。普通ならバスを利用する距離だ。けれどこの町のバスは三十分に一本しかなく、コンビニ前のバス停で時刻表を確認したところちょうど出たばかりだったようで、駅までのんびり歩こう、という話になったらしい。

駅まではバスで二十分なので、歩けばそれなりに時間がかかる。けれど、ふたりはそんなことは気にしない様子で夕暮れの道をのんびり歩いていた。

八月上旬は、夕方になっても暑く、額にじんわりと汗が浮かぶ。

「住む土地の食べ物はおいしいほうがいいでしょ」

「ほんと食べるのが好きだよなあ。でも、たしかに魚はおいしいだろうな」

「川もあるから川魚も期待できるよね。山菜もあなどれない」

女性が山菜の天ぷらは最高だと男性に力説しはじめる。男性は苦笑しつつも女性にあたたかな視線を向けていた。

「にしても、のんびりした町だよな、ほんと」

「駅はそこそこ大きいから駅前にはビルとかあるのに、この辺にはなにもないね」

「駅前は土地開発中なんだってさ。マンションとかビルとか店とか、これからもどんどん増えるだろうって不動産屋のおじさんが教えてくれた」

「なんでわざわざこんな不便な町に住むんだ、って不思議そうにしてたんじゃない？」

「駅前とこの町の家賃の差見たら、こっち一択だろ」

「まあ、車があれば問題ないよね。こっちのほうが静かだし」

「おいしい食べ物のある海と山が近いしな」

そうそう、と女性が笑う。

ふたりは遠くを見つめながら同じ速度で歩く。左手には山があり、右手には——ふたりの視界には映らないけれど海があった。線路の向こう側のため、潮の匂いもあまりしない。背後にはその海へと繋《つな》がっている川が流れている。

山、海、川が揃《そろ》った穏やかな町。高い建物はほとんどなく、町を包み込むように空が広がっている。

猫はふたりと一定の距離を保って後ろをついていく。

川のそばの六丁目のほうが景色がよさそうだったんだけどなあ、あの辺はアパートがなかったんだっけ、五丁目の物件も間取りはよかったけど線路のそばで騒がしかったし、最終的にいい部屋が見つかってよかったね。川とか海で釣りもできるのが結構楽しみだな、じゃあ魚をさばけるようにならないと。

ふたりの会話に猫はピクピクと耳を動かした。

どうやらこの男女はこの町に住み着くようだと判断する。そして、この町のことを楽しそうに話す姿に、なかなか見る目があるな、と猫は偉そうに顎を上げた。

バスが走る三丁目と四丁目のあいだの道沿いには、たくさんの猫が集会をしている大きな公園があった。今日は休日だからか子どもたちが遊具で遊んでいて、ベンチにはお年寄りが心地よさそうに座っている。子犬ではないけれど成犬でもない若い犬がわうっと大きな声で鳴いた。

ふたりはその光景を穏やかな目で見つめる。そして目を合わせて「いい町だ」とどちらからともなく言った。

広い土地と空、そして山と川と、見えないけれど車で行けばすぐそこに海のあるこの町を、ひとは中途半端な町だと言う。

住宅街と呼べるような景色ではなくとも、それなりに住人がいる。けれど、町にはコンビニは二軒だけで、スーパーはない。一丁目にはいくつかのビルがあり、二丁目には食堂や喫茶店があるが、それも結局は隣の駅のそばの町――このあたりでは高級住宅地として知られている――のおこぼれのようなものだ。

便利とはお世辞にも言えない。住んだら不便な面はたくさんあるだろう。

けれど、この町はいい町だ。

なにせ、この町には、猫がいる。

――この町を、この町のひとたちを守る、猫がいる。

「あ、猫」

女性が視線を感じたのか不意に振り返り、猫に気づいた。つられて男性も振り返り目を細める。

自分の姿を見て幸せそうな表情を見せるふたりを、猫は気に入った。

ようこそ、ぼくらの町へ。

猫がそう言って声をかけると、ふたりは「返事した」と目を丸くして喜んだ。

ふたりを猫は歓迎する。

この町は、猫のいる町だから、猫好きは大歓迎だ。

この町は、猫が幸せであるために、ひとも幸せにしてくれる――かもしれないから。

きっとふたりも〝この町にきてよかった〟と思うはずだ。
猫はふふんと鼻を鳴らして胸を張った。

❶ ねこ町3丁目のコンビニ

お節介を焼くのは、暇だからだ。

この町は、安全安心、そして快適である。食事に困ることはないし、寝床は至る所にあるし、住んでいるにんげんたちはみんなぼくらに従順だ（どうやらにんげんはぼくらの下僕らしい）。

そのかわり、暇すぎて息をする以外にやることがない。ぼくの自慢の尻尾も退屈そうに揺れている。

だからぼくらは、暇つぶしに精を出す。

「最近、新しいにんげんが増えたよなあ」

ちょうど満開になった桜の木の下から空を見上げてぼくは呟《つぶや》く。この季節は、気を抜くとすぐに瞼《まぶた》が重くなってくる。暇だし。

「春だから、猫も増えるしにんげんも増えるんじゃね？」

ぼくとおそろいの耳をしたハチワレが大きな欠伸《あくび》をしてから素っ気なく答える。

「にんげんも春になると恋をしたくなるのね。品がないわよね。やっぱりわたしたちみたいにひとりでどっしり構えて生きていかないとだめなのよ」

ツンと澄ました表情で花子《はなこ》が偉そうに言った。

「にんげんの発情期は静かだからいいけどな」

「いやあ、なかなかうるさいよ」

ぼくが顔をしかめると、そばにいたみんなが「なんだなんだ」と目を輝かせて近づいてきた。思ったよりも食いつきがよく、ちょっとびっくりする。心を落ち着かせようと、以前よりも動きの悪くなった右の後ろ足を舐《な》めた。もったいぶらずにはやく話せよ、とハチワレはまた欠伸をしながら言う。

「あのコンビニとかいう、なんでも出てくる家の男が発情期真っ最中なんだよ。ずっと発情してて、食事中もうるさいんだ」

「ああ、あいつか。あいつは普段からうるさいけどな。鬱陶しくて最近行ってないな」

「おいしいものをくれるとしても、あいつは食事の邪魔だ」

「にんげんは春でなくても、年がら年中発情してるらしいぞ」

このあたりで最年長の助六《すけろく》さんが耳の裏を後ろ足でかきむしって言った。その瞬間、みんなが「マジで」「なんで」「変なの」「大変じゃん」と口々に叫びだす。ぼくも驚きを隠せない。とくにぼくらは一般の猫とはちがう高尚なポジションに君臨しているため、そういうものはないから余計だ。ぼくらは発情期で我を忘れるようなことはない。

「にんげんがそんなに大変な生き物だったなんて……」

「かわいそうに。もう少しやさしくしてあげてもよかったわね」

「こりゃあ、放っておけないな」

「ほんと、ややこしい生き物だな、にんげんは」

「仕方ないなあ。これもにんげんの面倒をみているおれたちの義務ってヤツか」

「そうだな」

そう言い合ってみんなが頷《うなず》く。そのまま数匹が目をつむって動かなくなった。

春の心地のよい風が、ふわふわと迷子のようにぼくらのまわりにあった。鼻をひくつかせると、花と土のかおりがする。かすかに雨の匂いもして、眉間にシワを寄せる。雨の日は後ろ足の古傷が痛むからきらいだ。そうでなくてもひなたぼっこができないのでテンションが下がる。

「暇だしな」

間を空けて誰かが言った。みんなは「だな」と半分寝ぼけたような声で返事をする。

ああ、暇だ。暇で、仕方がない。つまり、そういうことなのだ。

お節介を焼くのは、暇だからだ。

——ひとも、猫も。

＊

栗色《くりいろ》のショートボブの毛先が、春風に揺れていた。裾がすぼまったタイプのカーキのパンツに、ゆったりとした白いブラウス。黒色の革のショルダーバッグは、シンプルでありながら、どこかおしゃれ感が漂っている。ローヒールのパンプスが、歩くたびに地面をコツコツと鳴らす。

「あの……!」

背中に呼びかけると、彼女は振り返る。

コンビニのライトに照らされたその姿を見て、一瞬渉《わたる》の息が止まる。二十代後半だと思われる落ち着いた雰囲気なのに、軽く首を傾《かし》げる表情がとてもかわいらしかったからだ。

渉はぎゅっと拳を握りしめる。

どこからか、春の匂いがする。にゃあーと猫が鳴いている声が聞こえる。足元には、桜の花びらが数枚落ちていた。

「あの……!」

さっき呼びかけるために口にした台詞《せりふ》を、今度は彼女の目を見て発する。

「オレと、つき合ってくれませんか！」

「いや、無理です」

大学生、粕谷《かすや》渉（21）の勇気は、間髪を容《い》れずに粉々にされた。


有料のコンビニ袋に缶ビールとチーズ鱈《たら》を入れながら、渉はいつも彼女をちらりと見ていた。つり上がり気味の大きな目は軽く伏せられていて、まつげの影が目元に落ちている。仕事帰りなのだろう、彼女はやや疲れた表情をしていた。

チャリーン、という電子決済完了の音にハッとして、袋を差し出しながら「ありがとうございました」と声に出すと、彼女は「ありがとうございます」と丁寧にお礼を言って袋を受け取り去っていった。

決して、目は合わない。

コンビニ店員と客の接点なんてその程度のものだ。

一日一回、数十秒。

それが、渉と彼女の出会いであり、日常だった。

「それで満足しておけばよかったんだ……！」

コンビニと隣接した美容院の塀とのあいだの隙間道で渉は叫ぶ。

深夜十時にバイトを終えると、渉はいつもこの幅一メートルほどの、電球がひとつしか灯《とも》っていない暗い場所でしばらく過ごす。コンビニの脇に居着いている猫たちにおやつやご飯をあげるためと、日々の愚痴を猫相手に吐き出すためだ。

目の前ではグレーの体に白い靴下をはいているような柄の猫が、がふがふとご飯を食べていた。野良にしてはかなり毛並みがよく、すらりとしているもののやせっぽちではないし、人慣れしている猫だ。不思議なことに、常によく焼けたサンマの匂いを身に纏《まと》っているので、渉は〝サンタ〟と呼んでいる。サンマと呼ぶのはなんだかおかしな気がしただけで、深い意味はない。

渉がこのコンビニでバイトをはじめた三年前にはもう、ここには猫が集まっていた。

そもそも、お世辞にも都会とは言えない市のすみに位置するこの町には猫が多い。熱心な犬猫のボランティアが世話をしているため、野良猫たちは食べ物や住処《すみか》に困ることがなく、そこら中で自由気ままに過ごしている姿を見ることができる。だからか、店長はもちろんアルバイトも、客でさえも猫を気にすることがない。渉もバイトをはじめた頃はそういうものだとスルーして、世話はなにもしていなかった。

ある日、バイトの休憩中に、ひとりのんびりしたいと思ったのがはじまりだった。隙間道を覗《のぞ》きこむと野良猫たちがくつろいでいたので、お邪魔するかわりに手土産としてコンビニで売られている猫のおやつを差し出した。

二回、三回と回数を重ねると、猫たちは渉の姿を見るたびにご飯の催促をするようになった。ガラス玉のような目をまっすぐに向けられにゃあにゃあと鳴かれると無視することができず、店長やボランティアの人に許可をもらって、今ではバイトの日は休憩時間や仕事上がりに猫に食事を与えるのが日課になっている。完全に給餌係として猫に認識されているだろう。

でも、誰にも見られない場所で愚痴や悩みを吐き出す以上に、言葉の通じない猫を相手にすることで気持ちがスッキリしている自分に、渉は気づいてしまった。以降、渉にとってなくてはならない場所と時間になっている。あの女性と出会ってからは、特に。

「あーもうダメだ、オレはダメだ瞬殺だったもんなあうあああああオレのバカ」

明るめの茶色の髪の毛を、渉は無心でかきむしる。

もうちょっと段階を踏めばよかった、絶対変なヤツだと思ったよな、最悪だ、でもやっぱりあの冷たい目がいいよな、美人ってわけじゃないんだけど、モデル顔っていうのかな、スタイルは普通だけどさ、オーラがたまんないんだよ。そんな彼女にオレなんか無理に決まってるか。身の程を知れってことだよな。あー時間巻き戻らないかな、告白なかったことにならないかな。オレはダメだ、クズだポンコツだダメ人間だ。それにしても振り返ったときの顔がいつもよりも幼い感じがしてかわいかったなあ。ああやっぱり好きだ。もうちょっと段階踏むべきだったんだオレのアホ。

告白の反省だったはずが、だんだんといつものように彼女がいかに素敵で、彼女のことがどれだけ好きかという話にかわり、また告白の後悔を垂れ流す。

サンタに「どう思う？」と問いかけたけれど、見向きもせず食事に夢中になっている。なああ、としつこく話しかけると、欠けているほうの耳だけをぴくぴくと動かし、ちろりと不満げな視線を向けられた。

前までは、サンタと一緒にハチワレだったりキジトラだったり三毛だったりいろんな猫が数匹来ていたが、最近は姿を見かけない。コンビニで売っている猫のご飯に飽きたのだろうか。もしくは、自分の愚痴に嫌気が差したのか。

「渉くん、まだいたんですかー？」

自分を呼ぶ声がして慌てて口を閉じ顔をあげると、コンビニの駐車場からこちらに近づいてくるふたつ年下の紗菜《さな》の姿があった。肩下まであるカフェオレ色の髪の紗菜は、渉を見て大きな目を細めた。春らしい淡いピンクのスウェット生地のワンピースからは、すらりと細い足が伸びている。

「おう、紗菜ちゃん、おつー」

さっきまでキノコが生えてきそうなほどジメジメした空気を纏って沈んでいたにも拘《かか》わらず、渉は意識して親しげなやわらかい笑顔を紗菜に向けた。

「またバイト代で猫の世話してるんですか。ホント、渉くん猫好きですよねえ」

「だって、かわいいっしょ」

ヘラヘラと渉が答えると、紗菜はチラリと猫を見る。

サンタは満足そうな顔で口元を舐めている。ぎらりと光る黄緑色の瞳は常につり上がっていて、SNSで見かける猫のような愛くるしさはない。目の前のお皿に手を出せば鋭い爪で皮膚を切り裂かれそうな野性味が感じられる。

「ビミョー……」

「うはは。なんでだよ」

正直な紗菜の言葉に、渉は楽しげに笑った。

「紗菜ちゃんははっきりズバズバ言うよなあ」

「あたし、子どもとか動物見て母性丸出しで微笑《ほほえ》む女嫌いなんで」

「サバサバしてるよなー、ほんと」

「だってなんかあざとくないですか？　でも男はみんなそういうやっさしー女のほうが好きでしょ。だからあたしモテないんですよね。女として見てもらえないー」

「そりゃひとによるっしょ。オレはどっちでもいいし。紗菜ちゃんなら大歓迎だし。って、オレに言われても意味ないか」

渉の言葉に、紗菜がかすかに口角を上げる。

モテない、と言っているけれど、二ヶ月ほど前まで彼氏がいたのを渉は知っている。しかも「なんか思ってたのと違う」という理由で紗菜がフった。

モテないとは？　笑顔の裏で渉は首を捻《ひね》る。

「渉くん軽いからなあ」

くすくすと笑い声を漏らし、紗菜は「じゃあ、お先ですー」と満足げに帰って行った。

彼女の背中を笑みを絶やさずに見送り、姿が見えなくなってから顔の緊張を解く。そしてまだ体内に溜《た》まっている失恋の悲しみを猫に聞いてもらおうと振り返ると、そこにサンタの姿はなく、空になったお皿が残されているだけだった。

「なんだよ、冷てえなあ」

しょぼくれながら渉はぼやき皿を引いた。そして、さきほど自分が言った紗菜への台詞を思い出し、こういうところがダメだなオレは、と数時間前の出来事がまた蘇《よみがえ》り肩を落とす。

——冗談です！

告白に無理だと即答されて、思わず渉は言った。

真面目だった顔を一気にだらしなく緩ませて、「いや、あわよくばーって。お姉さんきれいだしー、いいなあって」と言葉をつけ足した。そのとき、女性は顔をしかめて「なんなんですかあなた」と冷たく言い放った。刺すような鋭い視線に、渉は負けじとなお一層ヘラヘラした。

「すんません。まあオレのことは気にしないで、今後もどうぞごひいきにー」

「言われなくても気にしませんよ。もう二度とこんなことしないでください」

彼女はそう言って、怒りを滲《にじ》ませながら背を向け立ち去った。

なんであんなことを言ってしまったのか。思い返してみれば最悪の言動だ。

空を仰いで、夜空に穴が空いているかのように見える月を眺めた。

あ、ヤバイ泣きそうだ。

涙腺が緩んできたことを察知し、渉は慌てて目元を拭った。

「帰ろ……」

肩を落とし、とぼとぼとコンビニの脇に停《と》めてあった原付に跨《また》がる。

渉はコンビニから原付で十分ほどの寂れた住宅街に住んでいる。まわりにマンションやアパートはなく、古い民家ばかりの静かな場所で、山に近いからか坂道が多い。町のはしを流れる川のそばにはたくさんの桜が並んでいて春は華やかになり、夏は近くの海で泳げるようになる。秋には山がきれいな紅葉に染まり、冬になると積もるほどではないが雪がよく降る。四季を満喫できるところだけがこの町の長所だと渉は思っている。

昼間は春めいてあたたかくなってきたものの、夜になるとかなり肌寒く感じた。少ない街灯のせいで普段からスピードは控えめだが、今日は傷心していることもあり、より一層のろのろと坂道を登る。そのあいだ、渉の口からはため息が何度も吐き出された。

涉の家は元々祖父母が暮らしていた二階建ての一軒家で、築年数は五十年以上になる。あちこちガタがきていて、玄関のドアは力を入れて開けなければならず、靴を脱いで上がると床がぎいっと不穏な音を出して軋《きし》む。ぎっぎっぎと足音よりも響く床の鳴き声とともに台所に向かい「ただいま」と声をかけると、洗い物をしていた母親が「おかえり」と振り返りもせずに素っ気なく言った。

居間に入ると、ソファに座っていた父親が振り返り「バイトお疲れ様」と丁寧に声をかけてきた。ローテーブルには二本の缶ビールがあり、父親の頬はほんのりと赤くなっている。

「親父《おやじ》、酒弱いのにまた飲んでんの。ほんと好きだな」

明るい口調で話しかけると、「ん」と短く父親が言い、母親は「ほんと、なんで飲もうとするのかしらね」と刺々《とげとげ》しくあいだに入ってきた。

「涉、ご飯は？」

「ああ、少しもらおうかなあ」

バイトの休憩中にチャーハンとからあげとサラダを食べたのでお腹《なか》は空《す》いていないが、断れば「せっかく用意したのに！」と母親の機嫌がますます悪くなる。用意と言っても、レトルトのカレーか丼もののくせに。

――あんたはいつもヘラヘラして。

母親からはしょっちゅうそんなことを言われている。誰のせいでこうなったと思っているんだ、とそのたびに渉は心の中で反論する。

「じゃ、父さんは先に寝るな、お休み」

父親はのっそりと立ち上がり、とろとろと階段に向かう。メガネの奥にある瞳には、欠伸をしたのか涙が浮かんでいた。

「ったく、つまんないんだから。話もできやしない」

母親はぶつくさ言いながら台所に戻っていった。

酒が入ると父親はひとの話をまったく聞かなくなる。今日もきっと母親が話している最中うわの空だったのだろう。母親の気持ちはわからないでもないが、いつものことなのにどうして毎回それほど怒るのか不思議でならない。

父親は〝真面目〟だけが取り柄の面白みのない地味な性格だ。ギャンブルは一切しないし、タバコも吸わないし、お酒は好きだが缶ビール二本だけ。口数が少なく、笑いのセンスもなく、これといった趣味もなく、放っておいたらソファからほとんど動かない置物のようだ。仕事面では長所になるのか、大学卒業後に就職した会社でコツコツ働き続け、今はそれなりの役職に就いているようだけれど。

そして母親は、感情の起伏が激しく、体のどこかが動いていないと死んでしまうのではないか、と思うくらい常に動き回っていて、座っていても必ず口を動かしている。せっかちで、新しいもの好きのミーハーな性格で、ワイドショーのネタに詳しい。近所の噂話《うわさばなし》を仕入れるのもはやい。早口で喋《しゃべ》るので、聞いているだけで気が急《せ》く。おまけにその話をちゃんと聞いてもらえないと機嫌が悪くなる。

そんな、性格が正反対の両親はお世辞にも仲がいいとは言えない。

休日に三人で過ごしていても、十回に九回は母親が不機嫌になる。父親は母親の怒りは察するものの原因がわからないので気まずそうにするだけでなにもしない。それがなおさら母親は気に入らず、ふたりは険悪なムードになるのだ。そばにいると息が詰まるため、渉はふたりの潤滑油の役割を担うようになった。

「ほんっと面白みのないひとよね」

「ははは」

母親の文句には、否定も肯定もしないのが一番だ。

たしかに父親はつまらない。幼い頃からふたりで出かけても会話が続かないし、ちょっとでも危なそうなことはさせてもらえなかったし、ボール遊び禁止の公園や川辺では他の家族がボール遊びをしていてもルール重視で絶対にやらせてくれなかった。家にいるときはのんびりしているくせに、出かけるとスケジュールに細かいのも窮屈だ。

反対に、母親は四六時中キャンキャンと喚《わめ》く小型犬のようにうるさくて、耳を塞ぎたくなる。せっかちなくせに、出かけるときの準備は遅いし行き当たりばったりで行動しがちなところも振り回されるので疲れる。

涉にしてみればどっちもどっちだ。

「あんたまだバイトばっかりしてるけど、就活は大丈夫なの？」

涉の予想通り、レトルトの中華丼を持ってきた母親が訊《き》いてきた。

「そんなにオレが家にいなくてさびしいのかよ？」

「そういうのはいいから。ちゃんとやってんの、あんた」

うんざりした顔で再度問われ、「大丈夫大丈夫」と軽い返事をする。

親が就職活動を気にかけるのは当然だ。大学四年生になったばかりの四月で、同級生もみんな憂鬱そうにしている。

そんな中、涉は普段通り気楽に過ごしている。

涉が余裕なのは前もって準備をしているからだ。自己分析は三年生のあいだに終わらせて、エントリー予定のメーカー系の企業もピックアップしている。冬休みにはインターンにも参加した。そのことは、口うるさい母親はもちろん、友人にも話をしていない。

なにも知らない母親は呆《あき》れたように顔を歪《ゆが》ませた。けれど高校受験、大学受験も同じ調子でなんとかなっているので、

「まあいいわ。先にお風呂入るから、あんたもさっさと入ってよね」

とため息を吐《つ》いて話を終わらせた。

母親がお風呂に入っているあいだにご飯を無理やり胃の中に押し込み、流しに食器を持って行く。以前気を遣って洗ったら「あんたの洗い方は雑」「流しがびしゃびしゃ」と文句を言われたのでそのままにして、渉が最も心安らぐ二階の自室に向かった。

「あー……」

和室に置かれているローベッドに背中から倒れ込むと、思わず変な声が漏れてしまった。そして、両手で顔を包みマッサージをする。

今日も一日よく笑った。

この微妙な家庭環境の中で育った渉は、場の空気を読むのに長《た》けていた。誰かが不満を感じたり怒りや不安を覚えたりすると、いちはやく気づく自信がある。そして、それらを笑顔と軽口で回避し、場の空気を明るくかえる。

その振る舞いで、渉はいわゆるお調子者キャラとしてまわりに見られている。おかげで、友人は多い。ひとから嫌われるという経験はほとんどなく、女子にもそれなりにモテて、今まで何人かに告白されてつき合った。

けれど、本当の渉は、父親似の真面目な性格だ。

「テスト前だから会えないとか、なにそれ、そんな性格じゃないでしょ」

「つき合うと思ったよりも面白くない」

「調子がよすぎて本気かウソかわかんないから疲れる」

「なんでいつもふざけてるの、あたしは真面目に話してるんだけど」

これまでつき合った彼女に、何度同じような台詞を口にされただろうか。

見た目と中身が合っていないらしく、思っていたのと違うという理由でいつもフラれるのだ。それならばと、真面目な中身を必死に隠して明るく振る舞えば、今度はちゃらんぽらんにしか思われずフラれてしまう。

どうしたらいいのかわからないまま過ごしているあいだに、笑顔とふざけた発言をするのがクセになった。

今日の告白を咄嗟《とっさ》に誤魔化してしまったのも、そのせいだ。彼女からのきっぱりとした拒絶の空気に耐えきれず、思わず告白を冗談にしてしまった。

「あああああ、もうオレはクズだ」

腕で口元を押さえながら吐き出した声は、部屋の中だけに響く。

絶対嫌われた。心底嫌われた。

「やっぱり名前を先に訊くべきだった」

今さら悔やんでも遅いけれど、悔やまずにはいられない。そもそも名前も知らない相手に告白するだなんて、よく考えればおかしな話だ。

目を閉じると、コンビニにやってくる彼女の姿が思い浮かぶ。

渉がコンビニバイトをはじめたのは、大学一年生になる直前だった。駅と自宅のあいだにあり、なおかつ夜遅くまで働ける場所、それがコンビニだっただけ。

仕事は思った以上に大変だった。覚えることが多いし、町にコンビニが二軒しかなくスーパーもないのでめちゃくちゃ忙しい。加えて、住民の平均年齢が高いので、ことあるごとに話しかけられて仕事が進まないのだ。コピー機や端末機の操作、商品の場所を訊かれ、老眼で見えないから宅配便の配送伝票を書いてと言われたこともある。

正直、何度も辞めたくなった。けれど、辞めたところで近所に働き先はなく、今年で三年になる。

三年も続ければ、いくら客の多いこの店でも大体のひとの顔は覚えた。もともとひとの出入りの少ない町だ。今まで見かけたことのないひとが来ればすぐに気づく。

だから、渉はすぐに、彼女が〝新しい住人〟なのだとわかった。

半年ほど前の、夏の終わりのことだ。夜の九時過ぎに、彼女は初めてコンビニにやってきた。オフィスカジュアル系の服装に身を包んでいることから、仕事帰りだろうと推測した。

ちょうどその頃アパートが店の近くにできたばかりで、その女性の他にも何人か新しいひとを見かけていた。二階建ての今どきな感じがするおしゃれな作りで、駅前に比べて家賃が安いのもあり、新婚や同棲《どうせい》をはじめるひとに人気なのだという。常連のおばあさんからの情報だ。

彼女の第一印象は、なんだか幸薄そうなのに気が強そうなひとだな、だった。

美人だとかかわいいだとかいう言葉は、あまり似合わなかった。顔のパーツは整っているけれど、目の下に浮かんだ隈《くま》がやたらと目立っていてくたびれていた。服装がシンプルなせいか、華やかさはない。

ありがとうございました、と声をかければ、ありがとうございます、と返事をする。けれど、彼女はひとを拒絶しているような雰囲気があった。

一目惚《ひとめぼ》れをしたわけではない。

けれど、一目見たときから気になっていたのは事実だ。

平日の夜八時から十時のあいだにコンビニにやってきて、缶ビールとつまみを買って帰る。土日は昼から夕方にやってくることが多い。ときどきデザートを買う。必ずひとり分なので、独身で、恋人もいないようだ。

彼女が店にやってくるとつい目で追って観察してしまうくらいには、彼女を意識していた。

その理由は、彼女が自分とは対極のような人間だからだと気づいたのは、夏の暑さがすっかり消えた、秋のはじまりの頃だった。

バイトが終わった夜、コンビニを出て隙間道に入ろうとすると、猫——たしかサンタとハチワレ柄の猫だった——が飛びついてきた。空腹だったのか今すぐ飯をよこせと言わんばかりに足に絡みつき鳴くので、普段よりも道路の光が充分に届く駐車場のすみで渉はご飯を与えていた。

「なんだかなあ……」

　ふごふごと必死にお皿の中のカリカリを食べている二匹を見つめながら、渉はため込んでいたやるせなさを言葉にして吐き出した。

些細《ささい》なことだ。

　火曜日二限目の人文学の教授のことが、渉は好きだった。講議に出るだけで単位をくれると聞き、それが目的で選択した。けれど、思いのほか教授の話が楽しく、渉は一度も講義を欠席せず自由課題も積極的に取り組んでいた。

「今日飲みに行こうぜ」

「わり。今日は帰ってやりたいことあるからやめとくわ」

　課題をするから、とは言わなかった。けれど「もしかしてまた課題やるつもり？」と同じ講義を取っている友人に言われた。

「別に出さなくても単位もらえるんだからやんなくていいじゃん」

「渉、たまになんか無意味なことに真面目になるよね」

「講義のノートきれいに取ってたりな」

「しかもそれ無償でひとに貸してるんでしょ。もったいないー」

その言葉に、あはは、と笑うことしかできなかった自分にうんざりした。

要領とか関係ねえし、無意味かどうかはオレが決めるし、オレのノートを無償で借りてんのはお前らもじゃねえか、うるせえよ。

本音が喉元を通り過ぎそうになり、ぐっとこらえて笑みを顔に貼りつけてやり過ごす。

言ってしまえば面倒になる。

渉は人間関係のゴタゴタに直面するのがイヤだ。食事をしている渉の前で愚痴をこぼす母親や、それを無視して過ごす父親のあいだにあるあの気まずさが嫌いだ。友人たちのあいだに一瞬でも不穏な空気が流れると、居心地が悪くなる。

だから、言わない。

なのに、貧乏くじを引かされているような現状がバカバカしく思えたりもする。

「どう思うよ、お前らはよー」

食事に夢中になっている猫たちになにがあったのかを事細かに話す。当然無視される。

渉のほうを見向きもしない。猫がこちらに愛嬌《あいきよう》を振りまくのは、空腹のときだけだ。

その距離感が、ちょうどいい。渉の本音をただの雑音のように思っている態度がいい。

紛《まが》う方なき、雑音だから。

「——私は悪いと思ってません」

グチグチと同じようなことを猫相手に語っていると、誰かの声が聞こえてきた。視線を向けると、駐車場脇のフェンスのところにスマホを耳に当てる彼女がいた。コンビニの灯《あか》りに照らされた表情は、いつものようにかたかった。

「社内ではたしかに中途採用の私が後輩ですけど、あの子のやり方に問題があったのは明らかじゃないですか。それを指摘しただけです」

頑《かたく》なな声だった。

はあっとため息を吐いて、彼女はフェンスにもたれかかる。

おそらく電話の相手は会社のひとで、彼女の先輩か上司で、どうやら年下の先輩とトラブルがあったらしいのだとわかる。

「知りませんよ。今まで彼女に誰も教育しなかったのが問題なんじゃないですか?」

舌打ちまじりに彼女が言った。

すげえな、と思わず目を見開いてしまう。

渉が彼女と同じ立場になったとしても、自分よりも目上のひとに対してあれほどきっぱりと発言することはできない。受けいれられる内容であれば相手が気を遣わないように明るく引き受けるだろうし、無理なことであれば、のらりくらりとかわして有耶無耶《うやむや》にするはずだ。

彼女の、相手の気持ちにまったく歩み寄らない物言いが、いいのか悪いのかは、わからない。でも、かっこいいなと思った。

彼女の意志の強さが表れる横顔に目を奪われる。かっこよくて、きれいだ。

電話が終わった彼女は再び大きなため息を吐く。そして、コンビニに向かって足を動かしたときに渉の存在に気づいた。気まずそうな、けれど盗み聞きしていたことを責めるような視線を向けられる。

「す、すみません、わざとではないんです！」

やばい、と瞬時に立ち上がり頭を下げる。猫たちが体をびくつかせる。

渉の素直な謝罪に、

「いや、こちらこそすみません。居心地悪くしちゃって」

と、気まずそうに彼女も謝る。険のあった声色がやわらかなものにかわったのがわかり、渉は下げていた頭をそっと持ち上げる。

彼女は、気恥ずかしそうに目を伏せていた。渉の心臓がどんっと大きく揺れて、その衝撃に体も震える。

「あの、休憩中、だったんですよね。邪魔してすみません」

「あ、はい。いや、大丈夫です」

自分はなにを言っているんだと思いながら、「猫にご飯やってただけなんで」「この辺の地域猫で、すげえ人懐っこいんですよ」「野良なんですけど、世話されてるからか大人しくて」「毎日ご飯ねだりに来るんです」「サンタって言うんですけど」「なんかこいつ、サンマの匂いがするんですよ。それで」「サンマじゃちょっとな、と思ってサンタにしたんっす」「耳が欠けてるのはケガじゃなくて、〝さくら耳〟って言って……」とぺらぺらと喋り続けた。

「親切なひとが多いんですね、ここは」

彼女の声が、冷たく聞こえた。へ、と間抜けな声を発して彼女を見ると、射貫《いぬ》くような鋭い視線で猫たちを見下ろしていた。だからなのか、猫たちもご飯を中断して警戒態勢に入る。体を低くして、彼女をじっとりと見上げる。

彼女はそんな猫たちから視線を逸《そ》らし、「じゃあ」と素っ気ない口調で言って、渉に背を向けて去っていった。

猫が嫌いなのか、と思ったけれど、彼女はそれ以降、猫を意識しているようだった。コンビニに入るときと出るときは必ずきょろきょろとまわりを確認し、猫の姿が見えると恐る恐る近づこうとする。ただ、猫はぴゅんっとすぐに消えてしまい、いつだって彼女ひとりが取り残されるのだけれど。

猫が怖いのかもしれない。

でも、気になって仕方がない――つまり、嫌いではないようだ。

だからといって、猫と目線を合わせて笑顔を作ろうともしないし、食べ物で釣ろうともしない。呼びかけることも、手を差し出すこともない。

彼女は、誰にも、ひとにも猫にも、決して媚《こ》びない。

自分とは、なにもかもが、違う。

最初は、憧れだった。尊敬だった。羨望しかなかった。けれどそれはいつしか、彼女への恋心にかわっていた。凜《りん》とした彼女の瞳に、映りたいと思った。高くそびえ立つ彼女の壁の中に、たったひとり入れる存在になりたい、と。

自発的に誰かを好きになったのは、初めてのことだった。


その結果があの勢い任せの告白だ。

思い出して渉は再び「ああああああ」と情けない叫び声を上げる。今ここに猫がいれば、渉は朝まで後悔を口にし続けたことだろう。

こんな姿は、誰にも知られたくない。友人にはきっと大爆笑され、そんな柄かよ、と言われることは目に見えている。片想《かたおも》いの経験がないので恋愛相談をしたことはないけれど、昔彼女にフラれて少し落ち込んでいただけでも、散々言われた。

「切り替えがはやいのが渉のいいところじゃねえか」

「本気で好きだったとか今さら言わねえよなあ」

「純情なフリしてんじゃねーよ」

幻聴が聞こえだしてきて、誰もいない部屋でさえうじうじしたことを言えなくなった。カビまで生えそうなジメジメした愚痴を自分しかいない閉鎖空間で口にすると、体も心も蝕《むしば》むような気がしてしまう。

だから。

「……猫飼いてえ」

奥歯をぎゅっと噛《か》んで、両腕で自分の視界を覆った。

「あーあ」

わざと明るい声を発して、沈んでいく気持ちを必死に引き上げる。

彼女はもう、コンビニに来てくれないかもしれない。行きつけのコンビニ店員に告白されるなんて、気まずいだろう。顔も見たくないと思われるほど嫌われたかもしれない。

そんな不安を呑《の》み込むと、体がずっしりと重くなった。

「……いら、っしゃいま、せえ」

目の前にやってきた女性に、渉は顔を引きつらせながらコンビニ店員として声をかける。昨日から纏わりついていたどんよりとした気持ちが、一気に吹き飛んでしまった。

彼女は九時前に来店し、缶ビール二本とつまみを手にしてレジに並んだ。

まさか、昨日の今日で来るとは想像していなかった。少なくとも数日はこのコンビニを避けるだろうと覚悟していた。けれど、彼女は店に来て、なおかつ渉を見ても、眉ひとつ動かさない。

つまり、彼女は昨日の告白を〝なかったこと〟にしている。

その対応を望んでいたはずだった。だからこそ渉は、オレのことは気にしないで、今後もどうぞごひいきに、とお調子者らしく明るく言った。もう二度と彼女に会えなくなるのがイヤだったから。告白のせいで彼女に不便を強いるわけにはいかないから。

だから、もしも彼女が来たときは、あれは本当に冗談だったのだと思ってもらえるよう、今までとかわらぬ態度と笑顔で接すると渉は心に決めていた。それはつまり、彼女は自分の告白を忘れるはずがないと、自分の告白は彼女になんらかの影響を与えるはずだと、そう思い込んでいたのだと気づく。

完全に思い上がりだった。羞恥で顔が赤くなるのがわかる。

「ありがとう、ございました」

「ありがとうございます」

彼女は目を合わすことなく、袋を手にして去っていく。

その直後、レジに誰も並んでいないことを確認して、揚げ物の準備をしていた紗菜に「ちょっとレジよろしく」と声をかけ、渉は自動ドアから外へ飛び出した。すぐに彼女の明るいグレーのトレンチコートを見つけて、「あの……！」と呼びかける。

「今日はなに？」

足を止めて振り返った彼女は、眉根を寄せて怪訝《けげん》な表情を渉に向けた。それでも、渉が近づくまで、彼女は立ち止まって待っていてくれる。

そよそよと、ほんのりあたたかみのある風が目の前を通り過ぎた。

「えーっと、あの」

できるだけ重苦しい雰囲気にならないように、軽やかな声を心がける。彼女は先の言葉を待っているかのように、無言で渉を見つめる。自分のことをどう思っているのかさっぱりわからない彼女の視線に、なにを言いたかったのかわからなくなる。

ただ、このまま〝なかったこと〟にされてしまうのが、耐えられなかった。

じゃあもう一度告白するつもりなのかと自分に問えば、そうとも思えなかった。

「あ、その、昨日の……」

昨日のなんだ。

頬が引きつる。しどろもどろになって、彼女から目を逸らしてしまう。

やばい、どうしよう。なんでなにも考えずに飛び出して声をかけてしまったんだ。

頭の中でぐるぐると後悔が飛び回る。

と、足元になにかが絡みついてきたことに気づいた。同時に「なあーあー」と甘えるような鳴き声が聞こえる。

「え、わっ、サンタ?」

視線を地面に落として名前を呼ぶと、サンタは「なあああ」と待ってましたと言わんばかりに大きな声で再び鳴いた。そしてご飯の催促をしているのか、渉のまわりを少しだけ足を引きずるようにしてちょろちょろと歩く。

「猫に懐かれてるんだね」

「え、あ、ああ、そうっすね」

弾《はじ》かれたように顔を上げて「人懐っこいので撫《な》でてみますか?」とつい調子に乗る。もちろん「いや、いい」と断られた。彼女から敬語がなくなっていることに気づき、ちょっとうれしくなった。素っ気ない言葉遣いも気にならない。我ながら単純だなと思わず苦笑してしまう。

「その猫、ケガしてるの?」

「ああ、気がついたら歩き方がおかしくなってたんですよね。前はそんなことなかったのに、去年の半ばくらいから」

「病院には連れて行ったの?」

猫を見る彼女の目はとても冷ややかだ。けれど、やっぱり見た目ほど冷たいひとではないのだと思う。あまり表情が豊かではないけれど、猫のケガを気にかけるくらいだ。本当は猫が好きなんだろう。

「一時期姿が見えなくなったときがあったんで、ボランティアのひとが病院に連れて行ってくれたんじゃないかと思います」

久々に姿をあらわしたサンタの歩き方がおかしくなっていたのに気づいたとき、渉は恐る恐るサンタの足を確認した。触ってみたり、ちょっと動かしてみたり。不機嫌そうに鳴いていたが、痛みを感じている様子はなかった。その後も注意深く観察したけれど、元気に動き回っているので大丈夫だろうと渉は思っている。

渉が答えると、そう、と言って彼女は風で乱れた髪の毛を右手でそっと押さえる。その仕草に、思わず目を奪われる。

「で、話はなに？」

「――あ、そ、そうですね！」

ハッとして体をぴんっと伸ばす。

「えーっと、その、昨日の、オレのせいで気を悪くしたんじゃ、ないかと」

だったらなんなんだ、と自分にツッコミを入れる。

この先なんて言葉を続けようかと考えていると、

「……あなた、真面目って言われない？」

と彼女がため息まじりに言った。

反射的に体が小さく震える。

「まあいいや。なにが言いたいのかは大体わかったから」

「いや、ちょっと……」

彼女の言葉に硬直していた体が、背を向けようとする姿に反応して動く。

「昨日の告白が本気でも冗談でも私の返事はかわらないし、私がここを利用しなくなることもない。それでいいでしょ。まあ、正直昨日はちょっとイラッとしたけど」

明らかな、そして完璧な拒絶だった。なにをしても無駄だと言われたことに、ショックを受ける。

「もともとつき合う気はないけど、真面目ならなおさら無理」

どうして。

その声は音にならず、ただ口をはくはくとさせるだけだった。

「大学生だよね？　なら同年代の女の子とつき合ったら？　若い子とつき合いなよ。そのほうが、きっといいよ」

呆然《ぼうぜん》と突っ立ったままでいる渉を一瞥《いちべつ》して、彼女は背を向けた。そして、カツカツと地面を鳴らしながら去っていく。

一方的に、フラれた。しかも二度もフラれた。完膚なきまでに恋心を叩《たた》き潰された。

もちろん、彼女が悪いわけではない。けれど、やるせなさが渉の胸に残る。

——あなた、真面目って言われない？

頭の中で彼女の言葉がリフレインしている。妙に心臓が大きな音を立てていて、自分が動揺しているのだとわかった。

なあぁーと空気を読まないサンタの声に、渉は「あ……また名前、訊き忘れた」と失笑しながら呟き猫の頭を撫でる。

「ご飯はあとでたっぷりやるから、もうちょっと我慢しててくれ」

渉はまだ勤務時間中だ。つい彼女に話しかけに出てきてしまったからこそ、はやく店内に戻って仕事をしなければいけない。

「かわりに、退勤後はしばらくオレにつき合ってくれよ」

片頬を引き上げ、覇気のない声で猫を見下ろしながら言った。

できれば仕事なんか放棄して、猫を相手に延々と思いの丈をぶちまけたい。

そんな思いをこらえて、渉は傷心しているとはまったく気づかれない、百点満点の笑みで接客をした。どれだけ胸が苦しくても、自分にはそれができる。できてしまう。

もしかしたら真面目なのではなく、ただ臆病なのではないか、と思えてくる。

二時間ほどだったはずなのに、まるで半日以上働いたかのような疲労感を抱えながら、渉はやってきた夜勤スタッフと交代して、サンタたちのために購入していた猫缶とおやつを手にして外に出た。

「お疲れ様でーっす」

「うわ、びっくりした」

店の前に立っていた紗菜が、手をひらひらと振る。

「紗菜ちゃん、三十分前にあがってなかった?」

シフトの都合で、紗菜は渉よりもはやめに退勤した。紗菜と同じようにサンタも渉を待っていたらしく、にゃあにゃあと鳴いている。今日はサンタのほかにハチワレと、久々に見かける気品あふれる長毛の猫もいた。

「渉くんを待ってたんです」

「どうした?　オレになんか用事?」

首を傾げながら猫たちのご飯の準備をする。しゃがんでごそごそ動けば猫たちは大合唱だ。

「渉くん、あたしとつき合わないですか?」

「——え?」

どこに、とベタで間抜けな返事はかろうじて呑み込んだ。

紗菜は渉を見下ろしながら目を細めて「ね?」と首をこてんと横に倒す。なにが?という疑問もなんとか呑み込んだ。

猫が待ちきれないとばかりに渉の足に前足をのせておねだりしながらけたたましく鳴

く。

季節外れの蝉か、と心を落ち着かせるためにしょうもないことを考える。それがわかったのか、サンタが爪を立てた。

「いってぇ！　ちょ、待て待て、すぐ用意するから！」

紗菜とちゃんと話をしなければいけないが、今はまず猫だ。ご飯だ。足が傷だらけになる前にと、手早く準備をはじめた。その体勢で紗菜を見上げる。

「で、えーっと、どうした、急に」

「渉くんのこと、いいなあってずっと思ってたから？」

なぜ疑問形なんだ。

「あたしと渉くん、話が合うし、一緒にいたら楽しいし」

二年間、一緒に働いてきたバイト仲間だ。おまけに同じ大学生だからか、紗菜とはシフトでかぶることも多く、いい関係だったと思う。

紗菜のことは好ましく思っている。かわいらしい見た目とサバサバした性格のギャップは興味深い。けれど、恋愛感情には結びつかなかった。半年前からは〝彼女〟に片想いをしているのでなおさらだ。〝彼女〟と出会っていなければ、渉はきっと紗菜の提案に「いいよー」と軽く返事をしていただろうが。

いや、でも彼女にはフラれたんだっけ。

はたと気づき、気分が沈む。そう、渉は二日連続で告白を断られたのだ。そんな相手をいつまでも想い続けていても無意味だ。

じゃあ、紗菜とつき合うのか、と自分に問いかけてみる。

今も渉の心の中には、まだ名前も知らない彼女がいる。

この状態では難しい。っていうか無理だ。

「いや――……」

「渉くん、昨日言ってくれたじゃないですか」

意を決して断ろうと思ったところで、紗菜が話を続けた。

「あたしなら大歓迎だって」

たしかに言った。けれどそれは、今まで渉が幾度となく口にしてきた冗談と大差のない、その場で飛散して消えてしまう程度のものだ。

「ずっと、渉くんとつき合ったら楽しそうだなって思ってたんですよね」

えへへ、と紗菜がはにかみ、スキニーデニムに包まれた細い足を交差させる。

しゃがんだままの渉と立ったままの紗菜は、高低差のあるまま見つめ合う。なにやらうれしそうに頰を緩ませている紗菜が不思議だった。

「じゃ、そういうことで！」

突然、紗菜がピシッと背を伸ばして手をあげた。

「今日は恥ずかしいんで、ひとりで帰りますね！」

「え?」

「気が向いたときに返事くださいー」

あっけにとられている渉を置いて、紗菜が軽やかな足取りで帰って行く。

ひとり取り残された渉は、しばらくのあいだぽかーんと紗菜の去っていった暗闇を見つめていた。

とりあえず、うるさい猫たちにご飯をあげて、じっと見守る。

「……どうすればいいと思う」

猫たちに問いかけるけれど、当然返事はない。

「紗菜ちゃんのことは嫌いじゃないけど、でも、フラれたとはいえやっぱりすぐに切り替えらんねえよー。さすがに他のひとが好きなのにつき合うのはなしだよなあー」

いちはやくお皿を空にしたサンタを抱きかかえて、お腹に顔を埋めながらもごもごと吐き出す。今日もサンタはサンマの塩焼きの匂いがした。ただたんに魚臭いだけなので、ボランティアのひとたちが与えているご飯の匂いだろう。サンタは迷惑そうにひと鳴きして後ろ足でぐいぐいと渉の顔を押す。

「っていうか、オレ今日もフラれたんだけど!」

今さら今日いちばん猫たちに叫びたかったことを思い出した。

目をぎゅっとつむると、彼女の凛とした顔が浮かんでくる。

まっすぐに自分を見つめてくれるのに、彼女の目に自分は映っていなかった。見込みゼロの片想いにいつまでもしがみつくわけにはいかない。きっと彼女の迷惑にもなる。

「紗菜ちゃんとつき合ってきっぱり忘れる努力をしたほうがいいのかなあ……でもやっぱりオレはあのひとのことが好きなんだよー」

まだ、好きだ。今日顔を見て、言葉を交わして再確認した。フラれたのは悲しい。それでも、彼女と言葉を交わせたことが、うれしい。彼女から与えられる感情のすべては、彼女が好きだからこそだ。

今まで、恋人がいないときに告白してきた相手がそれなりに好みの女の子の場合、渉はすぐにつき合った。けれど、決して適当な気持ちでつき合うことはしてこなかったつもりだ。毎回大事に接していたし、好きだと感じていた。

だからこそ、まだ彼女が好きな状態で、紗菜とつき合うことに抵抗がある。

——あなた、真面目って言われない？

彼女の言葉がまた蘇り、胃がきゅっと縮む。

「こういうところが、真面目なのか」

喉が萎《しぼ》んで、痛みに顔を歪ませながら声を絞り出した。

目をつむるとリビングで体を縮こまらせてビールを飲む父親の姿が浮かぶ。それを見た母親が顔をしかめて「つまらない」と叫んでいる。

父親に似た自分のことはあまり好きではない。

彼女には真面目ならなおさら無理だとも言われた。最悪だ。

なのに、彼女が昨日今日話しただけで真面目な渉に気づいてくれたことを、うれしくも思った。


結局、紗菜へはっきりと返事ができないまま十日ほどが経《た》った。

昨日の雨のせいで、桜の花は儚《はかな》く散ってしまい、ピンクだったのがウソのように茶色に染まった汚い花弁が地面に敷き詰められている。

「咲いてるときはきれいなのになあ」

こうなるとただ町を汚すゴミでしかない。

「まるでオレの片想いの残骸みたいだな」

ははは、と自嘲気味に笑った。

いつものように猫を相手に喋りながらバイト終わりの時間を過ごす。今日はサンタとハチワレと気品あふれる猫と、その他四匹という大繁盛状態だ。なぜか最近、猫の数が増えている。それに、猫たちはどこか親しげでやさしい気がする。渉のお喋りに返事はしないけれど、親身になって聞いてくれているような錯覚に陥るときがある。

しゃがみながら空を仰ぐと、夜でも雲が浮かんでいるのが見えた。それほど今日の月は明るい。

スマホを確認すると、もうすぐ十時半だ。今日は上がり時間が同じ紗菜に、一緒に帰ろうと誘われた。猫に興味のない紗菜は、渉が猫の相手をしている三十分ほどのあいだ、バックヤードでのんびり時間を潰している。

あれから紗菜との関係は、少しだけかわった。メッセージのやり取りが増え、シフトが同じ日は一緒に帰るようになった。

「オレ、紗菜ちゃんとつき合うわ」

サンタの頭に手をのせると、食事の邪魔をするなと言わんばかりに険しい視線を向けられた。不満がありありと伝わってくるその表情に、噴き出してしまう。

ぼんやりとコンビニに面した道路を見る。

いつまでも名前も知らない彼女のことを引きずるわけにはいかない。中途半端に残った想いを自覚しながらも、紗菜にはっきり断ることをしないで親しくするのは、あまりに自分勝手だ。よく喋る紗菜といるとあっという間に時間が経つ。紗菜の屈託のない笑みは、渉の気分も明るくしてくれる。今はまだ紗菜に対して特別な想いはないけれど、つき合えば好きになるはずだ。

今日こそ、ちゃんと伝えよう。大丈夫だ、紗菜とならうまくいくはず。

「紗菜ちゃんは、かわいいし」

道路から目を離さずに呟く。

と、そこに人影が見えて目を見張る。反射的に腰を上げると、サンタと他の猫がまん丸い目を渉に向けた。

人影は徐々に近づいてきて、その顔が光に照らされる。四十歳くらいの女性だった。いつの間にか息を止めていたらしく、は、と吐き出すと体中から力が抜ける。わかりやすすぎる反応をした自分が恥ずかしい。足元のサンタが〝おいおい未練たらたらじゃねえか大丈夫かよ〟と思っているような気もしてくる。

事実、その通りだ。

渉はずっと、〝彼女〟を待っている。

きっぱりとフラれてから渉が出勤した六日間のあいだ、彼女がコンビニに来たのは一度だけだった。

「気にしてんのかな、やっぱり」

そうとしか考えられない。この半年、彼女はほぼ毎日来ていたのだから。

――私がここを利用しなくなることもない。

そう言っていたけれど、あれは渉へのやさしさだったのだろう。けれど、ケガをしているとか倒れたとか引っ越したとかだったら、と想像すると落ち着かない。

「どう思う？　やっぱりオレのせいだと思うか？」

サンタの頭をぽふぽふしながら訊いてみる。ハチワレがそれをじっと見つめてくる。サンタは比較的表情が豊かだけれど、ハチワレはクールな印象だ。

「でも——心のどこかで、あの彼女にオレがなんらかの影響を与えたかもしれないってことが、うれしくもあったりするんだよな」

なんて歪んだ恋心だと苦笑する。未練が胸にこびりついて取れない。このままカチコチに固まって一生剝がれなくなるかもしれない。

「——いな」

口が勝手に動いてなにか言葉を発した。

「渉さーん、そろそろ帰りましょー」

「っあ、お、お疲れ」

しゅばっと立ち上がり、渉は紗菜に笑顔を見せる。〝彼女〟のことばかり考えてしまっていたので、なんとなく後ろめたいが、紗菜はそんな渉に気づいた様子はなく「えへへ」とうれしそうにはにかんだ。

素直なその表情はかわいらしいなと思う。妹がいたらこんな感じだろうか、と。

ふと振り返ると、サンタがじっと渉を見ていた。いつもなら、食後すぐに渉から離れていくのに。目つきの悪い黄緑色のガラス玉が、渉を捕らえてはなさない。

「なに？」

そう訊くと、サンタはふんっと鼻を鳴らしてそっぽを向いた。首を傾げて、渉は停めてあった原付を取りに行き、紗菜と並んで帰る。

「もう春も終わりですよねえ」

「だなあ。あたたかくなってきたら桜の木から毛虫が落ちてくるな」

「ちょっと！　やめてくださいよ！」

原付を押しながら歩く渉の腕を、紗菜がそっと摑《つか》んでくる。目を合わせると、紗菜は、どうしたの、と首を傾げた。

日に日に、距離が近くなっている気がする。物理的に。

わざわざつき合いましょう、と返事をしなくてもいいのかもしれない。言葉で確認しなくとも、並んでいる姿はどこからどう見ても恋人同士だろう。

だからといって、有耶無耶のままにするのは渉の性格上難しい。

「なあ、紗菜ちゃん」

声をかけると、思いのほか真面目な声色になったからか、紗菜が目を瞬《しばた》かせる。

「この前の」

と口を開くと、目の前に一台の車がやってきた。グレーの車体から発せられるランプの眩《まぶ》しさに顔をしかめると、渉たちの横を通り過ぎてすぐに停まる。コンビニに入るなら駐車場に停めたらいいのに、と思い振り返ると、助手席からひとりの女性が降りてきた。そして、女性は腰を折って車内を覗きこむ。

「送っていただきありがとうございました」

凛とした声に、渉の体がかたまる。彼女の短い髪の毛が耳からこぼれ落ちるのがわかった。多少離れていても、渉の目に彼女の横顔ははっきりと映る。

「いや、通り道だし。お疲れ。家まで送らなくていいの？」

「コンビニ寄りたいので。すぐそこのアパートなんで大丈夫です」

車の中から聞こえてきたのは、男性の声だった。

隣にいる紗菜が、渉の手を軽く引くけれど、目を逸らせない。

彼女はドアを閉めて、車が去って行くのを見送った。そして、くるりと振り返り、渉と目を合わせた。

たった、一瞬だけ。

彼女はすぐに渉から目を逸らし、ヒールで地面を鳴らしながらコンビニへ歩いて行く。

「渉くん？　知り合い？」

名前を呼ばれて、意識が弾ける。

自分ひとりだけ時間が止まっていたかのような感覚で、突然心臓が大きな音を出して暴れはじめた。それを悟られないように、顔に笑みを貼りつけて紗菜を見る。

「え？　あ、いや、常連さんだよ、久々に、見かけたから」

「そうなの？　よく見えなかったなぁ」

再び歩きはじめたけれど、意識が背中に集中する。

彼女は間違いなく、こちらを見た。渉と、隣の紗菜の姿を捕らえたはずだ。どう思ったたろう。告白して二週間も経っていないのにべつの女の子と腕を組んでいる渉に幻滅しただろうか。

いや、そんなはずはない。彼女は自分になんの感情も抱いていない。

「渉くんが覚えてるってことは、そのひと、きれいな女のひとでしょ」

「あはは、バレたか」

心臓にヒビが入っているみたいに痛い。

必死に軽口を叩いて気持ちを誤魔化すしかこの感情を抑える方法がなかった。自己防衛なのか、勝手に口が思ってもいないことを喋り続ける。紗菜の家に着くまでの十五分間、渉はいつにも増して饒舌《じょうぜつ》だった。

渉の家のある五丁目をこえて六丁目に入り川沿いを歩く。そのたびに、水の流れる音が心地いいな、と渉はいつも思う。一度それを紗菜に言うと「自然とか愛するタイプでしたっけ？」と笑われた。

「相変わらずいつ見ても紗菜ちゃんの家はすごいな」

この町でも比較的お金持ちが住んでいる、と言われる場所にある紗菜の家は、渉の家の三倍ほどの広さがある。木造の家は新しくはないが大きくて重厚感があり、広々とした庭も立派としか言いようがない。

「土地があるだけですけどねえ」

「いいじゃん、離れで独り暮らしだろ。実家で独り暮らしって最高じゃん」

小さな離れが紗菜の部屋で、そこには台所もトイレもお風呂もあるらしい。

「寄っていきます？」

玄関も別なので、親とは顔合わせないで入れますよ、と紗菜が言葉をつけ足した。

「そんなこと言われたら朝まで居着くよ、オレ」

「いいですよ」

渉の冗談に対して、紗菜は目に力を込めて口の端を引き上げた。そして、渉の腕をさっきよりも強く抱きしめる。

「え、なに、どうした」

「あたしの台詞ですよ。どうしたんですか。緊張してます？」

ぷはっと噴き出されて、渉の顔が赤くなる。今が夜でなかったら、紗菜はお腹を抱えて笑ったかもしれない。

「映画でも観《み》ます？」

映画を観るだけで済むのだろうか。それならばいい。けれど、そうじゃなかったら？

上目遣いで渉を見る紗菜が妙に艶っぽく感じて、喉がきゅっと締まった。

「——っいや、今日は帰るわ」

重苦しい空気にならないよう、渉は口角を上げる。さりげなく紗菜の手を取り、自分から引き剥がしながら「明日用事あるし」と言って一歩下がる。原付があるせいで半歩ほどしか動けなかったけれど。

そばの塀の上でさっとなにか黒っぽいものが動いた。猫か、狸《たぬき》か、大きな鼠《ねずみ》か。

「あたしの部屋から行けばいいじゃないですか。お風呂もありますよ」

「いや、さすがに悪いし。紗菜ちゃんの親も心配するだろ」

「しないですよ、そんなの。あたしの親、放任主義なんで」

「でも、ほら、オレら、まだつき合ってるわけじゃないし」

さすがに無理だ。つき合ってもいない女の子の家に泊まるなんて考えられない。もしもそういう雰囲気になったらどうしたらいいのか。断ると紗菜に悪いし、かといって受けいれることも絶対できない。

「もうつき合ってると思ってました、けど？」

紗菜は眉間にシワを寄せて、不満そうに首を傾けた。

え、そうなの、と声に出してしまいそうになる。

「で、も、まだ、返事してなかったから」

「返事をしてないだけってことは、つき合ってくれるってことですよね？」

「あ、ああ……」

そのつもりだった、けれど。けれどなんなんだ、と自分に問う。答えは考えるまでもなくわかることだ。脳裏に、夜道を歩いていた〝彼女〟の姿が焼きついている。

「じゃあ今からつき合うってことで、いいんじゃないですか？」

あっけらかんと紗菜に言われて、ぎょっとする。

「いや、でも、つき合ったその日に泊まるのも、おかしいだろ」

段階というものがあるのでは！

「……なに言ってるんですか？　誤魔化してるんですか？」

紗菜の言葉に自分の顔が引きつるのがわかった。じり、とまた渉は半歩下がる。

「あたしとつき合いたくないってことですか？」

「そういうわけじゃ……」

「だって渉くんの性格なら喜んできてくれるはずじゃないですか」

たしかに、紗菜に見せていた渉なら「マジでー」と軽々と紗菜の部屋の扉をくぐりそうだと思われても仕方がない。

けれど、実際の渉は違う。

「真面目なフリして遠回しに断るなら、最初から期待なんかさせないでくださいよ」

渉の本来の性格は、紗菜にとっては誤魔化しているようにしか見えないらしい。まるで、本当の自分がニセモノの自分と入れ替わっているみたいだ。

「もういいです」

紗菜は冷たい声でそう言って渉に背を向けた。

暗闇に取り残された渉は、はあっと重いため息を吐いてすごすごと原付に跨がる。さっき黒い影が見えたほうを見つめると、黄色の目をした猫と目が合った。草むらの中にいるので、毛の色はわからないが、かなりふっくらとした大きな猫のシルエットが見える。その場を離れようとせずじっとこちらを見つめてくるので監視されているみたいに感じて、目を逸らし原付を走らせた。意気地なし、と叫ばれているかのような猫の大きな鳴き声に、情けなくて唇を噛む。

なんなんだいったい。

このまま家に帰る気になれず、あてもなく走り回った。

川を下り、海に向かう。けれど、闇に溶けるような海を見ていたらますます惨めになりそうで、波音から逃げて再び町のほうに戻る。

どこかに行きたいわけではない。なにも考えたくなくて、この悶々《もんもん》とした気持ちを吹き飛ばしたくて走っているだけだ。けれど、原付は単車のようにスピードがでないため、渉の思考は正常なまま、なにが間違っていたのかを考え続ける。

紗菜とつき合おうと思ったことか。すぐに返事をしなかったことか。もしくはずっと調子よくまわりに合わせて過ごしていたことか。

正しいとは思わない。けれど、間違っていたとも思えない。

あの彼女にこの気持ちを伝えたら、なんて言うだろうか。バカじゃないのと一蹴されるだろうか。むしろそうしてほしい。

そんなことを考えていたからか、気がつけばよく知る景色の中を走っていた。左手に自分が働くコンビニが見えて、スピードを落として止まる。地面に足を着いて、猫はいないだろうか、と目をこらして隙間道のあたりを見るけれど、それらしき影はなにも見えなかった。

道路の真ん中で、しょんぼりと肩を落とす。

どこかで、発情期の猫のような鳴き声が聞こえた。

誰かを呼んでいるみたいに、何度も何度も、夜空に響く。

この町の野良猫のほとんどは避妊去勢手術済みなのに珍しい。渉は声に導かれるように原付でゆっくりと前に進んだ。そして、とあるアパートの前で足を止める。

——彼女が住んでいるであろうアパートだ。

「会いたいな……」

先ほど猫にご飯をあげながら無意識に呟いていた言葉を、今度ははっきりと口にする。

会いたい。彼女の姿を見たい。話がしたい。

——好きでいたい。

渉はまだ、彼女を好きなままでいたいのだ。フラれたのに。

アパートは一階と二階それぞれに三つの扉があり、どの部屋の窓も明かりが灯っていた。この中のどこかに彼女がいるのかと思うと、胸が切なくなって苦しくなる。このまま、じっと見つめていれば彼女が窓から顔を出すかもしれない。そしたら一瞬でも、彼女を見ることができる。

と考えたところで、未練がましく彼女を追いかけ回していることに気がついた。まるでストーカーだ。実際彼女が本当にこのアパートの住人かどうかもわからないのに。

帰ろう！

ぶんぶんと顔を振って、急いでアクセルをまわす。自分の怪しい行動に動揺していたのか、思った以上に力が入ってしまい、ブオン、とタイヤが勢いよく回った——と思った瞬間、体がふわりと浮いた。

たった数センチだ。けれど、体感では一メートル以上空に浮かんでいるような気がした。体が傾いて、視界が空へと反転する。

時間が緩やかに流れていく。

ふたつの黄緑色の瞳が渉を見上げていた。

そして。

「──っいってえええええ！」

なにが起こったのか、しばらく理解ができなかった。

痛みに叫んだのが自分だったのかすらわからない。けれど間違いなく体中がじんじんと痛んでいた。ヘルメットをしていたので頭は無事だ。

体を起こそうとすると軽いめまいに襲われて動けない。

仕方なく、地面に大の字になったまま夜空を仰ぐ。

星空を眺めて数秒後に、ああ、転んだのか、とやっと理解した。

一体どんな操作をすればこんなことになるのか、自分でも謎だ。何年も原付に乗っているのに、こんなバカみたいなミスは初めてのことだ。顔を横に倒すと、愛車の原付が転がっていた。壊れてなければいいけれど。

耳を澄ますと、風で葉が揺れている音が聞こえてきた。ジージーと正体不明のなにかの音もする。また、どこかで猫が会ったこともない相手を求めて鳴いている。

自分にもそんな相手がいればいいのに。鳴けば誰かが自分を見つけてくれるのならいいのに。猫に負けじとこの場で叫べば誰かが来てくれるだろうか。けれど、真面目な渉は夜中に大声をあげることなどできない。

「……バカみてえ」

奥歯をぐっと嚙んで、情けなくて浮かぶ涙をこらえるように瞼を閉じて両手で顔を覆った。こんなことで泣きそうになっていることも、バカみたいだ。

相変わらず猫は蟬のように鳴き続けていた。うるせえな、と心の中で舌打ちをすると、誰かの足音が聞こえてくる。そろそろ立ち上がらないとまずそうだ、と思うけれど、体のどこに力を入れたらいいのかわからない。

「え、ど、どうしたの！」

幻聴が聞こえてきた。

少し低い女性の声。これは〝彼女〟の声だ。だからこそ、現実であるはずがない。

もしかしてこのまま死ぬのだろうか。

ああ、でも彼女の声を最後に聞けるなら、悪くはない。

「ちょっと、生きてる？」

悔いはない、と幸せをかみしめて迎えを待っていると、肩をバシバシと叩かれた。

はっきり感じる痛みに瞼を持ち上げると、渉の顔を覗きこむ〝彼女〟の顔があった。

もしかするとすでに死んでいたのかもしれない。

「な、なんで？」

瞬《まばた》きを忘れて彼女の瞳をまっすぐ見つめる。

「猫がベランダと玄関の前で鳴き続けてて……なにかと思って外に出たら二階から誰か

が倒れてるのが見えたから。なにしてるの、こんなところで。頭打ってない？」

彼女の心配そうな表情に、さっきまでのむなしさがなくなっていく。それどころか満たされてお腹の中でなにかが発芽しそうな感じがする。むずむずする。こそばゆくてつい目を細めて笑ってしまったら「なに笑ってるの」と叱られた。

「真面目は、嫌いですか？」

視界に彼女がいるのに、焦点はなぜか夜空に瞬く星々に当てられていた。星が降っているみたいだな、とロマンティックなことを考える。けれど、彼女には星の光よりも、コンビニの蛍光灯のほうがいいな、とも。仕事帰りの少し疲れた目元と、落ちるまつげの影と、それでも決して甘えようとしない、自分で自分の面倒くらいみられるとでも言いたげな強い足取りの彼女は、いつもきれいだった。

「……なんでそんなこと訊くの？」

「この前、真面目ならなおさら無理だって……」

地面を握りしめるように拳を作ると、べちゃりとしたなにかが掌《てのひら》に入った。のろのろと腕を動かしてたしかめると、雨水に濡《ぬ》れた桜の花びらが一枚くっついている。

そこで改めて、自分は失恋したんだな、と思う。

「嫌いだったら真面目じゃなくなるの？」

「無理、かもしれない。でも努力はしたい、です」

「そういうところが真面目」

　立てる？　と彼女は渉に手を差し伸べる。おずおずとその手を握り返すと、ゆっくりと引き上げられた。彼女の力と自分の力が、同じ目的のために動いている。初めて触れる彼女の手は、細いのに頼もしかった。

　立ち上がり自分のケガを確認する。長袖のシャツを着ていたこともあり、腕に擦り傷はなく、デニムのおかげで足も無事だ。なにをあんなに痛がっていたのか自分で不思議に思うほど、渉は無事だった。

　彼女はそばで腕を組んで様子を見ていた。その顔から、渉の体を案じているのが伝わってくる。

「あの」

「なに？　やっぱり救急車呼ぶ？」

「オレのせいで、コンビニ来なくなったんですか？」

　ぎゅっと彼女の眉間にシワが刻まれた。

「……残業続きで、あなたがいない時間になってただけ」

「今日、車で送ってもらってたひとは……？」

　はあーっと呆れたようなため息を吐かれてしまい、自分がかなり面倒で鬱陶しい態度を取っていることに気づく。

「同僚。つき合ってると勘違いされたら相手に悪いから言うだけで、あなたに誤解されたくないとか、そういう気持ちは一切ないから」

辛辣な言葉に胸が抉《えぐ》られる。念を押すように言わなくても、と子どものように唇を尖《とが》らせる。

「あなたこそ、さっき一緒にいたかわいいあの子は？」

今さら彼女にかっこつけたり弁明するのも気持ち悪がられそうなので、素直に「つき合おうと思ったけど無理でした」と答えた。

「おまけに真面目なフリしてるって、フラれました」

交際一日目に彼女の家に泊まれなかったことが、世間一般的におかしなことなのかどうかが判別できず、とりあえず余計なことは言わないでおく。

彼女はなにもかもお見通しかのように「ふうん」と呟いた。

「見る目がない女の子とつき合わなくてよかったじゃん」

そして、片頬を引き上げる。

「真面目なのは悪いことじゃないから」

そう言いながら原付は無事なのかと指でさされ、あたふたと車体を起こす。

「私はむしろ、真面目なひとのほうが好きだけど」

原付はライトが壊れてしまったものの、エンジンは生きていた。ほっとすると同時に好きという単語が聞こえてきて「え！」と大きな声を出してしまう。

「ひととしてってだけだから。あなたを好きなわけじゃないから」

涉の反応は彼女にとってわかりやすすぎるのだろう。勘違いする隙もないほど素早く否定されてしまった。

しょんぼりと肩を落とすと、

「私も真面目だってよく言われたしね」

遠くを見つめながら彼女が言う。彼女にそう言ったひとは、なんとなく、彼女にとって大事なひとなんじゃないかと思った。そして、彼女に影響を与えたかもしれない誰かに、小さな嫉妬心を抱く。

「じゃあ、なんで真面目ならなおさら無理って、言ったんすか」

涉の質問に、彼女は視線を遠くから近くに戻して目を合わせた。またその質問か、と若干面倒くさそうに眉根を寄せてから、「さあ？」と、歪《いびつ》な笑みを顔に貼りつけて肩をすくめる。締めつけられる胸の痛みによろめきそうになる。

「猫」

彼女が涉の背後に視線を向けて、くいっと顎でさした。振り返ると、サンタとハチワレらしき猫が一メートルほど離れた場所でちょこんと座って涉を見ている。その視線は、紗菜と一緒にいるときに感じたものと似ていた。二匹の周囲にも、涉と彼女を観察するかのように数匹の猫の姿がある。観客のようでもあり、監督のようでもある——なんて思うのは気のせいだろうか。

「あなた、相当猫に好かれてるんだろうね」

「え？」

「倒れてるあなたを心配して、私を呼んでたのかも」

まさか。渉がこける前から猫はうるさかった。

けれど……もしかして。いや、そんなはずはない。だって猫だ。

「じゃあ、私は部屋に戻るから」

渉のかわりに返事をしているのか、サンタが彼女に向かって「にゃあ」と珍しくかわいらしい声で鳴いた。だが、彼女はなにも言わず冷めた視線を落とす。

その表情は、今にも泣き出しそうにも見えた。なにかに耐えているかのような、必死に感情を殺して無表情でいようとしているような。

「——好きです」

相変わらず渉の口は勝手に動き、告白をする。

「……いや、だから無理だって」

片眉を持ち上げ、困惑気味に彼女は即答する。この二週間で三回目の失恋だ。けれどその分、渉のメンタルは鍛えられたらしく、彼女の表情が戸惑いを見せたことに喜びを感じた。無、よりもそちらのほうがいい。

「でも、好きだなって」

へへへ、と白い歯を見せて渉は言った。

ただ、純粋に、好きだと思う。桜が咲いていればきれいだな、と思うように。猫がいればかわいいな、と思うように。それ以上でも以下でもない、まっすぐな自分の気持ちは、言葉にすると心が満たされた。

「なに笑ってんの」

「あ、笑って誤魔化してるわけじゃないですよ！　笑うのがクセなだけで！」

慌てて顔に力を入れて、口元を引き締めた。

「そんなことわかってるし。笑って誤魔化すのもクセだろうけど、あなたそうじゃないときもだいたい笑ってるじゃん」

はあっと苦々しく眉根を寄せて言ってから、彼女はゆっくりと目を細める。

星がきらきらと空から降り注いでいるような幻覚が再び見えてくる。

ああ、やっぱり――。

「好きです」

「しつこい」

ふは、と彼女が失笑する。

「あなた、私に似てしつこそう」

それはつまり、彼女にも誰か想う相手がいる、ということか。

「そうかも。でも、しばらく相手してください」

軽口を叩ける自分が戻ってきた。

お調子者の自分の言葉で、彼女の表情がほんのわずかでも緩んでくれるならそれ以上幸せなことはないと思えた。今まではそのための笑顔の練習だったのでは、とも。

彼女は肩をすくめる。そして空に視線を向けてから、腰に手を当て渉を見た。

月明かりに、彼女の瞳が揺らいでいる。まるで、涙を浮かべているみたいだ、と思った途端、

「じゃあね」

彼女は素っ気なく挨拶をして踵《きびす》を返した。


「いらっしゃいませー」

今日もまた、レジにやってきた彼女に満面の笑みを向ける。彼女は今までとかわらずクールな態度と目で渉に接する。けれど、少しだけ変化はあった。

「なんか最近、忙しそうだね」

「あー、ひとりバイト減ったんで」

ぴ、ぴ、とバーコードを読み取りながら一言二言言葉を交わすようになっただけで、渉はうれしい。うれしくて、店長にも最近いつにも増してヘラヘラしているね、と言われた。ついでに、バイトがこれ以上減らないようにか、時給が二十円上がった。粕谷くんは見かけによらず真面目で助かっているし、いつも笑顔で接客してくれているから、とのことだ。

渉は昨日も父親にご立腹だった母親に、父親のなにがそんなにいらつくのかと訊いてみた。「相手をしてくれないところ」と即答されたので「真面目なところじゃねえの」と首を傾げると「なんで？」と質問を返された。

明確ななにかがわかったわけではないが、渉が思っているほど両親の相性は悪くないのかもしれない。

「ありがとうございましたー」

レジ袋を渡す。彼女はそれを受け取り、ちらりと渉の胸元を見た。

「ありがとう――粕谷くん」

呆然とする渉を一瞥して、彼女はしてやったりといったように片頬を引き上げてから、自動ドアをくぐる。にゃあ、と彼女の足元でグレーの猫が呼び止めるかのように鳴いた。

はやく上がり時間にならないだろうか。はやく、猫に、この喜びを伝えなくては。っていうかまた名前を訊きそびれてしまった。でも、それは今度にしよう。彼女はきっとすぐに、コンビニに来てくれるはずだから。

顔に力を入れていないと緩んでだるだるのだらしない顔になってしまう。

自分が毎日笑っていたのは、クセでもなんでもないかもしれない。

❷ ねこ町2丁目のオフィス街

雨のいいところは、雨上がりの景色がきらきらしていること。

そのくらいしかないので、雨の日はなくてもいいとぼくは思う。でも、家に閉じ込められているローラは「雨の日は心地がいいからあたしは好き」と意味のわからないことを言っていた。

「夕方から雨降りそうだなあ」

ぼくらのたまり場である公園で、ハチワレが空を見上げて鼻をヒクヒクさせながら言った。雨に濡れることをなによりもきらっているハチワレの天気予報はよくあたる。

ここ最近は雨が多い。そういう季節なんだそうだ。また今日も雨か、とうんざりした気持ちで後ろ足を毛繕いする。

天気が悪いと右の後ろ足の調子が悪くなる気がするんだよなあ。気のせいかなあ。ぼくは常にスマートな身のこなしでいなくてはいけないのに。でなければローラに会いに行けなくなってしまう。

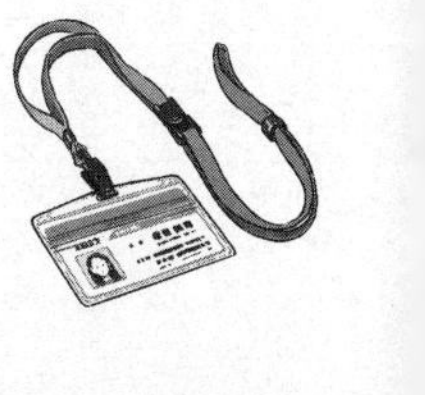

「小腹が空いたんだけど、あの渉っていううるさい男は今はいないのかしら」

花子がぐってりと体を地面につけてぼやいた。毛の長い花子は暑いのが苦手なので、じめじめしたこの時季は動きが遅くなる。そのうち家から出てこなくなるだろう。

「あの男がコンビニにいるとしたら太陽がいなくなってからじゃないかな」

「ったく、役に立たない男ね。話も面白くないし、ご飯も安物だし、うるさいし。あの男のために走り回ったんだから、もうちょっとあの男はわたしたちを敬うべきだわ」

ふんふんと鼻を鳴らして花子が文句を言う。

花子の気持ちもわからないではない。

コンビニに出入りしている給餌係の男――渉という名前らしい――のために、ぼくらは走り回った。はじめはにんげんの発情期に同情して話し相手になってやろうと思っただけだったけれど（ぼくはご飯のために前から相手をしてやっていた）、落ち込んでいる様子の渉に、仕方なくぼくらが手を貸してやったのだ。

渉が落ち込んでいる原因らしき女のあとをつけて、家を調べた。発情しているのならばそれを解消するしかない。顔を合わせてやれば、にんげんもまあまあ知識があるらしいのでなんとかするはずだ。いや、知らないけど。なんか面白いことが起こるんじゃないかと思っただけだけど。

結局、発情期真っ最中の渉はぼくらくらい素早いバイクに乗って町をぐるっと回ってから、我慢の限界だったのか女の家まできた。仲間たちと常に連絡を取り合っていたぼくは、とにかく女の家の前で鳴いて鳴いて鳴いて鳴き続け、彼女を外に連れ出した。そのおかげで渉はあの女と会うことができた。

ふたりがなんの話をしたのかよくわからないけれど、渉の発情期はあの日を境にやや、落ち着いた。

そう、やや、だ。

あんなにぼくらが頑張ったというのに（暇だったからだけど）。

しかもそんなぼくらになんのお礼もしない（次の日ちょっといいご飯をくれたけど）。

しかもしかも。

「でも最近、あの渉ってやつ、夜でもいないことが多くないか？」

「そうなんだよ！」

ハチワレの言葉に思わず声を荒らげてしまった。

なんでなのか、あれから渉はコンビニにやってくる回数が減っている。前にこれから忙しくなるって言ってたけれど、にんげんなんていつも暇なくせに。ぼくらよりも暇なくせに。ぼくらがいなければなにもできないくせに。これだからにんげんは。

イライラしてきてしっぽが地面をぺちぺちと叩くように動く。

と、ぼくの怒りなんてどうでもいいかのようにハチワレが立ち上がった。

「どこ行くんだよ、ハチワレ」

「雨が降る前に家に帰るんだよ」

ハチワレの言う〝家〟はひとの住む家ではなく、住処、だ。ひとの多いほうへ進んだところにある古いビルの駐車場で、この公園からは結構遠い。屋根があって広々としていて、なにより雨風をしのぐことができる所だ。ぼくも雨の日はたまにお邪魔している。ただ、うるさくてくさい車が出入りするので、最近ぼくは避けている。

「でも、まだ昼間だよ。雨は夕方だろ」

「降ってからじゃ遅いだろ。おれは一滴も濡れたくないんだ」

「野良は大変ね。かわいそうに」

「おれは花子みたいににんげんに媚びを売って過ごすような真似《まね》はしたくねえんだよ」

「なんですって!」

ハチワレの言葉に、花子は目を吊《つ》り上げた。

野良猫のハチワレは、飼い猫である花子のことをバカにしている。にんげんのことをバカにしているからだ。

「なんでハチワレはそんなににんげんのことを下に見るのさ」

ハチワレは「しょうもないことばかりするからだよ」と鼻で笑った。

「本人に言えばいいことをおれに言って満足したり、勘違いしたり、騙《だま》したり騙されたりしている面倒な生き物を毎日見ててうんざりしているだけさ」

なにを今さら、とみんなが冷めた顔をした。にんげんはみんなそんなものだ。

でも、ハチワレはにんげんをバカにしていてもきらいなわけではない。むしろぼくらの中ではいちばんにんげんにやさしいような気もしている。わざわざ遠い駐車場まで行き来するくらいには、ハチワレはあの家にやってくるにんげんのことを気に入っている。ハチワレは決して認めないけれど、みんな知っていることだ。

そんなハチワレがうんざりしている、ということは、それなりのなにかがあったのだろう、とみんなと顔を見合わせた。

今日はこれから雨らしい。雨の日は外を散歩できず、みんな暇を持て余す。

ちょっと詳しくその話を聞こうじゃないか。

ちょうどいい暇つぶしができるかもしれない。ぼくを含めたみんなが、目を輝かせハチワレのあとに続いて歩きだした。

＊

仕事ができるからといって、私生活でもできる男だとは限らない。

美海《みみ》は仕事中に届いたメッセージを給湯室で確認して、小さく舌打ちをした。

「え、なんですか、丸山《まるやま》さん」

横から戸惑いの声が聞こえて顔を向ければ、去年の夏の終わりに中途採用で入社した、三歳年上の新田千咲《にったちさき》がマグカップ片手に立っていた。美海を見て怪訝な顔をしている。

「すみません、ちょっとムカつくことがあって、つい」

「また課長のセクハラですか？」

「思い出したら舌打ちしたくなりますね」

そう言うと、千咲が「はは」と普段はあまり表情をかえない顔を緩ませた。

輸入雑貨を主に取り扱う社員二十名ほどの小さな商社の営業事務として、美海は新卒で入社した。気がつけば今年で七年目、二十九歳になる。

「黙ってたらこっちが損するだけなんで、言いたいことは言ったほうがいいですよ」

千咲の台詞に、美海は「ですねえ」と曖昧な返事をした。

千咲なら言えるだろうな、と思いながら、電気ケトルに水を注ぐ千咲を見つめる。服装は色もデザインもシンプルで、ショートボブの髪型も化粧も、特にこれといった特徴がない。流行をほどよく追いかけ、朝に充分な時間をかけて身だしなみを整えている美海とは対照的だ。ただ、不思議なことにダサくはなかった。なによりも、彼女らしいと美海は思う。

営業部に所属している彼女は、仕事ができる。はじめこそ美海が仕事を教えることもあったが、一ヶ月もすればほとんどひとりでこなすようになった。

そんな彼女を、美海はしばらくのあいだ苦手に思っていた。

千咲は、入社した頃から相手が上司だろうと先輩だろうと関係なく、間違っていると思えば躊躇《ちゅうちょ》なく面と向かってきっぱりはっきりと意見を口にした。美海も勤務年数でいえば先輩だが、何度か千咲に叱られたことがある。数字が違うとか、商品説明が間違っているとか。見積もりの金額を三回続けて間違えたときは、かなり厳しく言われてショックと恐怖で泣いてしまったほどだ。

もちろん悪いのは自分だとわかっている。今まで誰からも注意されたことがなかったのを、自分は仕事ができると勘違いして気を抜いていたのはたしかだった。

もう同じミスをするわけにはいかない、と千咲を怖がりながらも美海は気を張って仕事をするようになった。そして、後日頼まれた書類を渡したとき、千咲はじっくりと内容を確認してから、

「ありがとうございます、助かります」

とやさしく口の端を引き上げた。

彼女は自分のために厳しく叱咤《しった》してくれたのだとそのときやっと気づいた。彼女のおかげで、調べることや疑問に思うこと、想像力を働かせることを学んだ。

やさしいからこそ厳しいひとだと、美海は思った。

それ以来、美海は千咲を「千咲さん」と下の名前で呼ぶほど慕っている。たとえ千咲は自分のことをかわらず「丸山さん」と名字で呼んでいても、以前よりも会話が増えて仲良くなっている（と思う）ので、美海はかまわなかった。

とはいえ、未《いま》だに千咲のことはよくわからない。

お昼ご飯を一緒に食べに行こうと誘えば来てくれるし、個人的な連絡先も教えてくれてたまにやりとりもする。けれど、千咲はあまり私生活について語らないのだ。結婚しているとか彼氏がいるとかいう話も聞いたことがない。元々は都会にある商社で働いていたと社長が言っていたけれど、転職の理由も不明だ。なんでわざわざこんな田舎の小さな会社にきたのか不思議で仕方がない。給料だって都会のほうがいいはずだ。

謎である。でも、そんなところも含めて、美海は千咲に好意を抱いている。

誰にも依存せずに自分の足でしっかりと立っている感じがする。

ひとりでも、強く生きていけそうなひと。

自分も、こんな女性ならば、生きやすかったかもしれない。

べつに美海だって、なにかに依存しているつもりはない。大学入学を機に独り暮らしをはじめ、掃除洗濯はもちろん自炊もしている。自分の稼ぎだけで、美海は自分なりに自分の足で立って生きてきたつもりだ。

なのにどうして、千咲と自分は違うと思うのか。

「千咲さんは、結婚願望とかあるんですか？」

「――えっ」

なんとなく訊くと、千咲は大げさなほど体を震わせて目を見開いた。表情も強《こわ》ばっているように見えて、訊いてはまずいことだったのだろうかと焦る。今の時代こういう質問は避けたほうがよかったのかも。美海としては深い意味はなかったのだけれど。

一瞬にしてぐるぐると思考を巡らせていると、

「なんで、急に？」

と質問に質問を返された。

「えーっと、なんというか。結婚って、その、必要なのかなあって」

胸元まである髪の毛先をいじりながらしどろもどろに答えると、自分がどうして千咲に変な質問をしてしまったのかがわかった。必要だと、自分と違う千咲に言ってもらいたかった。彼女でも必要だと考えているのか、と安心したかった。とんだかまってちゃんだと自分で恥ずかしくなる。

「もうすぐ結婚するひとがなに言ってるんですか」

千咲に苦笑され、美海は曖昧に笑ってスマホを握りしめる。

十月の結婚式まで、残り四ヶ月。

春になる前に両家の顔合わせを終え、すぐに式場を探した。あの頃は楽しかった。予約したホテルの結婚式場はアンティークな雰囲気で素敵だった。すでに結婚している友人に話を聞いたり、ＳＮＳで流行《はや》りの演出を検索したりして秋を待ち遠しく思っていた。高揚感しかなかった。

もちろん、その気持ちがなくなったわけではない。なのに。

『次会うときにちゃんと話をしよう』

届いたメッセージを思い出して、また舌打ちをしそうになる。

仕事ではアートディレクターとやらで決断力がありなかなか優秀らしいけれど、私生活は優柔不断で逃げ腰な狡《ずる》い男なのだと知ったのは最近のことだ。

仕事ができる男は、あくまで仕事ができる男だ。いい男というわけでは決してないし、私生活でもできる男というわけでもない。

「必要かどうかはわかんないですけど、必要ないとは思ってないですよ、私」

沈黙した美海に、千咲はなにを思ったのか先ほどの質問に返事をした。

「じゃあ、千咲さんもいいひとと出会えたら結婚するかもしれないんですか」

「出会えたら、というか好きになったら、この先も一緒にいるための楽な方法が結婚なんじゃないかな、と思います。面倒なこともありますけど」

なるほど、と頷きながら、美海はますます胸の陰りが深くなるのを感じた。

好きになったら、一緒にいるために。

「でも、私はそういうひとと出会えないので、結婚しないと思います」

迷いのない、むしろ自分でそう決めているような、頑なとも思える声と表情だった。なんと反応すればいいのかわからずぽかんとしていると、千咲はゆっくりと美海のほうを見て、目を細める。

「丸山さん、結婚式の準備で、ちょっと疲れてるのかもしれないですね」

話が再び戻る。ハッとして彼女の会話にしがみつくように、「え、あ、ああ、そう、そうだと思います」と返事をした。

「決めることたくさんあるんですよね。結婚式前はみんなケンカするって聞きますよ」

「わたしもケンカする日は遠くない気がします。元々結構ケンカしますし」

準備はこれからが本番だ。招待状の宛名はプロに書いてもらうので、はやめに住所氏名を記入したリストをプランナーに渡さなければならない。だというのに、婚約者は何度催促しても「まだまとめられてない」「もうちょっと待って」と言うばかりだ。仕事が忙しいのはわかるが、いい加減にしてほしい。

「ドレス選ぶときも、なんでもいい、しか言わなかったんですよ」

Aラインのドレスも、マーメイドドレスも、プリンセスラインも、エンパイアラインも、なにを着ても「似合うよ」ばかりだった。百六十にも満たない身長と、三十路《みそじ》前だというのに落ち着きを感じない顔立ちの自分にマーメイドドレスなんて似合わないことはわかっていたし、実際似合わなかった。どこをどう見て似合っていると思ったのか。家に帰って訊くと「似合ってたんじゃないの？」と言われた。なんだそれ。

お湯が沸騰してピーッと電気ケトルが鳴った。千咲はティーバッグをいれてあったマグカップにお湯を注ぎ「じゃあお先に」と給湯室を出て行く。美海も仕事中なので千咲に続いて事務室に戻った。

結婚を決めて半年、会社に報告をしたのは先月。結婚式までは四ヶ月。新居への引っ越しは二ヶ月後で、それに合わせて入籍予定だ。やらねばならないことは無数にある。なのに。

彼——赤城《あかぎ》からのメッセージに、気が重くなる。どうせなにを言っても進展しないのだろうと思うと、返信も億劫《おっくう》だ。

窓を見ると、いつの間にか雨が降り出していた。霧雨は、視界を淡くさせる。

美海が赤城と出会ったのは、五年前の六月のこんな雨の日だった。

ビルの駐車場は、雨が降ると空気が重くなる。あの日、水はけが悪いせいで大雨でもないのに道路には水が溜まり、バシャバシャと大きな音が鳴っていた。

「その猫の世話してたの、きみだったんだ」

いつの間に背後の非常口が開かれたのか、美海は気づかなかった。

突然の声に振り仰ぐと、Tシャツにカーゴパンツというラフな格好をした背の高い男性が美海を見下ろしていた。二十四歳の美海よりもいくつか年上のようで、一重の、涼しげな目元が好みだなと思った。

このビルは一フロアに二つの部屋がある九階建てだ。けれど、入っている会社は六社しかないので、出入りするひとはそれなりに顔なじみで、見かければ挨拶を交わす。でも、彼を見るのははじめてだった。どこかの会社にやってきた営業だろうか。

誰ですか、と声にしかけて呑み込み、かわりに「はい」と返事をする。

その猫、と彼が言ったのは、美海の目の前でドライフードを食べているハチワレ柄の猫のことだ。猫は男の登場にもまったく動じることなく口を動かし続けていた。

「ビルに住んでる猫？　いつも朝に見かけるから気になってたんだよな」

男はそう言って、美海の隣に並び、美海と同じようにしゃがみ込んだ。美海を年下だと思っているからため口なのだろう。

いつも、と、朝、という言葉に、「もしかして」と話しかけた。

「最近、このビルに入った三階の会社のひとですか？」

ハチワレは、美海が入社した頃にはすでにこのビルに住み着いていた。四六時中この場所にいるわけではないが、朝はほぼ毎日入り口横にいる。雨の日は必ず、駐車場の壁沿いにある歩道のいちばん奥の非常口付近で寝ていた。

なので、このビルで働いているひとなら、みんなこの猫のことを知っている。おそらく、一ヶ月ほど前に引っ越してきた会社を除いて。

「うん、そう。俺、三階の株式会社エスの赤城っていいます」

男は胸ポケットから名刺入れを取り出し、笑顔で美海に手渡してきた。目尻にシワが刻まれて、それが赤城の纏う空気をどことなく甘く感じさせる。

「わたしは、六階の丸山っていいます」

「よろしく、丸山さん。でさ、駐車場に猫が出入りしてるとか、危なくないの？」

「はじめはみんなもそう思ってたんですけど、結構賢い猫で飛び出してきたり車の下にも入ったりしないから、気をつけていれば大丈夫ですよ」

身元が少し明らかになったことで、美海の警戒心が溶けていく。

説明をしながらハチワレに視線を戻すと、口元をべろりと舐めて満足そうな顔をしていた。ありがとう、よりも、ご苦労、と思われているような気分になる。

美海がこのハチワレの世話をするのは、猫が好きだから、ではない。どちらかというと猫は苦手だった。幼い頃に激しい猫のケンカを見たことがあるからだ。

ただ、一年ほど前、営業と一緒に車で出掛けて戻ってくると、ハチワレがからっぽの器を見つめていた。営業が言うには、二階の会社の経理のおばさんがこまめに水を入れ替えていたけれど、そのひとが最近辞めてしまったらしいのだとか。

飲み物がなくなったらこの猫はビルを去るのだろうか、と思いながら通り過ぎようとしたとき、猫と目が合った。

懇願してくるような愛くるしい瞳――ではなく、お前今すぐ水持って来いよ、というような偉そうな視線だった。

なぜか無視することができず、まあ水くらいいいか、と美海はその器を洗って水を入れてあげた。

それから、毎日朝昼晩のどこかで必ず水を入れ替えている。はじめはそれだけだったのに、雨の日は一日中駐車場にいるのでお腹が空くのではないか、とドライフードもあげるようになった。古くなっていた猫ベッドも新しいのに買い直した。トイレをしに外に出ていることを知ってから、簡易な猫トイレも設置した。ハチワレはそのたびに、なかなか気が利くじゃないか、と言いたげに目を細めた。

猫は苦手だったはずなのに、なんでこんなに世話をしているのだろうか。

まさかこんなにも表情豊かで憎らしくてかわいいとは。猫恐るべし。

しばらく赤城はじっとハチワレを見つめていた。美海も同じようにハチワレを見る。ふたりの視線が居心地悪かったのか、ハチワレは不機嫌そうな顔で立ち上がり、くるりと体の向きをかえて丸まった。

「いつもご飯あげてるの？」

「いえ、この辺の猫は地域猫だとかで、普段はボランティアのひとが公園でご飯をあげているそうです。だから、わたしがあげるのは、猫が外に出ない雨の日だけ」

「なるほど。やさしいんだね」

ふわっと息を吐き出すように微笑んだ彼に、美海の心臓がつかまれる。自分のチョロさに羞恥を感じて目をそらすと、彼が再び笑ったような気がした。

じゃあまた、とその後すぐに赤城は去った。

また、と言いながらきっと彼は来ない。そう自分に言い聞かせないと期待してしまうほどには、初対面の彼に興味を抱いていた。ハチワレが、おいおいお前大丈夫かよ、と言いたげな視線を美海に向けていたので、「なに」と睨《にら》んでからひと撫でした。


赤城が再び駐車場にやってきたのはそれから四日後の雨の日だった。

「どうも」

背後にいる赤城を振り仰ぎながら美海が言うと、彼は顔をくしゃっと潰したように笑う。そして前と同じように美海の隣にしゃがみ込んだ。

「もしかして俺のこと待ってた？」

「まさか」

即答したけれど、赤城にはそれがウソだとわかったのだろう。くつくつと喉を鳴らし肩を震わせている。むうっと口を尖らせると、子どもっぽい仕草だったな、と自分で恥ずかしくなり、すぐに表情を戻す。

実際、美海は待っていた。赤城と会ってから毎日お昼休みにこの場所で、ドアが開くのを待っていた。やっぱりあの〝また〟は深い意味のない挨拶だったのだ。ばかばかしい、とやっと諦める決意をしたのが、ほんの数分前のことだ。

「雨の日だから今日はいるだろうなって思って。きみも、猫も」

お昼ご飯をあげるのが雨の日だけだから、美海がこの場所にいるのも雨の日だけだと思ったのだろう。なるほど、と納得すると同時に安堵《あんど》した。

「俺は普段、外に出ていることが多いんだけどねー」

そう言って、彼はポケットから猫のおやつを取り出す。コンビニでも売られている、猫の食いつきがすごいとウワサのものだ。見た目だけでそれがなにかわかるのか、ハチワレの目が輝いた。

どうやら彼は猫のことが相当好きなようだ。ハチワレが近づいてきたことに露骨なほど喜んでいる。

「丸山さんには、これ」

反対側のポケットからは、都会にしかなさそうなオシャレな個包装のエクレアが出てくる。どうしたんですか、と訊けば、たまたま仕事で出掛けたときにおいしそうだから買ってきたのだと言った。

「今日は雨だから丸山さんに会えるかなって思って。丸山さんのために」

これが大人の男の気遣いか。もしくは女性の扱いに慣れているだけなのか。

「ど、どうも」

半年ほど前までつき合っていた同い年の元カレからは一度もされたことのない〝出先できみを思い出したから〟という行動に（そこまで言われていないけれども）ときめいてしまう。

それから、美海と赤城は雨が降った日は駐車場でハチワレと過ごすようになった。

赤城は広告代理店の営業兼アートディレクターという仕事をしているらしい。ひとと接するのに慣れていて、会えないときもあるからSNS教えてよ、となんともスムーズな流れで連絡先の交換を提案され、やり取りするようになった。

彼と話をしていると、今までつき合ってきたひととつい比較してしまう。

元カレはメッセージのやり取りを面倒くさがっていたけれど、赤城はマメだ。

元カレは仕事の愚痴が多かったけれど、赤城はやりがいがあるらしく楽しそうだ。

元カレは飲みに行くのが好きだったけれど、赤城は実は苦手だと顔をしかめる。

比較すればするほど、赤城のポイントがたまっていく。もともと未練なんてなかった元カレのポイントは急激に下がっていく。赤城は美海よりも四歳年上だったので、経験値の違いだけかもしれないが。

「今度は和菓子がいいなー」

赤城に対して敬語で話すことがなくなると、内容もかなり気さくになった。次会うときのお土産も、気がつけば美海がリクエストするくらいに。そのたびに、赤城は「きみのためなら」と笑う。

最初に息を吐き出すような「ふ」という音が聞こえる笑い方が赤城の特徴だった。大きな声で笑うひとではなかった。ただ、目を細くして笑いジワを浮かばせる。美海がどんなことを言っても、あれ食べたいこれ食べたい、おいしくない、いまいち、言ってたのと違う、とワガママで横暴なことを言っても、彼は楽しげにしてくれた。なにを言っても、許してくれるような寛容なところがあった。だからか、美海も赤城に冗談を言ってケラケラと笑うことができた。

「和菓子かあ、仕事先では難しいかもなあ」

「えー。出張とかないの？」

「ないことはないけど、和菓子って賞味期限短いじゃん」

「そこは赤城さんがなんとかしてよ」

「無茶言うなよ、ワガママだなあ」

困ったように眉を下げているけれど、目尻も下がっている。かわいいな、と年上の男性相手に思った。甘えているのは美海のほうなのに、よしよしと抱きしめて甘やかしたくなってしまう。この顔を見せられたらなにをされても許してしまいそうだ。

——こんなひとと一緒に暮らせたら、幸せだろうな。

ふと、そんなことを考えてしまう。

同時に、自分の中にある赤城への好意を自覚した。

「じゃあ、今度一緒に行く？」

「え？　出張に？　無理でしょ」

なにを言っているのかと噴き出すと、「違うよ」と赤城が珍しく真面目な声色で言った。きょとんとして顔を上げると、赤城のまっすぐな視線が美海に注がれている。

それには熱が籠もっていて、美海の体温まで上がりそうになる。

「今度の休み、一緒に行こう」

二度目の言葉は疑問形ではなかった。美海の返事はお見通しだよと言われているような気がして、ちょっと悔しくなる。けれど、断るつもりはない。

「日帰り？　泊まり？」

だから、美海も余裕を顔に貼りつけて笑って見せた。心臓が早鐘を打っていて、脳内はややパニック状態だったのだけれど。

でも、赤城には隠せなかったのだろう。

彼は「ふ」と美海の好きな笑い方をしてから、美海の髪の毛に触れてきた。そしてマンガやドラマでしか見たことのない、髪の毛への口づけをしてから、美海に顔を近づけて唇を重ねてきた。

なにも言わずに手を出した赤城に対して、怒りはなかった。

唇が離れたあと、彼はきっと、なんでも許してしまうかわいい表情をしているだろうと思ったから。

「どう思う、あんたたち」

仕事を終えたあとに立ち寄った駐車場で、美海はあれから五年経っても相変わらずこの場所を寝床にしているハチワレと、ときおりやってくるグレーの不細工な猫と、気品あふれる長毛種の猫に話しかけた。当然猫たちはなにを考えているのかわからない顔でじっと美海を見つめたり、猫にしか見えないなにかに反応したり、毛繕いをしたりしている。

猫相手になにを話しているんだと、むなしくなる。

以前は猫の様子を眺めているだけだったのに、ここ最近——半年くらいか——猫相手にブツブツと語りかけるようになってしまった。これもそれも、全部赤城のせいだ。

はーあ、と声に出してため息を吐くと、グレーの猫がゆっくりと立ち上がり美海の近くに寄ってきた。顔つきはあまりかわいくないが、この中でいちばん人懐こい。いや、ひとに対してあまり警戒心がないのかもしれない。以前はスマートな動きをしていたけれど、今はやや癖のある歩き方なのが特徴だ。

——去年の夏の事故のせいで。

血だらけでぐったりしていた姿を思い出すと、生還したことが奇跡のように思う。

事故が起こったのは、線路沿いの狭くて薄暗い道だった。会社と駅のあいだにあるけれど、人通りが少ないので美海はほとんど通ったことがない。だから、美海は事故現場に居合わせたわけではない。

あの日、美海は定時退社して細い路地を駅に向かって歩いていた。まだ日は沈んでおらず空は明るかった。そこに、突然ブレーキ音となにかがぶつかった音が響いた。なにごとかと思っていると「事故だって」「人身事故らしいよ」と言いながら美海の横を何人かのひとが通り過ぎていった。野次馬根性で、走って行くひとのあとを追いかけた。

その途中でケガをしたグレーの猫と会った。

詳細は、後日同じビルで働くおばさんたちが化粧室で事故について語っていたのを聞いて知った。車が壁に激突しひとりの男性が巻き込まれて亡くなったらしい。ほかにも、被害者はこの町の住民ではなかったから、マンションが建ち並ぶ隣の駅前に住むひとか、最近開発されつつある海側の住宅街のひとだろう、とか。そばには女性がいて、綺麗《きれい》な長い髪をぐしゃぐしゃにして俯《うつむ》いて叫んでいた、とか。加害者は川を挟んで向こう側の市のひとだったらしい、とか。

この町の住民であるおばさんたちは、とにかく情報がはやい。真偽は微妙だけれど、とにかく驚くほど詳しい。なのに事故については詳細が曖昧だった。その理由はおそらく、当事者が全員この町に無関係だったからだろう。おばさんたちは、駅前や海側の比較的新しい土地のことまでは情報を仕入れることができないようだ。

もし、事故の関係者がこの町のひとであれば、あることないこと好き勝手に言われて、居心地が悪くなっていたに違いない。美海は自分がこの町の出身でなくてよかったと思う。独り暮らしのマンションも、ここから二駅離れた場所だ。

グレーの猫を見つめながら事故のことを考えてぼけーっとしていると、ぅにゃあ、と汚い鳴き声が聞こえてきてハッとする。お前なにぼけっとしてんだよ、そんなことする暇あるなら遊び相手にくらいなれよ、と言われているような気がした。

「なによ。わたしも悩むことくらいあるんだから」

再びぅにゃあ、と鳴かれた。不細工な猫は鳴き声も不細工だ。

はいはいすみませんね、猫様には関係ないですね、と文句を言って、手にしていたスマホを見る。スリープ画面を解除すると、何度も見たメッセージが表示されていた。

『次会うときにちゃんと話をしよう』

赤城とは二ヶ月前の四月から顔を合わせておらず、メッセージのやり取りしかしていない。

彼はもう、美海の通うこのビルにはいない。

結婚を控えお金が必要になるからと、大手企業のクライアントに誘われ四月に転職した。この町の海側のマンションに住んでいる彼は今、電車で片道一時間ほどかかる都会のオフィス街にある立派なビルに通勤している。満員電車が苦痛らしく、来月新居に引っ越せば通勤時間は十五分ほどになるから、それまでの辛抱だとため息を吐いていた。

「話をしようって言われてもねえ」

つい、顔をしかめてしまった。

ちゃんと顔を見て話をしたいのは、美海も同意見だ。文字だけのやり取りではお互いにすっきりしない。このままではよくない。

けれど、話し合いを拒んでいるのは赤城だ。

美海がいつ会えるのかと訊けば、転職したばかりで忙しいとか、接待で遅くなるとか、家の用事があるとか言ってのらりくらりと躱《かわ》し、会う機会を作らない。なんとか約束をしても、直前になって「やっぱり今日は無理」とか言い出す始末だ。

絶対ウソだと思う。美海にあれこれと責められるのがいやで逃げているのだ。

けれど、それに対して仕方ないとすぐに諦め、責めることも積極的に次の約束を決めることもしないのは、自分もまた、逃げているからなのかもしれない。

赤城と顔を合わせることに迷いがあるから。いや、恐怖かもしれない。

――会って今までと同じように許してしまったら。

考えるだけでもぞっとする。

「どうしたらいいと思う？　きみたち」

猫たちに話しかけると、みんなちらりと美海に視線を向けた。けれど、すぐに興味なさげに瞼を閉じる。

「なんだかなあ。なんなの、わたしにどうしてほしいの。っていうかわたしがどうにかしなきゃいけないのか？　なんだかなあ」

猫の返事は期待していなかったので、美海はひとりで話し続けた。弱音と本音が入り混じった、堂々巡りの愚痴のようなものを垂れ流す。千咲にはかっこ悪くて言えないし、友人はもちろん親にだって言えない。となると猫しかいない。壁にひとりで話すよりも生きているなにかが目の前にいるほうが健全な気がして、気がつけば猫相手にだらだらとひとりで喋ってしまっている。

「なんかこう、偶然会えたりしないかな」

完全に運任せの逃げ腰思考だ。実際そんなシチュエーションに出くわしたらパニックになって逃走するだろうこともわかっている。それでも、自分から行動に移す勇気が出ない。いや、赤城が逃げ出すほうが先かもしれない。

ハチワレはまた瞼を持ち上げて美海を見る。鬱陶しそうな顔だ。

「あんたは、赤城に会いたい?」

っていうかこの猫は赤城のことを覚えているのだろうか。

「わたしは——会いたくない」

ふふっと笑って、がっくりと項垂《うなだ》れた。

「でも、会いたい。はやく会いたい」

そばにいないと、会いたくなる。

「やっぱり、好きなんだよね」

だから、逃げたい。

好きだという気持ちがしっかりと胸の中でくすぶっているのがわかる。

握りしめていたスマホが小さく震えて、メッセージの受信を知らせてきた。

『出席者リスト、もう少し待ってほしい』

なんだそれ、と悪態を吐いて美海は目をつむった。視界を閉じると聴覚が敏感になり、外で雨が降っていることに気づく。まだ梅雨入りはしていないはずなのに、最近は不安定な天気が続いている。空は常に暗雲に包まれていて、昼間でもどんよりとし、夕方になると六月だというのに暗い。時間の感覚がおかしくなる。

でも、結婚式当日は雨でもいいな、と思った。

週末、なんの予定もなくだらだらと過ごすのは好きではない、が、遊びではない用事で忙しくするのも楽しくはない。毎週続いているから余計だ。

「わたしがほとんどしなきゃいけないってのもどうかと思うんだよねえ」

「夫の仕事が忙しいのはいいことじゃないの」

運転席にいる母親が満足そうに頷いた。

「なにがいいのよ」

呆れるように言い返すと「無職だと困るでしょ」と言われる。なんでそんな極端な発想になるのか。美海は肩をすくめて窓の外を見つめた。今いる場所は会社の近くで、左手には海が見える。

結婚式の準備のため、休みのたびに母親とこの道を通っている。先々週はドレスの試着で式場近くの衣装店に行き、先週は親戚に挨拶をしに行った。今日は母親と二度目のドレス試着だ。無事に式当日に着るドレスを決めることができた。シンプルなエンパイアラインのドレスだ。新郎の衣装は先々週に彼がサクッと決めていたのでこれでひとつタスク終了だ。

あとは結婚式の花やテーブルセットの打ち合わせに、式のタイムスケジュールの調整、引っ越しの準備、新婚旅行。二次会の幹事を頼んでいる友人とも一度話をしなくてはならない。なんとか今朝結婚式の出席者リストをプランナーに送ることができたけれど、出来上がればすぐに投函《とうかん》しなければいけない。慶事用の切手も買っておかねば。しなくてはいけないことはまだまだある。

なのに婚約者は今日も休日出勤で同行していない。っていうかなにもしない。仕事が忙しいのはわかるけれど、さすがにひどすぎる。あのひとの勤める会社はブラックなのではないか。

「もうちょっと協力してくれてもいいのにさあ」

「美海がしてあげれば済むでしょ。あんたは暇なんだから」

「わたしだって働いてるんだけど」

そう答えると、母親は困ったように眉を下げて苦笑する。おそらく、ただの事務員のくせに、と思っているのだろう。

母親は結婚したら美海に会社を辞めてほしいと考えている。家庭に入り、子どもを産んで育ててほしいと。時代錯誤も甚だしい、と美海は思っているけれど口には出さず、やんわりと否定するだけにとどめている。子どもがいないあいだにお金を稼ぎたい、だとか、辞めるのはいつでもできるからふたりで話し合う、だとか。

それ以上に、今はそんな先のことまで考えられない。まずは結婚式だ。

「そういえば従妹《いとこ》に卵アレルギーの子がいること、ちゃんと式場に伝えておいてよ」

「あ、そうか。忘れてた」

「もう、ちゃんとしてよ。美海に任せるの心配だわ」

子どものように唇を尖らせた母親に「じゃあ一緒に来たらいいじゃん」と言う。どうせコースメニューを決めるときもあのひとは仕事でいないだろう。いたとしても、好きにしたらいいよ、なんでもいいよ、と美海に任せきりにするはずだ。

母親は「困った子ね」と言いつつもうれしそうに頬を緩ませていた。

結婚式場は大きな駅近くのホテルを予定している。実家からは高速を利用しても四十分近くかかるうえに、一度そこを通り過ぎてさらに十五分もかかる美海の家まで迎えに来てくれるのに、母親は「仕方ないわね」と車を走らせてくれる。帰りもこうして美海をマンションまで送り届けてくれる母親を、美海はすごいなと感謝以上に感心する。甘えているのは自分なのだけれども。

「ほんとに美海は、ちゃんと妻としてやっていけるのかしら」

心配そうに呟いた母親は、赤信号で車を止めた。

目の前の横断歩道を、子どもをふたり連れた夫婦らしき男女が渡っていく。仲睦《なかむつ》まじい家族の姿は、輝いて見えた。

車内が蒸し暑く感じて窓を開ける。潮の香りと波の音が届く。

会社は近くにあるとはいえ、電車からしか海を見ていなかったので新鮮な気持ちになった。赤城は海側に住んでいるくせに海が苦手らしく、一緒に行ったことはないし、赤城の家に入ったことも片手で数えるくらいしかない。会うのはほとんど美海の家だった。

そもそも、赤城は外に出るのをあまり好まないひとだった。旅行には車で二回ほど行ったけれど、海も山も川もあるこの町を赤城と歩いたことはない。彼は、自然を見るよりも、家で映画やドラマを観るほうが好きだった。

窓に手をかけて、思い切り潮風を吸い込む。

「美海を嫁に出すのが心配だわ」

アクセルを踏み込んだ母親が言った。

「まだはやかったんじゃないかしら。いつまでも子どもみたいなんだから」

今まで散々結婚はまだかと急かしてきたひとの口からそんな言葉が出るとは。美海は失笑する。窓の外に顔を向けているので母親にはバレていないだろう。

母親は二十四歳で結婚し、二十五歳で美海を産んだ。昔から〝結婚したら〟とか〝お嫁さんになったら〟とよく口にしていたけれど、美海が二十三歳になった頃からは、いいひとはいないのか、このままじゃ行き遅れる、結婚が女の幸せ、とうんざりするほど言ってくるようになった。二十七歳を過ぎてからは、お見合いの話までしはじめた。

三十前後で結婚するなんて今どき遅くもなんともない。美海の先輩である千咲はまだ独身で、彼氏がいる様子もない。最近のドラマでは、独身女性がひとりで強くかっこよく美しく生きている姿もよく見る。

けれど、それはやっぱり都会の話だ。

県境をまたいだ先にある実家は、交通の便がいいのでひとが多く開放的ではあるけれど、決して都会ではない。おまけに母親はこの町よりも遥《はる》かに田舎と呼ばれる小さな村のような町で生まれ育ったためか、価値観が古い。

――美海も結婚して幸せになるのよ。

――女の子なんだから結婚しなくちゃ。

幼い頃から何度も言われた言葉が蘇る。

「結婚、かあ」

しみじみと声に出すと、母親が「なに言ってるの」と呆れたように言った。

赤城は、気持ちを言葉にすることに、あまり興味がない。

口づけをしたときもなにも言わなかったし、美海の気持ちを確かめることもなかった。その後も態度をかえず、不意打ちのように「今度出掛けようか」「来週家に行っていい？」と美海に近づいてくる。もちろん、美海が好き、とも言わない。

これはつき合っているのだろうか、と何度も不思議に思った。交際とは、お互いの意思確認をしてからはじまるものではないのか。わざわざ口にしなくても大人なんだから、と友人に言われても、美海には理解しがたかった。

職場のあるビルで会う。ときどき夜にご飯を食べる。休日に約束をする。そして、同じベッドで眠る。

この関係の名前を明確にしたかった。

でも、それを口にせずに彼との時間を過ごした。

飄々《ひょうひょう》とした赤城を見ていると、言葉にするのは無粋のような気がして、子どもっぽいと呆れられるんじゃないかと思ったからだ。訊いてしまえば、この関係が終わるかもしれないという怖さもあった。大人の赤城に釣り合うような大人の女性のフリをしていたかった。

どうしてそれほど赤城に惹《ひ》かれていたのかは自分でもよくわからない。

これまで年上の男性とつき合ったことがなかったから、彼の大人の余裕みたいなものが魅力的に見えたのかもしれない。言葉にしないかわりに行動で示してくれるし、瞳で雄弁に語ってくれる。それを感じて胸があたたかくなり、いつの間にか麻薬のように美海の体に染み渡り依存するようになったのかもしれない。

そんなふうにつき合い続けているあいだに、美海は二十七歳になり、赤城は三十一歳になっていた。

「おはよう、美海」

赤城が美海の家に泊まった翌朝、太陽の眩しさに目を覚ますと、赤城はいつも美海の顔を覗きこんでいた。上半身はなにも身につけておらず、うっすらと汗が浮かんでいる。タンクトップと下着を身につけているだけの美海の肌もべとついていた。

「いつ起きたの？」

「十五分くらい前だよ、暑くて目が覚めた」

「暑いのにコーヒー入れてくれたの？」

部屋に漂っているコーヒーの香ばしい匂いに鼻をひくつかせると、赤城は「コーヒー好きの美海のために」と言って美海の髪の毛を撫でる。そして美海の体をゆっくりと起こした。ふあ、と欠伸をすると、赤城は目を細める。

美海の家だけれど、赤城は自分の家のように美海の世話を焼いてくれる。美海が「さすが」とか「ありがと」と言うと、彼はいつも自慢げに微笑む。それはとてもかわいい。

「今日はどうする？　どこか行く？　家で過ごす？」

寝室からリビングに移動して、赤城の入れてくれたコーヒーをすすっていると、赤城が訊いてきた。テレビを見つめている横顔から、家にいたいんだろうな、と美海は察して「のんびりしたいな」と彼の望む返事をする。

もちろん、ウソではない。けれど、本音でもない。

赤城は土日のどちらか、もしくは両方に用事があることが多いので、週末、赤城と朝を迎えるのは、かれこれ数ヶ月ぶりだった。丸一日一緒にいられるならどこかに出掛けるのもいいのではないか、と思う。

けれど——外での赤城はあまり楽しそうではないから。

「いいな、それ」

美海の思ったとおり、赤城はほわっと安堵したかのように笑った。

ちょうどつけていたテレビで、再放送のバラエティが流れていた。お金持ちのご自宅訪問とかいうものらしく、ひとりで掃除したら半日は潰れてしまいそうなほどの豪邸で、マダムという言葉がぴったりの女性が自慢げに部屋を案内している。

手にはいくつもの指輪がはめられていて、ウォークインクローゼットには、ひとつ何百万もするブランドのバッグが色違いで並んでいた。スタジオでそれを見ていた女性タレントが「羨ましいー」と感嘆の声を上げる。

「美海も羨ましいと思う？」

「うーん、こんなにはいらないけど、まあそれなりには」

ボーナスや貯金で高価な買い物は何度かしているし、両親にねだったこともある。ただ、無理をしてまで欲しいとは思わないだけだ。お金があれば買っただろう。

「俺には全然言わないから、ブランド物には興味ないのかと思った」

「でも、誕生日にブランドのキーケースくれたじゃない」

彼の言っている意味がよくわからず首を傾げる。キーケース以外に財布とかポーチももらったことがある。今さらなぜそんなことを言うのか。

「美海からは言わないじゃん。っていうか美海はあれ欲しいとかこれ欲しいとかも言わないよな。デザートにはうるさいけど。ま、そこが美海のいいところだよな」

言わないのは、言えないからだ。とは、口にしなかった。お菓子やケーキならいくらでも言えるのに、高いものになると躊躇する。どうして、と訊かれてもうまく答えられない。けれど、赤城の台詞から、だからかもしれない、と思った。

――そこが美海のいいところ。

赤城が美海のそういうところが好きなのだと、感じていたのかもしれない。

彼は、やさしい。誕生日やクリスマス、ホワイトデーには必ず美海に高価なプレゼントをくれる。仕事で多少前後することはあるけれど、それは仕方がないことで、それでも美海のことを決して蔑《ないがし》ろにはしない。どちらかといえば、彼は美海を甘やかす。家で過ごすときは必ず至れり尽くせりしてくれるし、外出先ではレディーファーストを徹底し、紳士のような振る舞いだ。

お菓子と同じように、あのカバンが欲しいこのアクセサリーが欲しい、と言えば買ってくれるかもしれない。なのにどうしても彼にそんなことを言う気にはなれず、プレゼントでリクエストを訊かれても、美海はブランド名を口にしたことがなかった。

「だって、言わなくても与えられてるんだもん」

へへっとバカっぽく、満面の笑みを顔に貼りつけた。

ウソではない。もう彼から充分に幸せをもらっているから、だからこれ以上彼に望むものがないだけだ。

「今日は暑そうだね。ハチワレもぐったりしてるんだろうなあ……」

話題をさりげなくかえるために、ベランダの先にある青空に視線を移す。

「猫だからなんとかするだろ」

「そうだろうけど、心配じゃない？」

大丈夫だって、と赤城はテレビに視線を向けたまま、うわの空の返事をする。

「……来週の土曜日は友だちの結婚式だけど、暑いのかな」

別の話をすると、赤城の顔がやっと美海のほうに向いた。

「こんな季節に大変だな。美海も行くのか？」

「うん。暑いのもいやだけど、なにより雨が降ったら最悪だよねえ。しかもわたし、二ヶ月後にもまた結婚式に呼ばれたんだけど。八月だよ、信じられない」

参列者よりも新郎新婦のほうが遥かに大変だろうけれど。それよりも美海にとっては暑さよりも、御祝儀と二次会の会費を払うことのほうが大変だ。

はあっとため息をこぼすと、「美海は第一次結婚ラッシュの年齢か」と納得するように赤城が頷く。その言葉をどういう意味で口にしているのか疑問を抱いた。まるで美海にも自分にも無関係だと思っているみたいだ。

「お母さんにも、あんたはまだかって、言われるよ」

なるべく軽い口調になるように意識した。

彼氏がいることは母親も知っている。だからこその催促だ。ついでに一度家に連れていらっしゃいと、電話のたびに言われている。ゴールデンウィークに帰ったときは、父親も無理やり味方に引き込んで美海を追い立てた。父親は若干顔が引きつっていたような気がする。

「結婚なんて紙切れ一枚の問題なのになあ」

ははは、と赤城が声に出して笑った。

「書類に名前を書くだけだろ。今は独り身のひとも多いし、そうじゃなくても名字の問題とかメリットがないとかで事実婚を選ぶひとだっているのにな」

美海の思考回路がショートして、真っ白になる。

これほどまでに自分が衝撃を受けていることが信じられなかった。

その様子に気づいたのか、赤城は話すのをやめて、数秒無言になってから、

「結婚したいの？」

と美海に訊いた。

その質問は狭くはないだろうか。

でも、自分で思っていた以上に言葉がするりと喉を通る。

「うん、いつかは、したい」

母親が何度も何度も美海に言っていたから、そう思い込んでいるのかもしれない。女の幸せが結婚だとか、子どもを産んだら一人前だとかは思わない。けれど、美海は結婚がしたい。それが、この先自分の人生には当然あるべきものだと信じているからだ。

「んー……俺は、結婚にあんまり意味を見いだせないんだよなあ」

苦笑まじりに赤城が口にした。

「このままでも幸せじゃん。だろ?」

そう言って、まるでなだめるように美海の体を引き寄せて髪の毛にキスをする。

たしかに幸せだと思う。赤城も自分と一緒にいることを幸せだと感じてくれているのならば、こうして同じ時間を過ごしている今を愛《いと》おしく思える。

——だったら結婚したっていいのでは。

「そうだね」

本音を呑み込んで同意の言葉を口にすると、赤城はわかりやすく安堵の表情を見せた。

たしかに、幸せだ。結婚していない状態でもケンカもせず楽しく過ごせているのなら、それで充分なのかもしれない。

そう、それでいい。

赤城の体に体重を預けて目をつむり、脳裏に自分たちの未来を思い描く。それは、シヨウルームのような生活感のない部屋で今と同じようにソファでくつろいでいる、寒々しさを感じる姿だった。

この光景の中にハチワレがいたら、一気に〝生きている〟情景になるような気がした。

「猫飼いたいな」

「どうした急に」

ため息とともにこぼした独り言を、赤城が拾い上げる。

「飼うのは面倒じゃないか？」

猫が好きだと思っていたのに、猫への愛情がまったく感じられない、明るい声色なのにひどく冷たい返事だった。

ポンッとスマホが鳴って、ハッとする。

母親とドレスを選んだあとマンションに帰ってきて、いつの間にかテーブルに突っ伏して眠ってしまったらしい。時計を見ると深夜の一時になっていた。このまま朝まで寝てしまうところだった。体を起こして、ぐいっと背を伸ばしてからスマホを手にする。

こんな時間にメッセージだなんて非常識だな、と思うけれど、そのおかげで目が覚めた。おそらく仕事が終わったという報告だろうとトーク画面を開けば、『お疲れ』と短いメッセージが表示される。

「おつ」

返事を打ち込みながら口にした。すぐに既読マークがついて『まだ起きてたの？』『明日も仕事だろ。はやく寝なよ』と至極もっともな返事が届く。

失笑をこぼして、「はあい」とお休みのスタンプを送った。っていうか今日母親と選んだドレスについてコメントはないのだろうか。何枚も写真を送っているのになんの反応もないとはどういうことだ。

文句を送ろうかと思ったけれど、仕事で疲れているだろうから我慢した。それに、きっと返事をしないのは彼なりの気遣いだろう。綺麗だとか似合っている、と言うしかできないことを申し訳なく思い、しばらくはなにを言えばいいのかと頭を悩ませていたはずだ。そしていい返事が浮かばないあいだに、すっかり忘れてしまったのだろう。

仕方ないな、と一笑して美海はスマホの画面を落とした。

本当にあのひとは不器用だ。気の遣い方がちょっとズレている。いや、他の面でもあのひとはちょっとズレた考えをする。グレーの猫を抱きかかえていたときにも、美海はそう思った。

会社近くで事故があった日、あのひとは血だらけの猫を抱きかかえていた。たまたま事故現場に居合わせたらしい。そして、道のすみでぐったりしている猫を動物病院に連れて行こうと、偶然出会った美海に道を訊いた。

あのときのあのひとは、まるで自分がケガをして苦しいかのように眉間にシワを寄せて、口元を引き締めていた。真っ白のYシャツが赤黒く染まっていて、スーツの上着で汚れた猫を包み込んでいた。そのことを、まったく気にしていなかった。

あの日、グレーの猫を抱きかかえたあのひとに出会わなければ、美海はまだ結婚についてあれこれと悩んでいただろう。

そう思った瞬間、目の前の霧《ご》が晴れた。

うん、大丈夫だ、と独り言つ。自分でつかみ取った未来——現状は、間違いない。不安があるとするならば、彼が結婚式にまったく協力的じゃないことだけだ。

赤城とのトーク画面を表示し、『会う日はそっちの都合に合わせる』とメッセージを送る。スマホを手放しお風呂に入り、上がってくると『週明けの火曜日のお昼なら』と返事が届いていた。

約束の時間が近づいて、気がそぞろになっていた。そのせいで美海は久々に千咲に叱られてしまった。

しょんぼりしながら駐車場にやってきて、はあっと長く重いため息を吐く。桁違いの見積もりを出してしまうとは、注意力散漫にもほどがある。営業担当が千咲だったから先方に送る前に気づけたけれど、別のひとなら確認もせずに送っていたかもしれない。

「午後から、挽回《ばんかい》しよう」

ぱっと顔を上げて気合いを入れる。さっさと赤城と会って話を済ませ、すっきりして仕事に集中しなければ。よし、と小さく呟きハチワレの姿を探すと、久々に見かける猫がいた。手足の長いすらりとしたスタイルの茶トラの雌猫だ。以前ハチワレと仲よさそうに何度かここで寝ていたのを覚えている。

「久々ね、あんた。一年ぶり、くらい？」

同じ猫だろうかとまじまじと見つめると、茶トラはにゃー、とかわいらしく鳴いた。ちょこんと座ったまま、黄色の瞳をまっすぐに美海に向けてくる。瞬きしない猫の視線に、美海は少したじろいだ。監視されているような気分になる。

ハチワレもどこかにいるのだろうかと見渡してみるけれど、姿が見えない。それほどひどくないとはいえ今日は雨だというのに。

駐車場の入り口のほうからは、地面にある水たまりに雨がポツポツと落ちる水音が聞こえてくる。なんか、変な感じがする。なぜか、いつもの駐車場がいつもと違う場所のように感じてしまう。

ハチワレのかわりに茶トラがいるからなのか。

それとも、これからここに赤城が来る予定だからなのか。

なんでこの場所で会うことにしたのだろう、と言い出したのは自分なのに後悔が襲ってくる。赤城には会社から徒歩五分ほどのところにある喫茶店で、と言われたのだけれど、それを断った。過去二回約束をしたときのように、約束の時間から十五分も待たされたあげく今日は無理になった、とメッセージが届いたら惨めになるからだ。

貴重な休日を二回も潰されたので、今回は平日でほっとしたけれど。

「でも、平日は平日でどうなのよって感じよねえ……」

んーっと腕を組んで考える。

赤城が平日の今日の昼を指定してきたのは、おそらく近くまで仕事で来るからに違いない。前の会社のときのクライアントにでも会うのだろう。つまり、美海と会うのはついでだ。そのぶん、彼は間違いなくこの場所に来る。今までのようにドタキャンはできない。と、思ったけれど、いやでも、どうだろうかと不安がよぎる。

赤城は〝自分に甘いひと〟だから。

それが、赤城と五年つき合っていた美海の、今の印象だ。

だからこそ、他人にも甘く、やさしく接するのだ。

腕時計で時間を確認すると、十二時十五分。待ち合わせは十二時半だ。今のところ赤城から連絡はない。少し前に美海から送ったメッセージにも未だに既読がついていなかった。

「来るのかなあ……来ないのかなあ……」

しゃがみ込んで大きめの独り言をこぼした。気持ちが落ち着かないせいでついつい独り言が増える。目の前に猫がいるから余計だ。ひとりで喋っている、という感覚が薄れてしまう。

「ハチワレはどこに行ったんだろうね」

茶トラの猫は言葉の意味を理解しているのか、首をこてんと横に倒した。

ふと、もしかしてハチワレは自分の愚痴や悩みを延々と聞かされることにうんざりしてこの寝床を捨ててしまったのではないか、と思い至る。

特に昨日はひどかった。

本当に来るのかな。どうせまた断るんだよ、あのへたれは。逃げるのかなあ。やだなあ。頼むからこのやり取りはこれで最後にしたい。誰か強制的に連れてきてくれないかな。引きずってでもいいからさ。ああ、でもいざ会うとなると、なんかこう、どうしたらいいんだろうー。

そんなことを無限ループで喋り続けていた気がしないでもない。昼休みも、退勤後も。マイナス思考の言葉は聞いているだけで気分が沈む。猫も同じように思う可能性もある。

申し訳ないことをしてしまった。そう思ったのに、赤城を待つあいだ、ついつい茶トラに同じようなことを話してしまう。

ダメだ、ちょっと深呼吸をしなければ。

美海は胸に手を当てて目をつむり、息を吸い込む。そして、ゆっくりと吐き出す。

動かないでじっとしていると、湿気のせいで汗が浮かんでくる。蒸し暑くて体が重く感じてきた。こんなことを考えるくらいには冷静さを取り戻せたらしいとほっとして瞼を開けると、茶トラの猫はまだじっと美海を見つめていた。

なんなんだ、この猫は。

美海と猫は無言で見つめ合った。そこに、

「――おい！　待て！」

突然の大声に弾かれたように顔を上げると、入り口からハチワレがびゅんっと飛ぶように走ってやってきた。口にくわえたなにかから黒っぽい長いヒモのようなものが伸びている。ハチワレは一直線に美海に駆け寄ってきて、ささっと背後にまわった。

「え、ど、どうしたの」

「おい！」

呼びかけた声は、先ほど聞こえた男性――赤城の声にかき消された。

いつも余裕の表情を浮かべている赤城が、焦った様子でどたどたと走ってきた。軽やかさのない、重みを感じる走り方だ。服は雨で少し濡れている。足元にはなぜかグレーの猫もいる。

「えーっと、どうしたの」

今度はハチワレではなく赤城に訊く。

赤城は美海の顔を見て気まずそうに目をそらし「そのクソ猫が俺の社員証を持ってったんだよ」と口にした。クソ猫とは。

ハチワレを見ると、たしかに赤城の社員証をくわえている。ストラップが首や体に巻きついていないことにほっとした。危ないじゃない、とハチワレに言いながらそれを返してもらい、赤城に手渡すと、彼は、ん、と不機嫌そうに目をそらしたまま受け取り、胸ポケットに入れた。

そして、ちらりと自分がやってきた道路のほうを見る。

ああ、このひとは、今日もドタキャンするつもりだったのだろうな、と瞬時に悟った。ハチワレのせいでこうなってしまったことを受けいれられていない様子だ。けれど赤城は、すぐに大人の――傷心を押し殺したような表情を顔に貼りつけた。

「久しぶりだな、美海。ちょっと痩せたんじゃないか？」

「まあ、結婚式を控えてるからね。見えるところだけでも絞らないと」

「……ああ、そう、か」

しまった、と言いたげに歪な笑顔を見せる。

「新しい会社はどう？」

「ああ、うん。忙しいけど、やりがいはあるよ」

仕事の話が出ると、赤城はすぐに調子を取り戻す。余裕のある、仕事のできる、大人のフリだ。実際仕事はできると思うけれど。たぶん。

「わたしと会う時間もないくらい忙しいなら、引っ越し準備はできてるの？」

「そんないじわるなこと言うなよ」

ふは、と笑う。美海が好きだった笑いジワを目尻に刻む。美海の軽口に、赤城も幾分か緊張がほぐれたらしい。濡れた髪をかき上げた彼の左手の薬指には、指輪が光っていた。おそろいだなんて絶対いやだと言っていた男も、結婚指輪は身につけるらしい。

「ねえ」

呼びかけると、赤城が「ん」と首を傾げた。

「彼女――奥さんは元気なの？」

赤城が眉根を寄せる。その表情からは、罪悪感ではなく、叱責から逃避したいという彼の感情が伝わってきた。赤城らしい。

四ヶ月前の二月、あの日の美海の部屋は窓に結露ができるほど寒くて、そんな日の真夜中に赤城はやってきた。時間に関係なく、連絡もなく、突然彼がチャイムを鳴らすのはいつものことだ。

鼻の頭を真っ赤にした赤城は、「美海が会いたがってる気がしたから」と甘ったるい口調で言った。そして美海を抱きしめて一緒に部屋の中に入る。彼の肩にはほこりのような雪が付着していた。

とりあえず冷えているだろうとお湯を沸かしてインスタントコーヒーを入れる。ソファに座った赤城が、それをおいしそうに飲んだ。

「なんか、美海とこうやって過ごすの、久々だな。さびしかった?」

コーヒーを半分ほど飲んだ赤城が、へらっと笑って美海の髪の毛に触れる。最近は仕事の終わりにご飯に行くくらいで、こうして赤城とふたりきりで過ごすのは久々なこともあり、初心《うぶ》な少女のように胸が甘く痛んだ。

同時に、罪悪感に押しつぶされそうになる。

言わなくちゃいけないことをずるずる引き延ばしていた。このままではダメだ、いい加減にしなくては、自分が決めたことだ、と何度も自分を叱咤する。

「ああ、そうだ。美海に言わないといけないことがあるんだ」

赤城の手が美海の頬に触れると、冬の匂いがした。かすかに、潮の香りもする。彼に触れられると、すぐに気持ちが彼に傾いてほだされる。

なに、と彼の手に自分の手を重ねて答えた。

「彼女と、結婚することになったんだ」

赤城は、その言葉が美海との関係になんの支障もないことのように言った。

美海の頭の中が、衝撃で真っ白になる。

「……え？」

「子どもができたんだ、俺」

なにを自慢げに言っているんだこの男は。

結婚願望がないはずの男は、数ヶ月後に生まれてくるであろう子どものことが楽しみで仕方がない様子だった。美海が「おめでとう！」と手放しで喜ぶと信じているような口ぶりで、目を輝かせていた。

呆然とする美海に気づいた赤城が、首を傾ける。

「どうした、美海」

「……え、いや、びっくり、した」

なんでそんな無垢《むく》な目を向けることができるのかさっぱりわからないし、自分の間抜けな返事も意味がわからない。

「なんだよー、驚くことじゃないだろ」

「だ、だって」

「俺に彼女がいることは、美海も知ってただろ」

そうだ、美海ははじめから、知っていた。

二回目に会ったときに、彼は自分から口にした。

――つき合って三年になる彼女がいるんだけどさ。

彼女持ちかとがっかりしたけれど、好感度は下がらなかった。三年もひとりの女性とつき合っているのだから、誠実なひとなんだろうと受け止めた。当たり前のように彼女のことを口にするのはステキだな、とも思った。

なのに、彼は美海にキスをした。けれど、なにも隠さないひとだったから、彼女がいても我慢できないほど自分のことを好きなんじゃないか、と考えたのだ。

振り返れば、ばかだとしか思えない思考回路だ。

「結婚、しないと思ってた」

声が震える。

だって、結婚に意味が見いだせないって、二年前に言ってたから。これまでの五年間、美海になにも言わなかったから。だから。

「子どもができたんだから、そういうことじゃないだろ」

なに言ってんだよ美海、と赤城が噴き出す。

「子どもができたから、結婚するの？　彼女のことが好きだからじゃなくて？」

「好きじゃない相手と八年もつき合えないよ」

美海の質問の意味が理解できないのだろう、赤城は苦笑を滲ませる。そして「もちろん美海も好きだよ」とついでのようにつけ加えた。

彼から美海に向けて発せられた、はじめての〝好き〟は、雪のように軽くて脆《もろ》くて、すぐに溶けて消えた。

「美海？　どうしたんだよ、俺が結婚したからって俺たちはなにもかわらないだろ」

さすがの赤城も美海の様子に気づいたらしく、肩を抱き寄せて美海の顔を覗きこんできた。眉を下げて、なだめるように頭を何度も撫でる。

なにもかわらない。

「そう、だね」

自嘲気味な笑みがこぼれた。

美海もすでに気づいていたことだ。だから彼との未来に見切りをつけた。

「わたしたちは、なにもかわらないまま、なんだよね、そうだった」

美海の言葉に、赤城は安堵の息を吐き出す。

「でもわたしは、二十四歳のままじゃないの」

美海は二十四歳から二十九歳になった。

美海は、明確な将来を欲していた。母親の結婚への催促が、日に日に増していたのも理由のひとつだけれど、結婚しないという選択肢が美海の中に浮かばなかったから。

二十七歳のときに赤城に結婚する気がないと知ってから、一年間、彼の心変わりを期待した。それからさらに一年間は、いつまでこのままなのかという不安に、惰性が入り混じっていた。

——いつまでこの関係を続けるの。

——わたしと結婚する気はないの。

訊けば答えをくれただろうか。きっと、のらりくらりと躱すだけで、明確な言葉は決して口にしなかっただろう。

でも彼は結婚をする。そのことに少なからずショックを受けたけれど、同じだけ安堵した。彼のおかげで、罪悪感と後ろめたさが多少軽減されたのは、間違いない。

「わたし、自分が卑怯《ひきょう》でよかったって、今はじめて思うよ」

そうでなければ、この場で自分は彼に縋《すが》りついていたかもしれない。

「わたしも、結婚するの」

涙は意地でも流さなかった。


美海が結婚の報告をしてから、今日までの四ヶ月ほど、赤城は前以上に美海に連絡をしてくるようになった。今まで一切口にしなかったくせに「俺が好きなのは美海だよ」

「結婚しても美海がいちばん大事だ」とときに甘く、ときに縋りつくように言った。そのくせ、彼女との結婚の話も報告してくるのだから理解ができない。嫉妬させたかったのだろうか。

でも、美海から彼女——奥さんの話をすると不機嫌になった。

今も、赤城は美海の前で拗《す》ねた子どものように口をへの字にしている。

「家もかわるし、お互い結婚するし、あとは終わるだけだよ、わたしたち」

「……俺は」

「わたし、不倫はしたくない」

それ以前に、彼女のいるひととつき合うことだって、本当はしたくなかった。一番になりたかったし、唯一になりたかった。今さら言えない本音を呑み込み唇に歯を立てる。

「いつから、他の男とつき合ってたんだよ……いつから、俺を騙してたんだよ」

どの口がそれを言うのか。赤城との関係を続けながら別の男性と交際し、なおかつ婚約までした自分は最低ではあるけれど、それを赤城に責められる筋合いはない。

「騙してたわけじゃないよ。言わなかっただけ。赤城さんと、同じ」

赤城はまるで自分が被害者のように、傷ついた顔をした。

彼には悪意がない。罪の意識もない。彼なりに、美海に特別な想いを抱いていた。そして、美海からの愛情に絶対的な自信を抱いていて、美海のほうから離れるはずがないと信じ切っていたのだ。

「美海は、ずっと俺のことを好きでいてくれると思ってた」

なにを根拠にそう思ったのか、美海にはさっぱりわからない。

「まさか、俺に隠れて他の男と会ってたなんて」

それを言うなら赤城も同じだ。

滅多に家に美海を招かなかったのは、彼女に美海の存在を隠すためだ。町の中をふたりで出歩かなかったのも、誰にも見つからないようにするためだ。会社帰りなら美海との関係を仕事だと誤魔化せるだろうという魂胆があったのもわかっていた。

そんなふうに美海とつき合いながら、赤城は本命の彼女と関係を続けてきた。

美海とは行かなかった海も、彼女とは行っていたはずだ。

「俺は、美海と別れたくない」

目を潤ませて彼は口にする。

「好きなんだよ、美海が」

ずっと聞きたかった彼からの〝好き〟の言葉を、もう喜ぶことはできない。

だって、美海〝だけ〟ではないから。

二年目までは、赤城との時間に酔えた。

三年目から、いつまでこの関係のままなのだろうと疑問を抱いた。

五年目になったときには、別れていないだけだった。

彼女がいることを隠しもせず、猫が好きなわけでもないのに猫好きのフリをして近づいてきた赤城を信じるには、彼と時間を過ごしすぎた。

「わたしはもう、終わりたい」

「……そう言うだろうから、会いたくなかったんだ」

「これで最後にしてくれないなら、わたしは家まで乗り込んでもいいよ」

引っ越し予定の赤城の家を美海は知っている。部屋番号までは知らないけれど、マンションまでわかればなんとかなるはずだ。もしくは赤城の新しい会社でも。

へ、と上ずった声を出した赤城は美海の顔を凝視し、美海の真剣な表情から本気であることを悟ったようで、視線をさまよわせてから地面に落とした。

そして、「わかった」と言ってちいさく頭を上下させる。

赤城は意気消沈したかのように項垂れて美海に背を向けた。このまま立ち去るつもりなのだろう、と思っているとｰ「なあ」と背を向けたまま呼びかけてきた。

「俺への、当てつけで、結婚を決めたのか？」

「……そんなわけないじゃん」

「俺のことは、好きじゃなかったんだな」

そんなわけないじゃん、という同じ返事は呑み込んだ。

なにも言わないでいると、赤城は顔だけ動かして美海を一瞥する。そして、再び前を向き、ゆっくりと足を踏み出した。

見送るくらいはしたほうがいいかと彼についていく。赤城は美海が背後にいることに気づいていながら、なんの反応も見せなかった。さっきよりも激しくなっていた雨の中に、赤城は傘をささずに躊躇なく入っていく。美海をいないものとして処理したのか、別れの言葉を口にすることもなければ、振り返りもしなかった。

赤城が雨の中に溶けていく。

しばらく――赤城が視界から消えても――見つめていると、足元になにかがすり寄ってきてひやりとした。視線を下に向けると、三匹の猫が光を放つような綺麗な目を美海に向けている。

「もう、あのひとは来ないよ」

そう言うと、ハチワレはちらりと赤城が消えたほうを見てから、すたすたと駐車場の奥に進んで、定位置にぺたりと腰を下ろした。そして雨で濡れた体をピンクの舌で念入りに拭きはじめる。茶トラの猫はそんなハチワレに寄り添い、グレーの猫は首を傾けて、なあ、と美海を呼ぶように鳴いた。

「なによ。もしかして、心配して見守ってくれたの?」

噴き出すと同時に、涙がぽろりとこぼれて頰を伝った。

——美海は、ずっと俺のことを好きでいてくれると思ってた。

——俺のことは、好きじゃなかったんだな。

赤城の声が蘇り、涙腺が壊れる。

「なに、言ってんの」

止められない涙を拭いながら、声を絞り出す。

「好きに、決まってんじゃない……！」

過去はもちろん、これからも。赤城に向けてのこの言葉は、もう二度と、発することはないだろう。今ここにいる猫たちにしか言えない。

押さえ込んでいた感情が涙になってあふれる。

好きだった。狡くても最低でもなんでもよかった。彼の顔も声も笑顔も好きだった。一緒にいる時間が好きだったし、美海のためにあれこれ尽くしてくれるところも愛おしかった。ぬくぬくと彼とともにぬるま湯の中で溺れていたかった。今も、その気持ちは間違いなく美海の中にある。

どうしても、嫌いになれない。今日会って、自分の中に未《いま》だ彼への想いがあることを思い知らされた。彼に何度も手を伸ばしそうになるのを必死にこらえた。なにをされても、自分を選んでもらえなくても、仕方ないなと抱きしめたくなる。

〝好きだから結婚したい〟になるはずなのに、どうして自分は〝好きでも結婚できないなら一緒にいる意味がない〟としか思えないのだろう。

手にしていたスマホを、壊れてしまうんじゃないかと思うくらいに強く握りしめると、ぶるっと小さく震えて体から力が抜ける。ずずっと洟《はな》をすすって画面を確認すると、

『みみ？　切手は？』

と婚約者――祐悟《ゆうご》のメッセージが表示された。

瞬時に涙が止まり意識がはっきりする。今まで夢を見ていたかのような不思議な感覚に襲われる。ついさっきまでそばにいた赤城の空気が洗い流される。

「きって……」

結婚式の準備のことなんてなにも考えていないんだろうと思っていた。

いつだって祐悟はよくわからない。マイペースで、いろんなことに無頓着で、誰かの気持ちよりも、自分の気持ちを優先する。

はじめて会ったときから、彼はそうだった。どうして猫を助けるのかと、動物病院まで一緒に付き添ったときに訊いた。祐悟はきょとんとした顔をしてから「見てて痛そうだから」「こうしないと、今日よく眠れないと思ったから」と答えたのを覚えている。

猫のためとは、言わなかった。

かわいそうだと同情を見せることもなかった。

自分のために、彼は猫を救ったのだ。

そして、それを善行だという認識すらしていないひとだった。

自分とはまったく違う考え方をするんだな、と思った。そして、赤城とは別の星の住人じゃないかと思うくらい重なる部分がなかった。

このひとともし一緒に居続けたら、自分はどんな人間になるのだろう。そんなことを考えた自分に驚いた。そして、じゃあ、と去っていこうとする祐悟に思わず連絡先を訊いてしまった。なんでかと訝《いぶか》しむ彼を、猫の様子をわたしも見たいから、連絡を取り合えるようにしたほうがいい、と言いくるめ半ば強引に交換した。その後あまりメッセージが得意でない祐悟にしつこく連絡をして、ご飯に誘い、一ヶ月後には交際を申し込んだ。そして、つき合って二ヶ月後に美海からプロポーズをした。

彼と結婚することしか考えられなかった。良くも悪くも祐悟は美海の想像を飛び越えるマイペースさで、何度もケンカをしていたのに。

好きだからとか一緒にいたいからとかではなく、このひとと結婚したい、と思った。プロポーズに祐悟は「美海は行動力がすごいよなあ」と笑って「おう」と言った。

美海はメッセージを返そうとして、少し迷ってから通話ボタンを押す。

「どうかした？」

祐悟の低い声が美海に届く。

「ううん。仕事落ち着いたの？　切手とか気が利くこと言うからびっくりした」

「土日のイベントの片付けが済んだところ。やっと少しのんびりできそう」

「お疲れ様。あ、あと切手は慶事用のだから、間違えないでね」

「え、なにそれ」

念のため付け加えた説明に、祐悟の間抜けな声が聞こえてくる。これは自分で買ったほうがいいかもしれない。つい、ため息を吐いてしまうと「暗いなあ」と祐悟もため息まじりに言った。誰のせいだと文句を言いたくなる。

祐悟とは、この先何度もケンカするだろう。美海が祐悟にイライラしたり、祐悟が口うるさい美海に疲れたり。これまでもそうだった。でも、不安はない。

「ねえ、祐悟は、わたしでいいの？」

「なに急に？　あ、マリッジブルーってやつ？　大変だな」

大変だな、という返事はどうなのか。

「美海こそいいのか。オレ、自分の幸せ優先するよ？」

「祐悟の幸せってなに？」

「とりあえず、美海には幸せでいてもらうことかなあ」

なんだそれ。そんなの、すごく、狡くないか。

「じゃあ……わたしも、自分の幸せを優先する」

「そうしろ」

好きだから結婚したかったわけじゃない。でも、祐悟だから、結婚したいと思った。

もしも、赤城との子を先に妊娠していたのが自分であればと、考えなかったわけではないけれど、そんなことにならなくてよかったと、祐悟と話すたびに思う。

——今はまだ、赤城への気持ちを宿したままだけれど。

「わたし、猫飼いたいな」

美海が脈絡なく言うと、

「オレ三匹飼いたいな」

と祐悟が迷いなく言って、なぜか美海は笑いが止まらなくなる。

祐悟が助けた猫が、美海の足元で安心したかのように欠伸をした。

❸ ねこ町1丁目の喫茶店

夏はとにかくうるさい。

木陰で涼んでいたいのに、頭上からはジージージージーという耳をつんざくような蝉の鳴き声がひっきりなしに落ちてくるし、子どもたちの甲高い声も鳴り止《や》まない。なんで暑くなるとみんなうるさくなるんだ。ぼくら猫はいつだって静かなのに。

「あああ、暑すぎる」

呟いたけれど、誰も返事をしてくれなかった。それもそのはずで、この公園には今、ぼくしかいない。他の猫《みんな》たちはそれぞれお気に入りの涼しい場所で休んでいるのだろう。花子は暑さに弱いので、夏はほとんどの時間を家の中で過ごしている。今頃飼い主のそばでぐうぐうとお腹を出して寝ているはずだ。

ハチワレはいつもの寝床にいるのだろう。あそこは日が入らないし風がよく通るので、外に比べると過ごしやすい。水もあるしときおりご飯も出てくる。けれどやっぱりあの場所は苦手だ。車にはいい思い出がない。

ぐでーっと地面に寝そべって目をつむった。

そういえば、ちょっと前にぼくらが協力してあげたあのふたりはどうしているんだろうか。

ハチワレにこぼしていた愚痴から推測するに、どうやらケンカをしたようだった。そこで、暇だし仕方ないから仲直りをさせてやろうとみんなと協力した。あの男の姿を何日も探し回り、見つけてすぐにアタックし、胸元に大事そうに入れてあったものを奪い、彼女の元まで案内してやったのだ。

だというのに、顔を合わせたふたりはちょっと話をしただけで別れてしまった。ひとりになった女の人は泣いていて、ぼくらは焦った。

なんで仲直りしないんだ。せっかく協力してやったのに、とそれから何度かあの男を探した。けれどどうしても見つけることができず……飽きたのでやめた。

あとは自分たちでなんとかしてくれ。

お節介を焼くにも今は暑すぎて無理だ。

ハチワレの情報によれば、あの女の人はあれ以来泣いていないらしいし、愚痴を言っていても笑っているのだとか。ということは、おそらくもう大丈夫なんだろう。よくわからないけれど、たぶんぼくらのおかげだと思う。そうにちがいない。

でもぼくはあの男があまり好きじゃない。笑っていても目の奥が冷たくて、うさんくさくて、なんとなく信用できない。あんな男より、ケガをしたぼくを抱きしめてくれたぼーっとした顔の男のほうが単純そうでいいと思う。気が利かなそうだけれど。

ごろりと寝返りを打つと、また子どもの甲高い声が公園に響いた。顔をしかめて視線を向けると、小さな女の子が小さな男の子と向かい合っていて、そばには大きな犬がいる。頭が悪く、ぼくを見つけるといつもまっすぐ駆け寄ってきて顔をべろべろと舐めてくるので、ぼくはあいつが苦手だ。

あいつに見つからないうちに、さっさとここから立ち去らなくては。そろりと体を起こして公園を出る。そして、大きな車が通る道を避けたり、できるだけすみに寄ったり塀に登ったりしながら気の向くままに歩く。

ああ、暑い。

暇だなあ。暇だけど暑いとなにもする気になれないんだよなあ。

そうだ、ローラのところに行こう。

ローラの飼い主は神経質なので、家に行くとタオルでゴシゴシしてくる。けれど、とても涼しい場所で休むことができる。それに、最近ローラは飼い主のことで悩んでいる。話を聞いてあげてもいい。たまには猫にもお節介を焼かないとね。

太陽に炙《あぶ》られたコンクリートを避けながら、ぼくはローラの家を目指す。

＊

誰にでもひとに言えない秘密のひとつやふたつはある。

四十二年生きてきた春樹《はるき》にも、ひとつやふたつ、では済まない秘密があり、だからこそ、交際相手に対してなにもかもを教えてほしいとは思わない。

けれど。

「進《しん》、今日も遅いのか？」

開店前の店内で、春樹はカウンターテーブルに座って朝食のサンドウィッチを頬張っている恋人に訊いた。進は挟まれていたレタスを皿にぼろぼろとこぼし、口のまわりにマヨネーズをつけている。それをぺろりと舐め取ってから、

「うん、まだしばらくは帰るの遅くなると思うー」

と口にした。

二十五歳にしては子どもっぽいくりっとした子犬のような瞳は、ウソを吐いているようには見えない。そうか、と返事をして春樹は顔をそらした。道路に面した窓ガラスからは、朝の七時半だというのに暑苦しそうな八月の太陽の光が入ってくる。外に出ればすぐに汗が噴き出るだろう。ついでに蝉が耳をつんざくような音量で鳴いているはずだ。

夏が苦手な春樹はげんなりする。

不健康なほど肌の白い細身の春樹と対照的に、進は健康的な小麦色の肌をしていて体つきも逞《たくま》しい。ふと、明るい色に染められた進の髪の後頭部に寝癖がついているのに気づき、春樹はそっと手を伸ばして梳《と》いてやる。進は春樹に身を委ねて気持ちよさそうに目を細めた。その表情に、春樹も口の端を引き上げる。

毎朝のこの穏やかな時間が愛おしい。

けれど、最近はその幸福感にゆらりと陰りが広がるのを感じる。

「あ、やべ！　仕事行かなきゃ」

時計で時間を確認した進は「んじゃ、行ってきます！」と立ち上がり、隣のイスに置いてあるカバンを掴んで慌ただしくドアを開けた。コロコロコロンと、ややくぐもったベルの音が響いて、同時に夏の熱が広がってくる。

外に出た進は、入り口のそばにある自転車スタンドに置いていたクロスバイクを下ろして跨がった。窓ガラス越しに春樹と目を合わせて、ひらひらと手を振ってからペダルを踏み込み去っていく。

ひとり取り残された春樹は、小さくため息を吐いた。


〝純喫茶ウェスト〟

それが、四十二歳の春樹が十二年前にはじめた店の名前だ。店内はカウンターが五席、奥にテーブルが三つの細長い形をしている。坪数の割には席数が少ないので、狭苦しさはない。店の二階が春樹の住居になっていて、そこに続く階段の前にはドアがある。

営業時間は朝の十時から夜の八時までで、定休日は日曜日と第二、第四水曜日。メニューはこの店オリジナルのブレンドコーヒーと、紅茶、そしてオレンジジュース。食事はトースト、日替わりサンドウィッチ、ホットケーキ。それだけだ。

駅から徒歩で二十分ほどもかかるへんぴな場所にある純喫茶は、毎日暇だ。客は近くの小さなオフィス街で働く会社員、川寄りの住宅街に住んでいるお年寄り、たまにママ友のようなひとたちや女子中学生のグループ、といったところだ。

滅多なことでは満席にもならないし、客の回転は悪いし、客単価も低い。店の売り上げだけを見れば、毎月利益はほとんどない。

でも、儲《もう》けるつもりでやっていない春樹には、そんなことはどうでもよかった。

春樹は裕福な家庭で育ち、成人してからは都心部にいくつかのマンションを与えられた。それにくわえて、学生時代に立ち上げたアプリゲーム製作会社を大手企業に売却したことでまとまったお金を手に入れている。家賃収入と貯金で、春樹はなにをせずとも生きていくことができる。

ただ、それではダメ人間になってしまう、という理由ではじめたのが喫茶店だ。

「お待たせしました」

十二時を過ぎて、やってきたひとりのショートボブの女性の注文をカウンター越しに差し出す。彼女は先月か先々月くらいから週に一回か二回、お昼にくるようになった。気が強そうな目元なのに、さびしげな印象を受けるのが不思議だった。どこかで会ったことがあるような気もするけれど、わからない。

女性の他にはテーブル席に老人男性がひとり、そして別のテーブルにスーツを着た男性がひとりと、いつもどおりのんびりとした空気が店内には漂っている。

「……わっ」

サンドウィッチに手を伸ばした女性が、驚いた声を上げた。視線を向けると、五歳になるシャム猫のローラが彼女の隣の席に腰を下ろしている。

「あ、すみません、猫大丈夫ですか？」

飲食店に猫が出入りすることをいやがるひとも多い。慌てて謝ると、彼女は「いえ」と戸惑いを浮かべながらも小さく首を振った。

「はじめて会ったので、びっくりしました」

「あんまり店には降りてこないんですけど、最近このイスが気に入ったらしくて」

元々客が多いわけではないし、この町は猫に寛大だからと二階に続くドアに猫用扉を作ったけれど、ローラは滅多に店に顔を出さなかった。なのに、先週くらいからちょくちょくカウンター前に座るようになったのだ。

「この町は本当に、どこに行っても猫がいますね」

「そうですね。もうこれが当たり前みたいになってますけど」

「住んでもうすぐ一年になるのに、なかなか、慣れないです」

てっきり職場がこの町なのだろうと思ったら、住民だったとは。

「マスターの猫ですか？　この辺の野良、にしては綺麗ですよね」

「ええ、一緒に暮らしている猫です。五年前に、お客さんの飼っている猫が子どもを生んで飼い主を探してたんで、引き取ったんですよ」

この町に引っ越してきて七年が経った頃だ。家に猫がいるのもいいかもしれない、程度の軽い気持ちだった。今ではローラがいない生活は考えられない。

「外に出ることはないんですか？」

「完全室内飼いですよ。この辺は野良も多いし治安も悪くないんですけど、やっぱり外は危ないから心配で。実際、去年近くで大きな事故があったんですよね。七月くらいだったから、お客さんはまだこの町に来てないですかね」

軽い口調で言ったものの、脳裏に蘇る事故現場に軽く血の気が引くのを感じた。運悪く、春樹はその事故に出くわしてしまったのだ。巻き込まれた猫は誰かが病院に連れて行ったようで無事回復しているけれど、ひとが亡くなるほどの事故だった。

「それは、たしかに、危ないですね」

サンドウィッチと一緒に出したアイスティーのストローをくるくるとグラスの中で回しながら彼女が言う。さらりと落ちる前髪の隙間から見えた彼女の瞳が揺れていた。

「猫は、家にいるほうが——いいです」

言葉の途中で一瞬溜めを作って彼女は言う。笑みを浮かべているのに心を閉ざしているような印象を受ける。ローラを一瞥した視線もなんとなく冷ややかに見えた。

「ですよね。でも、できるだけ、自由にさせてやりたいなとは、思っています」

行きたいところに行き、寝たいときに寝て、遊びたいときに遊べるように。もちろん、危険な行動は止めなければいけないけれど、自由を奪ってはならない。

ローラと暮らすと決めたときに誓ったことだ。

彼女は「そうですね」とぎこちない笑顔で頷いた。

閉店後、店の片付けを終えて窓際のロールスクリーンをすべて下ろした。

自宅と兼用の店のキッチンでふたり分の晩ご飯を準備し、進の分を皿に盛り付け置いておく。先月までは進と一緒にご飯を食べていたけれど、ここ最近は休日を除いていつもひとりだ。

テレビのない店内には音楽だけが流れている。進と出会う前はそんな静寂に心地よさを感じていたのに、今では静かすぎて落ち着かない。カウンターで味気ないご飯を食べていると、どんどん不安に襲われてくる。

さっさと食事を済ませて手早く使い終わった食器を洗い、音楽を止めて冷房を切り灯りをグローランプにして二階に上がった。二階のリビングはローラのために夏場は常に冷房を効かせているので涼しい。その真ん中でローラは体を伸ばして眠っている。

「ローラ、仕事終わったぞ」

呼びかけると目が細く開く。けれどすぐに閉じられた。どうやら今はかまわれずにゆっくり過ごしたいようだ。こういうときのローラにちょっかいを出すと機嫌が悪くなりしばらく避けられる。撫でたい気分だったけれど春樹は我慢し、シャワーを浴びた。すっきりしてリビングに戻りソファに腰を下ろす。それからぼーっと連続ドラマを観るのが春樹の日課だ。

十時半前か、と時計を見て、そろそろ進が帰ってくる頃だろうなと思うと、ぴったりのタイミングで一階のドアベルの音が聞こえてきた。すぐに階段を上がってくる足音も聞こえてくる。

「ただーいまあ」

リビングにひょこんと顔を出した進は「へへ」となぜかはにかんだ。進はいつも楽しそうだけれど、ここ最近は以前に増してうきうきしていることが表情からわかる。

「おかえり」

「あーつかれたー。すごい熱帯夜だよ、今日。ご飯の前にシャワー浴びるー」

立ち上がり進に近づくと、顔が汗でベタベタになっていた。

「今日はいつもより夢中になっちゃって、余計に汚れてるんだよなあ」

爪と皮膚のあいだを覗き込みながら進が言う。進の手は、いつも爪や指先が油で汚れている。もう染みついているのか、お風呂に入っても綺麗になることはない。

その手が好きだな、と春樹は思う。

進が働いているのは、この町の川沿いにある、従業員十人足らずの小さな金物工場だ。そこで、進は高校を卒業した十八歳の春から二十五歳の現在までずっと鉄板の溶接をしたり曲げたり切ったりをしている。ときには塗装も手伝うことがあるらしい。

今年に入ってから自社オリジナル製品を作ろうという話が出ているそうで、アクセサリーや家庭で使える便利グッズ、オシャレな置物などの案をみんなで出し合い試行錯誤を繰り返していると言っていた。近頃帰宅が遅いのはそのせいだ。

「試作がそろそろ完成しそうなんだ」

荷物を置いてシャワールームに向かう途中、進が立ち止まり振り返る。褒めてほしそうに目を輝かせている進がかわいくて頬が緩む。「すごいな」「さすがだ」と言ってやると、進はより一層口の端を引き上げた。

進が消えたリビングは、急に静かで広くなったように感じられる。照明が暗いわけでもないのに、世界がくすむ。

――まさか、こんなに進が大事になるなんて。

交際と同時に同棲をはじめて一年半が経ったのに、未だに進のことを好きだと実感するたび不思議な感覚に襲われる。

自分の将来設計に恋人はいなかった。それが幸せで平和に生きられる道だと確信していたし、今も、そう思っている。

ソファに深く沈んで、天井に向かって細く長い息を吐き出す。床で寛《くつろ》いでいたローラが立ち上がり、ぐいーっと大きく全身を伸ばしてから春樹の座っているソファに飛び乗った。春樹の隣でくるりと一周し、体を丸くする。

進も、こんなふうにするりと春樹の隣にやってきた。

進と出会ったのは、二年前の夏だった。

定休日の水曜日、ちょうどお昼の時間帯で、普段なら朝早くか夕方にしか買い物に行かないくせに、なにを血迷ったのか、ちょっと太陽の光でも浴びるか、と家を出た。

線路を越えた先にある、海側の町のスーパーに向かって歩いていたときだ。

十分ほど歩いていると、突然熱気に蟬の鳴き声が混ざって世界がぐわんぐわんと揺れ、歪んでいるような気持ち悪さを覚えた。足元から力が抜けて、まっすぐに歩くどころか立っていることさえもできず体が傾く。熱中症かもしれない、と思ったときにはすでに手遅れだった。

春樹は完全にインドア派だ。暑いとか寒いとかしんどいとか痛いとかを感じるのが嫌いだ。常に快適な場所で過ごしていたい。

その結果、白い肌に、やや痩せ気味のひょろりとした体になった。そして冷房が効いていた屋内からなんの準備もなしに、〝例年よりも猛暑〟といわれるこの炎天下の中を歩いていたのだから、なるべくしてなったとしか言いようがない。

自分の体を甘く見るな。今後買い物はすべてネットスーパーを利用しよう、と心に誓ったところで、倒れ込む春樹の体を支えてくれたのが、進だった。

進は持っていたペットボトルの水を春樹に与え、公園の日陰で休む春樹のそばにずっといてくれた。木漏れ日がやけに眩しくて目を開けていられなかったのを覚えている。

二十分か三十分ほどして春樹が動けるようになると、心配だからと進は店まで送ってくれた。店の前でお礼を伝え、せっかくだからなにかごちそうするよ、と言ったのだけれど、進は仕事の途中だからと申し訳なさそうに頭を下げた。そして、「今度仕事帰りに寄らせてもらっていいっすか？」と言って自転車に跨がり風のように去っていった。

若い。そしてなんていい子なのだろうかと感心した。

進に対しての印象はその程度のものだ。自分よりも遥かに若い進に特別な感情なんて抱くはずもなかった。もう二度と会わないだろうとも思っていた。

けれど、意外にも進は宣言どおり店にやってきた。

次の日の閉店間際だった。そろそろ閉めようと片付けをしているときに、進が勢いよく店内に飛び込んできたのだ。ぜえぜえと肩で息をしながら、乱れた呼吸で「き、ちゃっ、た」と笑った。額から頬を汗が伝っていて、Tシャツの背中も汗で濡れていた。

春樹はそんな進に晩ご飯を作り、一緒に食べた。

料理が気に入ったと言って、進は次の週も店に来た。それが週に二回になり、三回になり、進のTシャツが半袖から長袖にかわる頃には、ほぼ毎日になっていた。

夕方以降客はほとんどいないため、六時半から八時のあいだに店に来る進とはいつもふたりきりだった。

彼に「春樹さん」と笑顔で呼ばれるのが心地よかった。人懐こい猫が、後ろをちょこちょことついてくるみたいでかわいかった。

友情とは違っていた。先輩後輩に近いかもしれないが、年が離れているのでそれもしっくりこない。弟のような存在かと考えたけれど、兄弟のいない春樹にはわからず、叔父と甥《おい》、先生と生徒、と様々な関係性を浮かべては消した。結局、ペットがいちばん近い、という結論を出して自分を納得させた。

あとから振り返れば、進に対して特別な感情を抱いていることに気づかないフリをしていただけなのだろう。

夏に出会い、秋に親しくなり、そして季節は冬になった。

年末年始、進は実家に帰り、三が日を過ぎてから顔を出した。久々に会った進は、鼻を真っ赤にしていた。急いでやってきたのか、白い息をはふはふと吐き出し、春樹を見て破顔した。年甲斐《としがい》もなく、胸が締めつけられた瞬間だった。

「春樹さん、おれに会えなくてさびしかった？」

疑問形なのに、進は春樹の答えはわかっているかのように自信に満ちていて、言葉に詰まった春樹に目尻を下げてから「今日泊まってもいい？」と、上目遣いで訊いてきた。

春樹は、自分の恋愛対象が男性であると進に伝えたことはない。そして、進も自分の恋愛対象については春樹になにも言わなかったから、女性が好きなんだと思っていた。

「実は、おれ春樹さんに一目惚れしてたんだ」

その日の夜、はじめて二階の住居に足を踏み入れた進が言った。

「ずっと、春樹さんが好きだった」

春樹の胸に体をぴったりとくっつけた進が、甘い声で吐息と一緒に言葉をこぼした。それは、春樹の体に染みてきて春樹の心を包み込んでくれた。

俺もだ、と口に出すことはできなかった。けれど、進は笑った。春樹の気持ちを確かめることも、求めることもなく、進は口の端を緩くあげて、うれしそうに目を細めただけだった。

あれから一年半が経った。

進は一線を越えたあとすぐに独り暮らしをしていたマンションを引き払い、突然荷物を運び込んできた。鼻歌交じりに荷ほどきをしている進に「なんで勝手に決めたの」と訊くと「そうするのが自然だったから」ときょとんとした顔で言われてしまった。

いやいやいや、おかしいだろ、と思ったのに、胸にぽっとあかりが灯った。

そうか、そうだな、と進の頭を撫でた。進は誇らしげな顔をした。春樹が望んでいたことを察して偉いでしょ、とでも言っているかのようだった。

「あー、気持ちよかったあ」

お風呂を終えた進が、そう言って肩にかけているバスタオルでガシガシと頭を拭きながら春樹の隣に腰を下ろすと、あいだにいたローラが迷惑そうにひと鳴きして逃げていく。ローラは進がやたらとちょっかいを出してくるので鬱陶しいのか素っ気ない態度を見せる。それでも進はめげずにローラを抱っこしては話しかけているのだけれど。

「夏でも風邪引くから、ちゃんと乾かしな」

春樹はタオルで進の髪の毛を包み込むように水分を拭き取る。進の髪の毛に手を絡ませると、猫のように柔らかくて、気持ちがいい。けれど、ブリーチを何度もしているため、毛先はキシキシしていた。

「そういや今週の日曜日、春樹出掛けるって言ってたよな」

体を小さく震わせてから「うん」と答える。

店内の装飾を少しかえようかと、以前取引した輸入雑貨や家具を卸している会社のショウルームに車に乗って行くのだと、進には伝えている。

「その日おれも出掛けるよ。友だちに川辺でバーベキューしようって誘われたから」

「わかった。暑いのに元気だな」

春樹には想像するだけでげんなりするイベントだ。

進には、友だちが多い。地元まで電車でわりとすぐに帰ることができるので、帰省の際は必ず誰かと会っている。なにがきっかけなのか知らないが近所の友人も多く定期的に集まりがある。職場のひととも仲がよく、取引先と飲みに行くことも多い。

十二年も同じ場所で喫茶店を営んでいる春樹よりもずっと、進の世界は広い。

春樹も、進と同じ年代の頃は同じように飲み遊ぶこともあった。バカな話をして朝まで過ごすこともした。多くはないが友だちだと胸を張って呼べるひとたちがいた。けれど今は、かろうじて二、三人と繋がっているだけだ。

十二年前に環境をかえてから、自分のまわりに高い壁を作り、誰とも親しくならないようにしていたからだ。

間違っても、もう誰のことも好きにならないように。

もう誰ともつき合うことのないように。

なのに。

「進は不思議だな」

遠ざけたいと思うのに、そんな気持ちは進を目の前にすると一瞬にして消えてしまう。それどころか押さえ込むべき感情があらわになる。

「なにそれ。かわいいなあ、春樹は」

春樹の言葉に、ケラケラと進が笑った。

かわいいなんて、これまで進以外に言われたことがない。無表情だとか、冷めているとか、愛想がないとかばかり言われてきた。おまけに春樹は四十歳を過ぎたおっさんだ。どこにかわいさを感じるのか。感情表現が豊かな進のほうが遥かにかわいい。

「そんなにおれのことが好きなんだな、春樹ってばー」

なんでそんな発想に至ったんだ。にやにやする進に「なに言ってるんだよ」と目をそらして、さっきよりも力を込めてバスタオルで髪をくしゃくしゃにする。

進は、春樹を、春樹の気持ちを、信用している。つき合ってから一度も進に好きだと口にしたことがないのに、進はまったく気にしていない。それどころか春樹の気持ちを疑わず、絶大な信頼を向けてくる。

それが不思議で、不安で、怖いと思う。

自分は、進のように信じることができないのに――。

目の前にある進のうなじに惹きつけられる。手を伸ばせば触れられて、手を回せば掴むことのできるくらいの首元が、やたらと魅惑的に映る。

「んじゃ、ドライヤー当ててくる」

ひとしきり笑ったあと、進はすっくと立ち上がり春樹から離れていった。ついさっきまですぐそばにあった進のぬくもりが消えていく。もともとなかったんじゃないかと思うほど、ぽかんと隣があいた。

いつか、これが当たり前になるんだろう、と考えて自分で自分の胸を締めつける。

「来週のお盆休み、おれ実家帰るけど春樹は今年も帰らないのー?」

ぶおおおお、とドライヤーの音に負けないよう声を張る進に「ああ」と返事をする。休みのたびに実家に帰る、という感覚を、春樹は知らない。不幸と呼ばれるような家庭だったわけではない。両親は子育てに不向きなワーカホリックで、家でひとりきりの時間のほうが多かっただけのことだ。なに不自由なく生きられるほどのお金はあったけれど、家族の絆《きずな》というものはほぼ存在しない。両親にそれぞれ別の恋人がいることには中学生の頃に気づいたが、それに対してなにも思うことはなかったくらい、希薄な関係だった。そして、大人になった今は、両親とは疎遠だ。連絡先はお互いに知っていてもやり取りはなく、どこでなにをしているかはよくわからないし興味もない。

進には、たくさんの友人がいて、大切な家族がある。

つくづく、自分と進はまったく違うなと思う。

進にとって自分は特別なのだという自覚はある。けれど、進はいつか自分のそばを離れるだろうと思っている。あまりにも自然に春樹のそばにやってきたから、同じようにいつの間にか遠くに行ってしまうのではないか、一度春樹のそばを離れたらもう戻ってこなくなるのではないか、と。進がこの家から一歩でも外に踏み出すたびに、春樹はいつもそんなことを考える。

この思考は危険だ。

――ひとの本質は、隠せてもかわることはないからね。

数日前、思い出の姿よりも幾分年を重ねた男が春樹に言った台詞を思い出し、言いようのない不快感が湧き上がる。相手にではなく、自分に。

まったくもってそのとおりだからだ。

少しでも、欠片《かけら》でも、かわったと自分で思えていたら、こんなに不安にならない。今まで進に伝えられず呑み込んだ本音を考えれば、自分は本質を必死に隠しているだけだと、いやでも思い知る。

「明日で一週間も終わりだなー。ラスト頑張るかー」

ひとりで気合いを入れている進の背中に視線を向ける。そしてそっと口を開いた。

「進、明日も遅いのか?」

これまで八時には帰宅していたのに。さすがに残業が続きすぎるのでは。

本当に、残業なのか?

それは、ドライヤーの音にかき消されて進には届かなかった。かわりにローラが耳をピクピクと動かして、じっと春樹を凝視する。春樹の声はいつだって、ローラにしか届かない。


生活リズムが体に染みついている春樹は、店が休みの日曜日も朝六時に目が覚めた。まだ隣で眠っている進の髪の毛を撫でてからベッドを抜け出し、掃除と洗濯を片付ける。それが終わると、朝食を食べながら録画してあったドラマやバラエティ番組を観るのが朝の流れだ。

出掛けるのは十一時の予定なのでまだ二時間以上ある。そういえば今日は進もバーベキューだと言っていたが、何時からだろうか。休日の進はいつも昼頃まで寝ているので起こす時間を訊いておけばよかったな、と考えていると、

「おはよう、春樹ー」

まだ半分目の閉じた状態の進が寝室から出てくる。ふらふらと春樹に近づいてきて、どさりとソファに倒れ込むように座った。

「おはよう、今日ははやいな」

「十時待ち合わせだからねー。あ、今日晴れてるよね」

「ああ、いい天気だよ」

　ベランダから外を見ると、雲ひとつない青空が広がっている。

　バーベキューは隣の町との境界線になっている川の山側で予定しているらしい。自転車なら十五分もかからない。

　少し前に作ったホットドッグと冷蔵庫から取り出したお茶をローテーブルに運ぶと、進はありがとーとまだ寝ぼけた様子で食べはじめた。

　結局進の頭が冴《さ》えてきたのは出掛ける二十分前で、まだなんの準備もしていなかったため慌てて着替えだした。寝室と洗面所を行き来するたびにリビングで寝ていたローラにちょっかいを出したりブツブツと話しかけたりして、そのたびにローラは耳を後ろに倒して不機嫌そうにする。

「じゃ、行ってきます！　夕方には帰ってくると思う」

「気をつけて。また連絡して」

　進はすでに走らせた自転車からオッケーと返事をした。落ち着きのない進を見送っていた春樹は家の中に戻る。リビングでは、さっきまでテレビ前のクッションで丸まっていたローラがベランダの窓辺に座っていた。ガラスを挟んで向かいに、一匹の猫がいる。

「また来たのか」

グレーの不細工な猫に、春樹は顔をしかめる。

ローラを飼いだしてすぐに、この猫は家にやってくるようになった。いつローラのことを知ったのかわからないが、二日に一回は、そばに立っている木を登って二階のベランダからローラに会いに来る。

しばらくのあいだ、春樹は猫を家の中に入れなかった。いくら地域猫でノミダニの予防にワクチン接種済みとはいえ、外を出歩いている野良猫だ。どんな病気を持っているかわからない。野良猫に触発されてローラが外に行きたがるようになっても困る。

けれど、ガラス越しにしか会えないくせに寄り添う二匹を見ていると、自分がふたりの仲を引き裂きローラを監禁している悪役になったような気がした。そこで、仕方ないので、春樹が二階にいるあいだだけ網戸にしてあげた。

これで充分だろ、と思ったけれど、そのうち夏の暑い日に網戸にしておくと冷房の利きが悪いし、猫もしんどいのではないか、と思うようになり、家の中に入れてあげた。

それ以来、グレーの猫はベランダに来るたびににゃあにゃあと鳴いてガラスをカシカシとこするようになってしまった。仕事で一階にいるときは、ローラがわざわざ呼びに来ることもある。なんて図々《ずうずう》しい猫なんだ。

特に、この夏は暑い日が続いているからかほぼ毎日やってくる。まあ仕方ないかとドライシートを取り出してから、窓ガラスを開けてグレーの猫を抱きかかえた。体と足を念入りに拭いて部屋の中に下ろすと、すぐにローラと鼻を近づける。

このまま二匹とも飼っちゃえば、と進は言う。けれど、グレーの猫は生粋の野良猫なのだろう、三時間もすれば外に出たがって暴れるのだ。

ローラとは別の器にドライフードを少しだけ入れると、お腹が空いていたのか食いついた。食欲があるのは元気な証拠だ。

「よくここまで元気になったよな」

無我夢中でご飯を食べている猫を見下ろして呟く。

この猫は一年前、事故に巻き込まれてケガを負った。

店の定休日、日差しがマシになる夕方になって春樹はいつものスーパーに買い出しに出掛けていた。車もひともあまり通らない道をのんびりと歩き、ちょうど高架下をくぐろうとしていたときだった。背後から車のエンジン音が聞こえた、と思ったらブレーキ音と鈍い衝撃音が響いた。

振り返ると、そこには今まで見たことのない光景が広がっていた。フロント部分が壁に激突し潰れている軽自動車、地面に広がる赤い血、まるで人形のように転がる猫とひと。背後からやってきた電車の通過音が、取り乱している髪の長い女性の声をかき消していた。

目の前にある現実をどう処理していいのかわからず春樹は突っ立っていた。心臓が体内で暴れていて、足元がぐらぐらと揺れていた。まわりにいたひとたちがせわしなく動き回り大きな声でなにかを叫んでいた。

気がつけば、春樹はその場から逃げるように立ち去っていた。

その後、店にやってきたじいさんが渋い顔で「こんななにもない町に来て、事故で死んじまうなんて運がねえよなあ」と哀れんでいた。

あの日ぐったりしていた猫が、ローラに会いに来ていたグレーの猫かもしれないと気づいたのは、最近ベランダが静かだな、と思ったときだった。確証はなかったけれど、さびしげに外を見るローラは、事故現場で泣いていた女のひとと重なって見えた。

「でも、まさか生きてるとは」

半年ほどたった頃、ベランダに座っている猫の姿を見たときは驚いたものだ。歩き方に少し違和感があったので、やっぱり事故に遭ったのはこの猫だったのだろう。あの現場で、救急車を呼んだり倒れているひとに声をかけたりしたひとたちはもちろん、猫を助けるために動いたひとも、春樹は尊敬する。

ローラとグレーの猫がグルーミングしあい、ぴったりくっついて丸まっている姿を眺めていると、家を出なくてはいけない時間が近づいていた。

重い体をなんとか起こしてソファから立ち上がり、財布とスマホをポケットに突っ込む。待ち合わせ場所はすぐ近くの駐車場だ。春樹の車もそこに停めてある。いつだって五分前行動だったあいつは、すでにそこで待っているかもしれない。

行きたくない、会いたくない。でも、会わないわけにはいかない。

「匡哉《まさや》」

久々に声に出して相手の名前を呼んでみると、口の中がべとついた気がした。唇を舌で湿らせて、もう一度名前を呼ぶ。

覚悟を決めて階段を降りようとすると、グレーの猫がベランダのガラスの前でうにゃうにゃとなにか喋りだした。

「ああ、外に出るのか」

暑いから今日は夕方まで家にいると思ったのに。ガラス戸を開けると猫は逃げるように飛び出していく。あんなふうに急いではまた事故に遭うのではないかとちょっと心配になる。

軽やかに木にジャンプした猫を見ていると、足元をローラが横切ったので慌てて引き留めた。普段は外にまったく興味を示さないくせに、今日はなぜか興奮気味だ。

ひょいとローラを抱きかかえる。ローラの視線はずっと外に向けられている。前足で春樹の体をぐいと押しているのがわかる。

「ローラは、ダメなんだ。家の中なら、好きにしていいから、だから」

春樹の言葉を理解したのか、ローラはゆっくりと大きな瞳を春樹に向けた。

今、ローラが言葉を喋れたならば、なんと言っただろうか。

――ぼくを殺さないで。なにも殺さないで。

匡哉のせいで、必死に忘れようとしていた秘密が、蘇る。

頭を振って気持ちを静め、ローラから逃げるように家を出た。憂鬱で仕方がないが、腹をくくるしかない。さっさと用事を終わらせてなにもかも忘れたい。

痛みを感じるほどに眩しい太陽の光の中、駐車場に向かう。少し早めに出てきたのに、やっぱり匡哉はすでに春樹を待っていた。

匡哉はシンプルなTシャツに開襟シャツを重ねていて、カーゴパンツにスニーカーという、昔からあまり変化がない服装だった。春樹も黒やグレーや茶色の服ばかり着ているので、並ぶと昔に戻ったかのような気分になる。彼の茶色混じりの髪の毛も、当時のままだ。今も触れたらさらさらと指からこぼれ落ちるのだろうか。そんなことを考えると指先に匡哉の髪の質感が蘇り、ぎゅっと拳を作る。

「今日はいい天気だな、春樹」

へらっと笑った匡哉に、心臓が絞り上げられる。

彼とつき合っていたのは十二年以上も前だというのに、匡哉は今も春樹の感情を乱す。

別れてから一度も連絡を取っていなかった匡哉が再び春樹の前に現れたのは、十日前の夕方六時過ぎのことだ。客は誰ひとりとしておらず、春樹はカウンターで頬杖《ほおづえ》をついてぼーっとしていた。ドアが開く音がして顔を上げると、そこに、十二年ぶりの匡哉が立っていたのだ。

匡哉は、目を見開き固まる春樹に「久しぶり」と微笑んだ。仕事帰りなのか、匡哉はスーツ姿で、流れる汗をハンカチで拭う。

匡哉の姿に過去の記憶が一気に噴き出して、血の気が引いた。

ゆったりと、どこか軽い足取りでまっすぐ春樹のいるカウンターに近づいてきて、匡哉は「探したよ」と言った。偶然この店にやってきた、というわけではなく、明らかに、この店に春樹がいるのを知っていて、春樹に会いに来たのだとわかった。

心の準備どころか想像もしていなかった状況にパニックになりながら、話をしたいと言う匡哉を拒否した。店内には春樹以外いなかったので、誰かに匡哉との関係も会話も知られることはない。

けれど、もうすぐ進が帰ってくるかもしれない。

進の帰宅は早ければ六時半、遅くても八時前だ。最近はそれよりも遅い時間に帰ってくることも増えたが、進が匡哉に会ってしまうことだけは、絶対に阻止しなければならない。

「少しくらいいいだろ。春樹を見つけるの大変だったんだから。大学時代の友人ほとんどが春樹とは連絡とってないって言うし。必死に探してやっとこの店のこと知ってる奴《やつ》に辿《たど》り着いたんだよ」

余計なことを、と舌打ちをする。

「話すことなんてないから、帰れ」

「春樹にはなくても、ぼくにはあるんだよ」

そんなこと知ったことではない。いいからはやく出て行ってくれ。時計と入り口をチラチラ見ながら言うと、匡哉は不思議そうに首を傾げた。

「大事なひとでも帰ってくるの？　見られたらまずい？」

びくりと体を反応させると、匡哉は苦笑して「じゃあ、今日は帰るから、話す時間作ってほしい」とカウンターにある紙ナプキンを一枚取り出し、そこにボールペンでSNSのアカウントと電話番号を書く。もちろん「今日中に連絡くれなかったら、また店に来るよ」と脅し文句も忘れずに。無視をしてやろうと思ったのに。

こんな匡哉は、知らない。春樹の知っている匡哉は、こんなことしない。

「いつの間にかいい性格になったな」

嫌みをこぼすと、匡哉は「春樹は丸くなったんじゃない？」とにやりと口の端をあげる。そして「でも」と言葉をつけ足した。

「ひとの本質は、隠せてもかわることはないからね。大丈夫？」

本当にいい性格になったと思う。目をそらしていたので匡哉がどんな顔をしていたのかはわからないけれど、きっとムカつく顔をしていたに違いない。


待ち合わせの駐車場は日陰がないので、春樹の車の中は灼熱《しやくねつ》状態だった。

ダークブラウンの軽自動車のドアロックを解除して、ドアを開けてしばらく待つ。なんとか中に入れるようになると、窓を全開にしてクーラーを最低温度に設定した。

「どこに行く？」

春樹の様子を黙って眺めていた匡哉が、口を開く。それを無視して運転席に座ると、匡哉も助手席に座ってシートベルトをしめた。それを確認してアクセルを踏む。

「匡哉に行きたいところがあるなら、行ってもいいけど」

「この辺、海があるんだよな。電車からちらっと見えたんだ」

匡哉が窓の外を眺めて呟く。

「……いやだ」

「まだなにも言ってないけど」

「海に行きたいって言うんだろ」

ははは、と匡哉が声に出して笑う。

匡哉が昔とほとんどかわらない気楽な態度でいることに、不本意ながらも気持ちがほぐれていく。憂鬱だったけれど、それ以上に緊張していたんだと今さら気づく。

匡哉は海以外はいやだと言い続け、結局春樹が折れた。

「わかったよ、海だな」

ため息を吐いて、赤信号の前で車を停める。と、後部座席でなにかが動くのがミラーに映った。虫でも入り込んだのだろうか。

「——っわ！」

突然大きななにかが飛び出してきて、反射的に目を閉じて固まる。大きくて、素早いなにかだった。そういえばこの辺にも狸が出たと誰かが言っていた気がする。

目を開けるのを躊躇していると、助手席の匡哉が「ね、猫？」と言葉を漏らした。

恐る恐る瞼を持ち上げると、匡哉の膝の上にグレーの猫がふてぶてしく立っている。

「な、なにしてんだお前！」

って言うかなんで車の中なんかにいたんだ。

春樹の大声にもグレーの猫は動じなかった。

とりあえず車から追い出さなければ、いや、この場合は窓を閉めて安全確保をすべきだろうか。戸惑いながら手を伸ばすと、猫はフンッと鼻を鳴らして、匡哉の足を蹴って開いている窓から外に飛び出した。猫はすたりと美しく着地をして、すぐにそばの歩道に移動する。そしてぴょんっと塀に登りどこかに向かって走って行った。

なんなんだ、あいつは。

しばらく春樹と匡哉はぽかんとしたまま猫が去って行った方向を見つめていた。そのせいで信号が青になったことに、背後の車がクラクションを鳴らすまで気づかず焦る。

「びっくりした……なにあの猫」

「この辺に住む野良猫だよ。よく家にも来るんだ」

「春樹があんなにびっくりした顔するの、珍しいな」

「うるさいな。お前だって固まってただろ」

匡哉と目を合わせると、自然に笑いがこぼれた。

車内に明るい声が響く。気まずさも緊張もなく、まるで学生時代に戻ったようだった。

――匡哉とはじめて出会ったときも、こんな感じだった。

大学の入学式の日だ。

春樹は知らない場所で新しい生活をはじめたいと思い、大学は関東ではなく関西を選んだ。生徒数の多い大学だったため、入学式は学外の大きなホールを貸し切って行われたのだが、春樹は最寄り駅から会場に向かっている途中で道に迷ってしまった。今ならスマホですぐに地図を表示できるけれど、当時はまだガラケーの時代だ。

どうしたものかとビルが建ち並ぶ道の真ん中で途方に暮れていると、目の前に自分とよく似た〝スーツを着慣れていない〟同年代の男がやってきた。手には春樹と同じ入学式の案内のはがきがあり、表情から困っているのが見てとれた。しっかりした体つきだからこそ、よりしょぼくれているように映った。

目が合い、確信する。ああ、仲間がいた、と。

ふたりは近づいて、大道路沿いの歩道にある花壇に腰掛けた。言葉を交わし、春樹の想像どおり、彼も同じ目的地を目指していて、道に迷ったのだとわかった。匡哉も大学入学を機に独り暮らしをはじめたばかりだという。

時間はすでに入学式がはじまる五分前で、今からでは到底間に合わない。入学式を諦めて、これも縁だと春樹は近くにあった自販機で缶コーヒーを買って匡哉に渡した。

座っていた花壇のそばには大きな桜の木があり、ちらちらとピンクの花びらが風の中で舞っていた。ビルの隙間から見える青空と、ピンクの桜は、妙にミスマッチで、それが綺麗だった。匡哉はしばらく空を仰いでから、缶コーヒーを春樹に掲げた。

「入学おめでとう、ぼくら」

「なんだそれ」

目を合わせて、笑った。変な奴だなと思いながら、けれど桜に負けないくらい笑顔を咲かせる匡哉に、春樹はあの瞬間惹かれた。

学部が同じだと発覚したのは、その直後のことだ。

それから、大学生活を思い出すといつもそばに匡哉がいるくらい一緒に過ごした。

「もう、二十四年も前なんだな」

車の中で無意識に呟いた言葉を匡哉がすくい上げ、「出会いから？」と訊いてきた。けれど、匡哉とのことを考えていたのが悔しくて無視をする。

「ぼくらが大学生になったのってもうそんな前なのか。計算すると恐ろしいな」

春樹がなにも言わないことを気にもせず、窓の外を見ながら匡哉が言葉を続ける。

「ぼくも春樹も、もう四十二歳なんだな。おっさんだよなあ」

独り言のように匡哉が言って、春樹は「そうだな」と短く返した。

春樹も匡哉も見た目は随分老けたと思う。進にも客にも若く見えると言われることがあるが、せいぜい三十五くらいだ。大学生とは違う。

それでも、久々に会った匡哉は、はじめて会った頃のままだった。大きな体で人懐っこい笑顔はまるで大型犬のようで、それは、春樹が好きになった匡哉だ。

窓から次第に潮の香りが車内に入ってくるようになった。線路を越えてマンションが建ち並んでいる地域を通り過ぎると、途端に田舎と呼ぶにふさわしい静かな海沿いに入る。海は残念ながら助手席側ではなく運転手側だったので、匡哉は春樹をあいだに挟んで海を見つめていた。

しばらく海に沿って走り続けて、近くの空き地のようなスペースに車を停めて外に出る。浜辺に降りられる階段を、匡哉はうれしそうに駆けていく。

「おお、海だ」

砂の上に立ち、口を開けて声を漏らす。まるで少年のようだ。

このあたりは遊泳禁止のため、春樹たち以外にひとはいなかった。海面に太陽の光が反射して、目を開けていられないほど眩しい。

まわりには高い建物がなく、空がだだっ広い。街灯が少ないので夜になれば前すら見えないほど暗くなるだろう。車が通る音も、ひとが話す声も聞こえない。ただ、水と砂が動く音だけだ。

都会の海とはまったく違う。五感を刺激するすべてが。

ものすごく暑いのに、コンクリートの上を歩いているときよりもマシに感じるのは、そばに水があるからだろうか。

「ここは泳げないの？」

「泳げても泳がねぇだろ」

なーんだ、と匡哉は残念そうに海を眺めた。水着があれば禁止されていても海に飛び込んだのではないだろうか。

匡哉はいつも、そんなふうにいろんなことを全力で楽しむ性格だった。誘われればどこにでも出掛けるフットワークの軽さと明るい性格は、みんなに好かれていて、大学内を歩いていると様々なひとから声をかけられるほど顔が広かった。

反面、春樹は特定の友人としか会話すらしない。自分にとって他人であれば相手が匡哉の友人だとしても、素っ気ない態度を見せた。もともと春樹は友人であっても笑顔を振りまくような性格ではないけれど。

だからか、春樹と匡哉がよく一緒にいることに、数少ない共通の友人たちはみんな意外な組み合わせだといつも言っていた。

「なんでそんな冷めた顔してるんだよ」

階段に腰掛けてぼーっとしていると、波打ち際にいた匡哉が苦く笑ってゆっくりとやってくる。匡哉の視界に自分しか映っていないのではないかと錯覚しそうになる瞳で。

大学時代一緒にいた理由は、こんなふうに匡哉が春樹にやたらとかまってきたからだ。常について回ってくる匡哉のことを、春樹は鬱陶しく思っていた。煩わしいと思っていたわけではなく、特別な感情を抱いているのが自分だけだとわかっていたから。こっちの気も知らないでベタベタしてくるなと突き放そうとしたこともある。でも、匡哉はいつだって春樹に笑いかけて、近づいてきて、悔しいことに春樹はそんな匡哉のことが好きだった。

匡哉は、今も春樹に対して同じ態度を見せる。懐かしさを感じるたびに胸が軋む。

かわらない姿にほっとしているのは事実だ。けれどそれ以上に苦しい。額に浮かんだ汗がつうと頬を流れていく。

「なんでお前は、そんなふうに俺と話ができるんだ」

顔を歪ませて声を絞り出すと、匡哉は春樹の言葉に驚くことなく「なんでだと思う？」と言って隣に腰を下ろした。狭い階段は並んで座ると体が触れあう。汗に濡れた肌が露出してるせいで、ぴったりと春樹と匡哉の二の腕がくっついた。

「ぼく、離婚するんだ」

内容の割に、匡哉の声は明るかった。

「八年前に、結婚したんだ。会社の後輩で、いい子だったんだけど」

「勝手にすりゃあいいだろ。そんなこと言うために俺を探し出したのかよ」

「冷たい言い方だなあ。他に思うことないのかよー。結婚してたってことだよ？」

呆れたように肩をすくめられた。なんでそんなことを言われないといけないのか理解できない。春樹はため息を吐いてすっくと立ち上がり、砂浜までの二段をすっ飛ばして足を踏み出した。

「わかってるよ、女とつき合って結婚したってことだろ。で、離婚するんだろ」

「ぼくが女性と恋愛したことになにも思わないの？」

「思うわけないだろ。お前にとっては、それが当たり前だ」

匡哉のほうを見ずに返事をして、砂浜を踏みつける。照りつける太陽は砂まで光り輝かせていた。あの日の光景とはまったく違う海の姿に、今が昼間でよかったと思う。

「匡哉は女が好きなんだから」

つき合う前から、知っていた。わかっていた。

春樹は、物心ついたときにはすでに自分の恋愛対象が女性ではなく男性であると気づいていた。

でも、匡哉は違う。

大学の友人として親しくしていた二年間で、匡哉にはふたりの彼女がいた。高校時代につき合った彼女の話も聞いた。匡哉の恋愛対象はいつだって女性だった。だから、どれだけ匡哉を好きになっても無理だとわかっていた。自分の気持ちにまったく気づかず、無防備に家に泊まりに来て、安心して隣で眠る匡哉が憎たらしかった。

憎くて憎くて、悔しくて、でも離れることもできなくて。

「匡哉が男とつき合う羽目になったのは、俺のせいだから」

「春樹」

背後から、匡哉の低い声が響く。どういう気持ちからの声なのかはわからない。

――俺は、匡哉のことが好きなんだよ。

大学二年の冬、春樹は匡哉に意を決して言った。

――だからもう、俺の家に来るな。俺に話しかけるな。

――それができないなら、この気持ちを受け入れろ。

思いを伝えるまでに二年をかけたのは、少しでも悩んでほしかったからだ。親友である自分がいなくなることに、わずかでも抵抗を感じてほしかった。それだけのために、二年間、誰よりも匡哉のそばにいて想いがあふれるのを耐えていた。

どちらを選んでもらってもかまわなかった。正直、期待はしていなかった。ただ、匡哉に春樹との今後の関係の決定権を与えることが重要だったのだ。そうすれば、匡哉の心に自分の存在が刻まれるのではないかと、そう思っていた。

意外だったのは、匡哉が春樹の手を取ったことだ。

匡哉が自分と同じような意味での好意を抱いていないのはわかっていた。それでも、選ばれたことが幸せで、これ以上ないほど満たされた。涙をこらえていると、匡哉は「なんで泣くんだよ」と苦笑して抱きしめてくれた。

それでよかった。一瞬でも想いにこたえてくれたのだから、そこで満足すべきだった。

「春樹」

がしっと肩を摑まれた。突然のことに目を見開いて振り返ると、いつの間にか背後にいた匡哉が顔を歪ませて春樹を睨んでいる。

「会いに来た理由を、なんで訊かないんだよ」

「……なんでって。訊いただろ」

「店に行ったときは訊かれたかもしれないけど、今日は一度も訊かれてない。話したいことがなんなのか、訊かずに勝手に答えを探してるだろ」

肩を摑む匡哉の手に、力が込められた。

「春樹はいつも、疑問を口に出さずにひとりで考えて考えて考えて、勝手に結論を見つけて、自分だけでどうにかしようとする」

「なんでも知ってるかのような口ぶりだな」

「そのくらい許されるだろ。十年も春樹の恋人だったんだから」

匡哉が自分の恋人だと思っていたことに驚く。つき合っていたのは事実なのだけれど。動揺してしまい、目が泳ぐ。匡哉の顔から地面の砂に移動して、海を見て、空を見て、そして繫がっている匡哉の手に移動する。匡哉の左手の薬指には、指輪はないけれどこれまでずっとつけていたのだろう痕が残っていた。

「ずっと、謝りたかったんだ、春樹に」

匡哉に謝られるようなことをされた記憶はない。

むしろ謝らなければいけないのは自分だ。

匡哉の苦痛に歪んだ顔が脳裏に浮かぶ。掌には、匡哉の首の細さとぬくもりが蘇る。あのとき、体は大きくてもひとの首は細いんだな、と思った。これなら、非力な自分でも簡単に絞められそうだ、と。

「匡哉を殺そうとした俺に、匡哉が謝るようなことはないだろ」

首を傾げると、匡哉は涙をにじませた瞳を細めた。

――ぼくを殺さないで。なにも殺さないで。

――これで、楽になれる？

十二年前のあの日も、匡哉は同じように泣いて、言った。春樹に恐怖を抱き唇を震わせて、けれど、春樹の目をまっすぐに見つめていた。

匡哉はすでに殺されていたも同然だった。

殺したのは、春樹だ。

春樹はもともと、好きなひとに対しての独占欲が強かった。

ずっとひとりきりで過ごしてきたせいなのか、それとも生まれつきのものなのかは春樹にもわからない。

好きだからそばにいてほしい。自分だけを見て自分だけを特別に想い、自分だけを大切にしてくれるひとであってほしい。けれど、どういう態度で接してもらえれば満足できるのかは具体的に答えられない。

匡哉とつき合う前に、高校時代にひとり、大学時代にふたりとつき合った。けれど、いつだってうまくいかなかった。

——匡哉との場合は、それが特にひどかった。

大学卒業までの二年間は、なんの問題もなかった。女性が好きなはずなのに、匡哉は春樹を大事にしてくれた。手を繋ぎ、触れあって、ときにケンカをする。嫉妬をしたことも、不安になることもあった。そのたびに匡哉は笑って「仕方ないな春樹は」と抱きしめてくれた。

少しずつではあったけれど、間違いなく恋人としての関係を育んでいた。

けれど、それは同じ大学に通っていたからだ。

大学を卒業すると、関西で就職した匡哉のために、春樹は地元に帰らず関西に留《とど》まり、そのうえ広いマンションに引っ越した。同棲したほうがお金が浮く、俺は在宅ワークだから匡哉は家事もしなくていい、と匡哉を言いくるめて同棲をはじめた。

離れるのは我慢できないから。

けれど、四六時中そばにいられるわけではない。

会社には誰がいるのか。

仲のいい男性は、女性はいるのか。

どうして家で俺が待っているのに飲みに行くのか。

好きになればなるほど、いつか捨てられるのではないか、と思うようになった。

いつか匡哉はやっぱり女性が好きであることを再認識してしまうかもしれない。もしくは、春樹以外の男性に興味を持つかもしれない。

匡哉の世界には自分だけでいいのに。他の誰もいらないのに。

だから、春樹の知らない友人たちとは遊ばないでほしいと言った。不安だから、さびしいから、俺には匡哉しかいないから。そう言って、ひとりにされた日にはこの世の終わりのような沈んだ態度を見せたり、あからさまに不機嫌な態度を見せた。その甲斐あってか、匡哉は徐々に友人と連絡を取ることがなくなった。大学を卒業して三年目には、社内の人間関係がしんどいから転職しようと思うと匡哉が言い出したのはその頃だ。

春樹と匡哉は仕事以外の時間をほとんど一緒に過ごすようになった。

——じゃあ、俺の会社で働けばいいよ。

匡哉は春樹とお金の絡む関係にはなりたくないと抵抗した。

——匡哉は俺と一緒にいたくないの？

そう言えば、匡哉は首を左右に振る。

——じゃあ、働かなくてもいいよ。家でのんびり過ごせばいい。

それでも匡哉は首を縦には振らなかった。

その理由がわからなかった。

——匡哉は俺と一緒にいてくれるんだろ？　なら、家にいてよ。

もしかして他に好きなひとができて、自分から離れたいのではないか。そのために春樹の知らない会社で働きたいのではないか。

そんな考えが浮かんできて、同時に苛立《いらだ》ちが膨らんでいく。

——この家を出たいならそう言って。

——本当は外に気になるひとでもいるんじゃないか。

自分の両親がそうだったように、家の中より外に会いたいひとがいるのではないか。匡哉が好きだ。どこにも行ってほしくない。でも、匡哉が望むのならばそれは仕方のないことだ。元々春樹が強引に、匡哉の優しさにつけ込んでできた関係だから。

——好きにしていいよ、匡哉。でも、離れるなら二度と、もう戻ってこないで。

はじめこそ匡哉は意味がわからない、発想が極端過ぎると困っていた。けれど、最終的には春樹の提案を呑み、匡哉はしばらく無職でいることを決めた。

関係が崩れだしたのはその頃からだ。もっとも、春樹はそんなことには微塵《みじん》も気づいていなかったけれど。どんどん痩せ細っていく匡哉の様子に、自分がどう思っていたのかも思い出せない。

「春樹、出掛けない？」

会社を辞めて五年が経ち、昼夜逆転生活になった匡哉がそう言ったのは、平日の夜八時過ぎのことだった。

がっしりしていた匡哉の体は、この五年のあいだにかなりほっそりしてしまった。顔色も悪く、頰が少しこけて見える。それもそのはずで、仕事を辞めてからいくつかアルバイトをしたけれど、どれも長続きをせず、ここ二、三年はほとんど家から出ていなかったからだ。コンビニやスーパーには出掛けるし、春樹と一緒に休日に遠出することもある。けれど、大学時代の匡哉を思い出すと、別人のようだ。

「十年目の記念日に、旅行でもするか？」

鍋から立ち上がる湯気の向こうで、匡哉は生気はないものの真剣な顔をしていた。

「今すぐ、海に行きたい」

暖房をつけているにもかかわらず、足先が冷えていた。そんなときに海など、想像するだけで体温が下がる気がする。

なんで？　と訊けない雰囲気を匡哉は発していた。

「わかった。じゃあ、とりあえずご飯を食べよう」

春樹の返事に、匡哉はほっとしたように表情を緩ませて食事を再開した。そして、食事を終えるとすぐに海に向かった。燃費の悪い黒い車は、揺れが大きくエンジン音もうるさい。その分、会話がなくても居心地の悪さはなかった。

海といっても、明日も一応仕事のある春樹には遠出はできない。家から車で気軽に行けるのは、浜辺ではなく港しかなかった。

「さすがに海のそばは寒いな」

　匡哉ははあっと白い息を吐き出して海に近づいていった。海水浴場のように目の前に広々とした海が広がっているわけではないが、綺麗な港は、夜でも灯りがそこら中にあるし、まわりにはちらほらとカップルらしき人影もある。風が強く、寒さと潮のせいか普段よりも顔が痛む。

「なあ、春樹」

　柵にもたれかかり、匡哉は海を覗き込む。夜だからか、いつもよりも匡哉が元気だなと思った。今日の匡哉は、春樹の好きだった匡哉だ。いや、今も、好きなのだけれども。

　隣に並ぶと、匡哉は海を見つめながら呼びかけてきた。

「ここからぼくを、突き落としてよ」

「は？」

　急に潮の香りが強くなったような気がした。素っ頓狂な声が漏れて、匡哉は「すごい声」と言って噴き出した。クスクスと笑う匡哉は、中身がからっぽになったようだった。目の前にいるのに、ここに存在していないみたいだ。寒いのに、寒さの感覚が体から抜けていく。

　ひとしきり笑い終わった匡哉は、息を吐き出して空を仰ぐ。

「突き落としてくれないなら、家を出て行ってもいい？」

「……なんで。なに言って」

「ぼく、あの家から、出たい」

目尻から、つうっと涙が落ちていく。匡哉が泣いている。

「仕事を探そうと思う。今まではライターの仕事はしてたけど、その関係で、働いてみないかって言われた」

「家にいてもできるだろ」

「自分を取り戻したいんだよ。春樹以外のひとと関わって生きていきたい。でも、春樹はそれを認めないだろ。だって、こうなったのは、春樹のせいなんだから」

穏やかな声色だったけれど、そこに、春樹に対する愛情は微塵もなかった。

気づいていた。わかっていた。匡哉の言うとおり、すべて自分のせいだった。自分以外のひととの関わりをじわじわと奪い、今、匡哉のスマホに登録されている連絡先は、おそらく春樹と実家くらいだろう。実家ですら、ここ数年は一度も帰省していない。春樹は、自分以外の世界を匡哉から排除した。

自分が匡哉に対してしていることがおかしいと気づいていても、不安を解消する方法を春樹はほかに知らなかった。

「今日、鏡見たら急に、今のぼく、死んでるみたいだなって思ったんだよ」

どこにも行かせず、誰にも触れさせず、目の届くところにいてもらう。それはまるで、小鳥の羽をむしり取って鳥かごに閉じ込めているみたいだった。

気がついたときにはもう、すべてが手遅れだった。

どこからどうやり直せばいいのかすらもわからなかった。

いつの間にか匡哉に対する感情が〝好き〟から〝好きだった〟にかわっていても。

「俺が悪かった。これからはそんなことしないから、だから」

「だったら、ぼくを殺して」

匡哉の手が春樹の手を掴んだ。目を見開く春樹に、匡哉はゆるりと微笑んで、春樹の手を自分の首元に運ぶ。春樹の指先に触れた匡哉の首は、思っていた以上に細くて冷たかった。

「もうやめたいんだよ。こんな自分でいたくないんだよ」

だって、と匡哉は春樹の目を覗き込む。けれど、その言葉の続きは聞けなかった。

「ねえ、生きたままぼくを殺さないで。殺すならちゃんと殺して」

ざわざわと、波の音がする。思考が波にさらわれて、まともに考えられなくなる。

「ぼくを手放すか、ぼくを殺すか、どちらか選んで」

久々に生気の宿った匡哉の視線に体が固まった。台詞と表情がチグハグだ。だから、どちらも選ばなかったとき、匡哉は自ら海に飛び込むのではないかと思った。

手放すことは考えられない。なら、匡哉は死ぬ。春樹の手にかかって死ぬのか、自分で死ぬのかの違いだ。ならば、殺さなければ。

匡哉の手が放されたけれど、春樹の手は匡哉の首に触れたままだった。

指先に力を込めると、匡哉の眉がピクリと動いた。ほんの僅かな反応に、まるで春樹が首を絞められたみたいに苦しくなった。でも、ここでやめるわけにはいかない。だって自分はそうしなくちゃいけない。でも、なぜ？　春樹の脳裏で、もうひとりの自分が春樹に問いかけてくる。

瞬きをするのも忘れて匡哉の目を見つめていた。

そんな春樹に、匡哉は目を細め、小さく首を振った。

「ぼくを殺さないで。なにも殺さないで」

さっきまで言っていたこととまったく逆のことを言われて戸惑う。匡哉がなにを言いたいのか、なにを伝えようとしているのか、春樹にはさっぱりわからない。今の自分がなにを思っているのかさえ自分で理解できない。

ただ、匡哉が光のない海に沈んでいくような気がした。

「これで、楽になれる？」

匡哉は息苦しさを孕《はら》んだ、けれど穏やかな声で春樹に言った。

あの日のことを思い出すと、指先に伝わってきた匡哉の脈拍が蘇る。

どくどくと流れてくる血液が、波のリズムに溶けていくみたいだった。妙な感覚に襲われて、呼吸ができなくなってくる。

「ぼくは、生きてる」

ざあっと思考を洗い流すような波音とともに、匡哉が言う。

「だからなんだっていうんだ。あの日殺そうとしたことにかわりはないだろ」

肩をすくめて答えると、匡哉は前と同じように春樹の手を自分の首元に誘導する。

十二年前よりもシワが増えたけれどぬくもりがあり、脈拍もしっかりと指先に伝わってくる。春樹には、どれだけ力を込めても絞められない気がした。十二年前も、匡哉の息を止めることは無理だったのだけれど。

あのとき、匡哉がいなくなればどんなに楽になるだろうかと考えた。誰かに奪われる心配をしなくていい。匡哉がいなくなる不安からも解放される。でも別の苦痛に苛《さいな》まれるのはあきらかで、それに怖《お》じ気《け》づいて春樹は手を緩めた。生きていても殺しても、匡哉は自分にとって幸せからほど遠い存在だった。

もうすでに、春樹の目に映る匡哉は、匡哉でなくなっていたから。

「匡哉が言ったように、息をしていただけで、もう、匡哉を殺してたんだよ俺は」

匡哉の首から手を放し、ゆっくりと頭を下げる。

「悪かった。あれは、俺が悪かった」

十二年前もこんなふうに頭を下げたけれど、あれはただ項垂れていただけだった。うなじに触れる冷たい空気は、まるで罰のように感じられるくらい寒かった。

けれど、今はじりじりと肌が炙られるほど暑い。

「あのとき、ぼくにはわかってたんだよ。春樹がぼくを殺さないことくらい」

柔らかい声色で、匡哉が話す。そして、伸びてきた彼の手が春樹の頰に触れた。そっと顔を持ち上げて視線を合わせると、匡哉は眉を下げて笑った。

「なのにぼくをぼくのために殺そうとしたから、ちょっと、びっくりした」

「……なにを、言って」

そんなふうに思っていたなんて知らなかった。目を瞬かせると、匡哉は「たしかにあの頃のぼくはすでに死んでたようなもんだったけどさ」と言葉を続ける。そして、

「春樹も死んでるみたいに見えてたよ」

と春樹の頰を撫でた。

「自分は異性愛者だと思ってた。春樹が友だち辞めるって言うから仕方なくつき合っただけだって。ぼくがそんなふうに思ってたから、春樹は不安になって当然だったんだ」

頰を包み込む匡哉の手は、かすかに震えていた。

「少しずつ春樹がかわって、ぼくらの関係が壊れて、ぼく自身もなにがなんだかわからなくなって、でもそれが自分のせいだとは受け入れられなかった」

そんなことはない。匡哉のせいじゃない。けれど、それは声にならなかった。

「自分があれ以上かわるのも怖かったし、ぼくがそばにいることで春樹が緩やかに死んでいくのも怖くて、どうにかしたくて、でも春樹を置いて出て行く勇気もでなくて。ならいっそ、春樹の手でぼくを突き放してもらいたかったんだよ」

そんなはずはない、と春樹は首を何度も左右に振る。

「でも、あのときは自分の言動の理由がよくわかんなかったんだけどね。春樹がぼくを殺そうとした、あのときに、ハッとしたっていうかさ」

「でも俺は、あのとき匡哉を本気で……」

「正直、それでもよかったんだ。春樹になら殺されても。でも、あのときの春樹は、ぼくよりも苦しそうだった。そんな思いをしてまで殺そうとするとは思わなかったんだ」

つらかっただろう、と匡哉は春樹を慰めるように何度も頬を撫でる。そして、ごめんな、と言って春樹を抱きしめた。同時に、匡哉が春樹の首元に顔をくっつける。

――ぼくを殺さないで。なにも殺さないで。

あの台詞は、春樹のための言葉だった。

――これで、楽になれる？

あの台詞は、自分だけではなく、春樹にも向けられたものだった。楽になれないでしょう？　と、そう言っていたのだと、今ならわかる。

春樹の瞳に、涙が浮かぶ。けれどそれを必死にこらえる。今までずっと胸の中で荒れていたものが、凪《な》いでいく。

「ぼく、あのあと、働き出した会社の後輩とつき合ったんだよ。女性とつき合えることに安堵して、やっぱり自分は女性が好きなんだと思った」

匡哉の体が、さっきよりも胸に押しつけられる。

「でも、春樹とつき合ったときの、いろんな感情が忘れられなかった。ずっとなにかが不足してて満たされなかった。そんなとき、あるひとと出会ってやっとわかったんだ」

無意識に、春樹は匡哉の背中に手を回していた。

「ぼくはあの頃、春樹のことが特別で、大切で、本気で好きだったんだって」

震える彼を抱きしめて、柔らかい髪を撫でる。昔とかわらない匡哉の髪の毛なのに、昔ほどの愛おしさは感じなかった。

「また、大事だと想えるひとと出会えたのは、春樹がひとを好きになる気持ちを教えてくれたからだ」

匡哉の言葉を理解するのに、少しだけ時間がかかった。え、と声にならない声を発すると、匡哉は顔を起こし、春樹から体を離して目を合わせる。

「今でも自分が異性愛者か同性愛者かはわからない。でも、もう自分の気持ちから目をそらさない」

もしかして、匡哉は男性とつき合うために、離婚をするのだろうか。頭に浮かんだのは疑問形だったけれど、確信に近かった。

「誰を傷つけても、今度は素直になろうと思ったんだ。傷つけたからこそ」

自己満足だけどさ、と匡哉は眉を下げる。

「だから、春樹と話したかった。春樹は絶対ぼくのことを気に病んでると思って」

「俺が匡哉のことまだ好きだとでも思ってたのかよ。そんなわけないだろ」

「でも、ぼくが誘わなかったら海なんて来なかっただろ」

図星を突かれて春樹は悔しく思う。

すでに気持ちはない。十二年前に愛情の区切りをつけている。だからといって、過去がなくなるわけではなく、お互いに後悔や懺悔《ざんげ》がしこりになって残っていた。

ごめんな、と匡哉は何度も繰り返し、ありがとう、と何度も頭を下げた。

どちらの言葉も自分にはふさわしくない気がして喉が締めつけられる。

「春樹、ぼくは」

「――っなに、やってんだよ！」

突然響いた声に、春樹と匡哉のあいだの空気がガシャンと壊れた。

いや、なにかが倒れる音だと気づき顔を上げると、階段から勢いよく進が走ってくるのが見える。

なぜ、ここに進が。

驚くよりも茫然《ぼうぜん》とする。進は猪《いのしし》のように力強い足取りとスピードで春樹に向かってきて、半分くらいまで階段を降りるとジャンプして砂浜に降り立った。そして、砂を蹴り飛ばしながら、春樹と匡哉のあいだに割って入る。

目の前に壁ができる。進のTシャツの背中部分が汗でべっとりと濡れていた。腕も首も汗でベトベトに濡れていて、肩も上下に揺れている。

「今さら春樹に近づくなよ！」

春樹から進の表情は見えない。けれど、怒っているのは明らかだった。

「ちょ、ちょっと待て、進。違う、そんなんじゃないから」

「なにが。春樹も同じ気持ちだってこと？　元カレとより戻すつもりかよ」

「え？　いや違うけど。え？　なんで匡哉のことを……？」

進が匡哉のことを知っているはずがない。鬼の形相でこちらを振り返った進を見て首を傾げる。進の額から流れた汗が、頬を伝い顎からぽたんと砂に落ちた。

「ごめん、ぼくのせいだよな」

ははは、と匡哉が笑って言った。春樹と進は同時に匡哉の顔を見る。

「前に店に行ったときに、彼に会ったんだ。で、ちょっとだけ、いたずらしちゃった」

「いたずらって、お前なにしたんだよ」

今度は春樹が一歩前に出て、進を庇《かば》うように立った。

「店でのぼくと春樹を見てたみたいで、外で声をかけられたんだよ。おれの彼になんの用事だってケンカ腰だったから、元カレだよって」

なんて余計なことを。進の態度が悪かったのだろうけれど、自分より十以上年下の男にそんな大人げないことをする匡哉に失笑する。

「じゃ、ぼくはもうそろそろ帰ろうかな。春樹、駅まで――」

「春樹がなんで送らないといけねえんだ。歩いて帰れよ」

「この炎天下の中を？　熱中症で倒れたらどうするんだよ」

「知るか」

春樹を挟んでふたりが言い合いをする。

たしかにこの状態で匡哉を車に乗せるわけにはいかない。ふたりきりは論外だし、三人で車に乗るのは、息苦しいに違いない。想像するだけで無理だと思った。かといって、ここから駅までは歩くと結構な距離がある。

「俺がタクシー呼ぶから」

それがいちばん安心だ。ふたりの意見は聞かずにスマホを取り出し電話をかける。

それから十分もしないうちにタクシーがやってきた。道路からクラクションが聞こえてきて、ほっとする。なんせ待っているあいだの空気が最悪だった。進はピリピリしているし、そんな進をからかうように匡哉は春樹に親しげに話しかけてくるのだ。

階段に座っていた匡哉は立ち上がり、座っている春樹と進を見下ろす。

「じゃあ。もう来ないから安心して」

「ああ、元気でな」

春樹は返事をしたけれど、進は拗ねていて顔を上げない。恋人の態度に申し訳ない気持ちになると、匡哉は春樹の気持ちを察して「ぼくのせいでごめん」と苦く笑った。

「春樹、前にひとの本質は、隠せてもかわることはないからねって言っただろ。春樹のことだから、またひとりでためこんでるんじゃないか？」

余計なことを言うなバカ、と匡哉に視線を送る。

「隠そうとしなくていいんだよ。恋人なんだから。でも、春樹の抱えてる本質に、気づけなくてごめんな。彼は——どうか知らないけど」

本質、か。春樹は心の中で呟く。

「匡哉、もういいからはやく行けよ」

考えるのはあとにして、とりあえず匡哉を追い払う。匡哉は申し訳なさそうに笑ってから「じゃあ」と足を踏み出した。背中を見送ることなく、車に乗り込み走り去っていく音だけを聞く。

それがなにかの合図になったのか、春樹は〝終わった〟と思った。匡哉と別れてから過ごした時間がやっと自分の物になったような感覚だ。

なんだか、すごく疲れた。戸惑ったり泣いたり困ったり、感情が振り回されて、今は疲労以外なにも感じられない状態だ。この暑さのせいもあるかもしれない。さっさと家に帰って涼しい部屋でベッドに横になりたい。

けれど、春樹の隣には進がいる。話をしなくては。

目の前の海は、来たときとかわらずキラキラと水面を光らせてゆらゆらと揺れている。

「……進、バーベキューは？」

「今日出掛けるって春樹が言ってたから、怪しいと思ってウソ吐いた」

なるほど。そういうことか。いや、でも進は自転車で自分は車だった。どこかで見失ってもおかしくないのに、なぜこの場所がわかったのだろうか。

「おれは、あのひとが言ったように春樹のことなにも知らないかもしれないけどさ」

匡哉は進に本当に余計なことを言ったようだ。

「でも」

「……そういうんじゃないよ、進」

進の言葉を遮って、首を振る。過去の話なんてしたくなかった。秘密にしておきたかった。過去の、醜くて傲慢な自分自身を。

誰にだって知られたくない秘密くらいある。けれど——もしかすると、秘密にすべきことそうでないことは、自分ではわからないのかもしれない。

春樹は進の髪の毛に触れて、彼の汗を手で拭ってからゆっくりと口を開く。匡哉とは違う、少し痛んだ進の髪の毛を愛おしく思いながら。


すべてを話すと、思いのほか体が軽くなった。

進の顔を見るのが怖かったので、春樹の視線はずっと海に向けられていた。

「ひとりになって、逃げるようにこの町に来たんだよ。この町で、俺は誰ともつき合わず、ひとりでひっそりと生きるつもりだった」

電車から海が見えて、気がついたら駅に降り立っていた日のことを思い出す。結局自分は逃げていたのではなく目をそらしていただけだったのかもしれない。

そんなふうに過ごす日々も悪くはなかった。

けれど、進と出会ってしまった。

「進とつき合って毎日、怖かったんだ。また自分が同じことをするんじゃないかって」

自由でいてほしいのに、引き留めたくなる。

そばにいてほしいけれど、そのままの姿でなければ耐えられない。ローラのように、家の中だけで自由気ままにかわらないでいてくれればいいけれど、そうではないことはわかっているから。

「でも、同じことをしたら、また俺は大事なひとを失うことになる」

進の頬に触れると、じっとりと湿った肌が掌に吸いついてくる。

「だからずっと、秘密にしておきたかった、俺の、醜い独占欲を」

遊びに行かないで。残業なんかしないで。仕事なんかしなくても俺がいる。お金の心配もいらない。一緒にお店をすればいい。でもやっぱり自分以外の誰とも顔を合わさずにいてほしい。

すべてを曝《さら》け出していたら、今頃自分は進を殺してしまっていただろう。

「進」

頬から顎に沿って手を下ろしていく。首筋に這《は》わせると、進がかすかに身じろいで目を合わせてきた。

「俺のそばにいたら、進はたくさんのものを失うかもしれない」

もう片方の手も彼の首に伸ばす。あっという間に進の首は春樹の両手におさまった。

大事なものはないほうがいい。自分から手放す勇気はないけれど、この姿のままの記憶で留められるなら、そのほうがきっと苦しくはない。

瞬きすらもしない進の瞳に、歪んだ自分の顔が写り込んでいて、春樹はゆっくりとその首を締めつける。

でも、春樹は殺したいわけじゃないのだ。そんなこと、したくない。

脳裏に、一年前の事故の光景が広がる。

倒れている男性と、しゃがんで取り乱している女性がいた。自分だったらどちらの立場がいいだろうか。そう考えて、好き合っているままで死別することが、羨ましいと思った。倒れているのが自分なら、きっともう嫉妬をしなくていいのだと安堵するだろう。残されたのが自分だったら、これでもう誰にも奪われないんだと喜ぶかもしれない。

なんて最低な思考かと、自分に嫌悪感を抱いた。

「春樹。おれはなにも失わない。失いたくないから、なにひとつ、手放さない」

進は、力強い眼差《まなざ》しで言い切った。

「安心して、春樹。春樹はただ、自分がされたいことを相手に求めてるだけだ」

自分の首に添えられていた春樹の手を、進が包んでゆっくりと剝がしていく。

「俺が、してほしいこと？」

考えたこともない。想像したこともない。

けれど、そんなはずない、違う、という言葉は出てこなかった。

黙ってしまった春樹に、進はいつものように目を細めた。そして、春樹の左手を両手で包み込んだ。ぎゅっと力を込めてから、一本一本、指先を優しくなぞる。

そして、薬指になにかを嵌《は》めた。ひやりと、冷たいなにかが肌に触れる。

「本質とか、よくわかんないけどさ。とりあえず、おれ、執着では誰にも負けないと思ってるんだよね」

　マンガや映画で見るように、進は春樹の手の甲にそっとキスを落とし、「塩の味がする」とぺろりと唇を舌で拭っておいしそうに口の端を引き上げる。

　春樹の左手の薬指には、見たことのない銀色の指輪が輝いていた。ほら、と進は自分の左手を春樹に見せるように上げる。そこにあるシルバーの指輪に太陽の光が反射した。

「おれが最近毎日残業して作った、オリジナルのペアリング」

　これを作るために、ずっと帰りが遅かったのか。

　進は、匡哉に会ってから、この関係に形あるものを作ろうと思ったのだと言う。

「春樹が言いたくないなら言わなくていいよ。いくらでも秘密を抱えてていいし、悩みや不安を相談せずに悶々としたっていい」

　にこりと目を細めて首を傾けた進は、一見かわいらしい、愛しい姿だった。けれど、その瞳の奥に、底なし沼のような深くて暗いなにかを感じる。笑っているのは間違いないのに、楽しいとか幸せとか、そういう感情が感じられない不思議な笑みに、春樹は目がそらせなかった。

　足元から、なにかが心臓に向かって這い上がってくる。全身が粟立《あわだ》つけれど、そこに、不快感や恐怖は一切なかった。

「おれは、束縛はしないよ。そのままの春樹でいいし、おれもかわれないし、かわるつもりもない。そのために出会いまで演出したんだから」

「演出……？」

春樹の言葉を無視して、進は油で汚れた指先で、春樹の薬指を優しく撫でる。しつこく、執拗《しつよう》に、指輪を指に刻み込むみたいに。そしてゆっくりと顔を近づけた。

「ただ、もしものときは、まわりを排除するだけ」

耳元でささやかれた声に、ぞくりと背筋が震えた。

「春樹は自分で思っているよりも、顔に出るかわいいところがあるから」

これは誰だ。今まで見たことのない進の表情と声色に、腰が砕けそうになる。

「おれは春樹を看取《みと》るまでそばにいるって決めてるんだよ。春樹が勝手になにを考えていたって、おれには関係がないんだよ。だから好きにしていいんだよ」

勝手に決められても困るのだけれど。

でも、それを拒否する気持ちは微塵も湧いてこない。

「俺——進のこと、すごく好きだな」

「知ってるし。そのためにどれだけ頑張ったと思ってんの」

〝出会いの演出〟といい、今の発言といい、気になることはあるけれど、今は触れないでおくことにした。知らないままでもいい。秘密があってもかまわない。不思議とまったく不安を感じない。それは、進の隠されたやばそうな感情に、なによりの愛情を感じるからだ。

興奮と快感で、体が熱くなる。

おそらくこの指輪は今後外すことはないだろう。ああ、でも、外したときの進がどうなるのか想像するだけで体の芯が熱をもつ。心臓がばくばくと早鐘を打つ。呼吸が荒くなる。今、自分は一体どんな顔をしているのか。自分はこれまでずっと、これを欲していたのだとわかった。

「帰ろ」

指を絡ませて、進は満足そうに笑った。

ふと海に視線を向けると、まだ太陽が頭上にあって、海も空も明るい。けれど、夜になれば街灯が少ないため闇に包まれる。それは、十二年前の海よりも遥かに暗いだろう。でも、その分星が瞬いているはずだ。

どこかから、グレーの猫の汚い鳴き声が聞こえた。キョロキョロとまわりを見渡すと、進が「おれといるのになに考えてんの」と口を尖らせた。

かわいい笑顔だったけれど、やっぱり進のその目の奥は冷ややかで、春樹は思わず吐息を漏らした。

❹ ねこ町4丁目の公園

暑い、と思ったら寒くなり、寒い、と思ったら暑くなる、落ち着かない季節がやってきた。まあどちらも我慢できないほどではないので悪くない。それに、この時季はよくおいしそうな匂いがする。コンビニの給餌係が言うには「サンタの匂い」なんだそうだ。あの男の言うことはつくづく意味がわからない。

ぼくと同じように、にんげんもこの季節が好きらしい。よくぼくらにご飯を運んでくるにんげんが、この前「紅葉がきれい」「秋は景色がいい」と山を見ながら言っていた。ふーんと思って見た山は、いつもと同じにしか見えなかったけれど。

とはいえ、今日は昨日よりも冷たい風が吹いているので、落ち葉を布団にしてハチワレと寄り添い丸まりながら過ごしている。

ぼくとハチワレの体温であたたかくなってきてうつらうつらしながら、これから本格的に寒くなるんだなあ、と考えた。ああ、いやだなあ。ローラはきっと、冷たい風が入ってこない部屋の中にあるふわふわのベッドに包まれて過ごすのだろう。自由に出入りできれば、あの家にもっと行ってあげてもいいんだけどなあ。

いやでも、最近ぼくは、夜に雨風を凌《しの》げる場所を見つけた。うるさい男――渉《わたる》がまた現れるようになったコンビニも近い。あの場所には今後も行かなくちゃいけないのでちょうどいい。ぼくの住処にしてやってもいいかもしれない。

心配事がひとつ減ったことで、心地よくなり鼻がぷすぷすと鳴った。いい夢が見られそうだ、と思ったところに「あ」と声が聞こえて目が開く。

誰だぼくの安眠を邪魔するのは。じろりと睨むと、公園のそばの道を歩いていたらしいふたりがぼくを見て手を振っている。ローラの家で見かけるひょろひょろなのにでかい男と、よく触ろうとしてくる若い男だ。

「今日は家に来ないのか？」

若い男が公園の草むらの上から身を乗り出してぼくに手を伸ばしてくる。前から馴《な》れ馴れしい男だったけれど、ローラに頼まれてこの男を海まで案内してやってから、より一層馴れ馴れしくなった。

あの日は本当に大変だった。めちゃくちゃ暑い日に走り回る羽目になったのだ。

あの頃、でかい男はひとりになるといつもしょぼくれた顔をして「もう進は帰ってこないかも」とか「俺はやっぱりだめなんだ」とうじうじぐちぐち鬱陶しかったらしい。

ローラは、自分よりもあとに家に来たくせに、でかい男がいなくなると「たとえローラでも春樹を独り占めしたら許さないからね」とか「春樹はおれのだから取らないでね」とか言ってくる若い男が好きではなく、いつも怒っていた。いなくなるならそのほうがいいとも言っていた。けれど、でかい男があまりに落ち込んでいるのでどうにかしてくれないか、とぼくに頼んできたのだ。そして、ぼくはローラにかっこいいところを見せたくて引き受けた。

そして、あの日はローラの家で寛ごうと思っていたら、「阻止してきて」と突然ローラに言われてよくわからないまま協力した。苦手な車にこっそり乗り込んだり、行き先を確認したり、途中までついてきていたのにはぐれた若い男を海まで誘導したり。なんとか帰りはあいつらに媚びを売って車に乗せてもらえたけれど、ぼくはもう二度と海なんかに行かない。まあ、ローラにはさすがだと褒められたけどね。そりゃあぼくだもの。

ふふふん。

「じゃーなー」

機嫌良さそうに去っていくふたりの背中を見送り、やれやれと再び目を閉じて丸まる。

と、公園が騒がしくなった。

「やだ、理玖斗《りくと》じゃない」

いつの間にかそばにいた花子が言った。そしてぼくとハチワレのあいだにぐいぐいと入ってくる。重くてぐえっと変な声を出してしまう。

「もう、また理玖斗は問題起こしてるの？　懲りないわねぇ」

　ぷすぷすと鼻を鳴らして花子は少年を見る。花子の飼い主の子どもの子どもらしい。花子は飼い主の話はするが、一緒に住んでいる他の家族のことはあんまり話さない。おそらくただの同居人（もちろん花子のほうが立場は上だ）として見ているのだろう。その見方は正しい。

「とりあえず重いからどけよ、花子はくっつかなくてもいいだろ」

「なんなの！　あんたたちまで！」

　ハチワレがぐいーっと前足で花子の顔を押すと、花子はフシャーと口を開ける。どうやら今日は機嫌が悪いらしい。

「ママも最近ぜんぜんかまってくれないんだもの！」

　ぷんぷんと花子は叫んだ。

　前からちょくちょく飼い主——花子はママと呼んでいる——がかまってくれないと怒っていたが、いつもより激しい。ママなんてきらいよ！　と拗ねたように目を細めて、改めてぼくとハチワレに全体重をのせた。

　花子の飼い主は公園にも何度か花子と一緒に来たことがある。家に行けば、いつも花子を膝にのせて撫でていた。花子が言うにはなんでもいうことを聞いてくれるいい下僕なのだとか。家ではおいしいおやつをいくらでもくれるらしく、寝てるだけでも褒められるそうだ。まったくうるさいったらないわ、と花子はまんざらでもない顔で文句を言っていた。

花子は花子がいちばんでなければ気が済まない性格だ。

花子はぼくらの上でむんっと口をへの字にして目をつむっている。

かわいそうに。

花子の口癖を心の中で呟いた。仕方ないから(八つ当たりもされたくないし)、暇なときにでもからかいついでに観察しに行こうかな。助けてあげなくもない。なんだかんだぼくは花子のことが好きだから。自慢をしている花子のほうが怒っているときよりもずっと幸せそうだから。

ま、いつになるかはわからないけどね。

＊

キラキラ輝く夢のような世界は、かわいそうだった自分の世界までをも美しく照らしてくれた。

「俺だけ見てろよ」

画面に映る制服姿の少年――志のぶには孫でもおかしくない年齢だ――は、愛らしい少女の顔の横に手をついて、彼女を見下ろしながら言った。

茶色に染められた髪の毛、長いまつげ、すべすべの肌。そして目元は下がっているのに力強い眼差し。

生まれてこの方、六十九年、一度も感じたことのない痛いほどの胸のときめきに、志のぶは世界が開けるのを感じた。


その出会いから二年半、志のぶの世界は彼のおかげで輝き続けている。それどころか、彼のおかげで世界は広がった。

「推しというのはすごいわ……」

はあ、と艶っぽいため息を吐き出す。

朝起きるといつも志のぶはそう言って部屋の中を見渡し、帰宅するたびに自室の素晴らしさにうっとりする。ここは天国か。

志のぶの部屋である和室の壁の至る所に志のぶの推し——男性アイドルの藤城高良《ふじしろたから》のポスターが貼られていて、写真の中の彼は志のぶに向かって白い歯を見せている。

至福。

これまで生きてきた中で、今この瞬間が最高に幸せだと、高良に出会ってから志のぶは何度思っただろうか。高良の所属するアイドルグループのクリスマスライブの抽選に外れて、今この瞬間が最高に不幸だと思ったこともあるけれど。

今日は、推しである彼が掲載されている雑誌の発売日だった。当然先月に予約していたが、一秒でもはやく読みたくて書店の開店に合わせて買いに行ったのだ。

来月に主演映画が公開されるので、彼が表紙になっていたり特集が組まれていたりする雑誌が毎週のように発売される。おかげで志のぶは毎日ウキウキしている状態だ。この前まで主演ドラマも放送されていたので、忙しい高良の体調は大丈夫だろうかと心配にはなるが、露出が増えるのはファンとしてはうれしい限りである。

さて、とローテーブルの前に腰を下ろそうとすると、志のぶが数年前に引き取った花子が部屋の隅で丸くなって眠っているのに気がついた。帰ってきたときはいなかったはずなのに、いつ部屋にやってきたのだろうか。

最近では猫は室内飼いが増えているらしい。けれど、志のぶは花子を外にも出られるようにしている。野良猫の多かったこの町で育った志のぶにとっては、猫が自由に歩き回るのがあたりまえの光景だ。ただ、花子は長毛種なので、外に出るとどうしても毛が汚れてしまうのが難点だ。志のぶは買ってきた雑誌をはやく開きたい気持ちを抑えて、寝そべっている花子の体を濡れタオルでゴシゴシと拭い、肉球も綺麗にしてやった。目を覚ました花子は不満そうな顔をしつつも大人しく受け入れている。

「はい、終わり。じゃあゆっくり寝てなさい」

頭をひと撫でして、よっこいしょと部屋のテーブルの前の座椅子に腰を下ろした。高良に出会う前、花子がいれば必ず膝の上にのせて過ごしていたけれど、最近は忙しくて花子と一緒に昼寝もしていない。まあ、花子は自由気ままな性格をしているので、なんの問題もないだろう。

とにかく今は雑誌だ。

買ってきたそれをテーブルに置いて、むふむふと頬を緩ませる。

と。

「お母さん、いい加減にしてよ！」

ぴしゃーん、と雷が落ちてきたかのような声に、志のぶの体がびくついた。振り返ると、一人娘の万里子《まりこ》が目を吊り上げて志のぶを睨みつけている。傍らには孫である小学生の理玖斗が目をまん丸にして驚いていた。どうやら買い物に行っていたようで、万里子はスーパーのレジ袋を下げている。

「なんなのよいったい、驚かさないでよ！」

もう七十一歳にもなるのだから、心臓に負担をかけないでほしい。志のぶはまだまだ生きねばならないのだ。健康であるためにどれだけ努力をしていると思っているのか。

「なんなのじゃないでしょ！　また無駄遣いして！」

「あっ、ちょっとやめてよ！」

ずかずかと志のぶの部屋に足を踏み入れてきた万里子は、バン！　と志のぶの目の前にあるローテーブルに手をついた。その下にある雑誌が潰されたのでは、と慌てて万里子の手を払い、下敷きにされていたものを救出する。

「乱暴なことしないでよ！　今日買ったばかりなんだから！」

娘の万里子は気性が荒い。一体誰に似たのかと、般若《はんにゃ》の顔をしている万里子を見るたびに志のぶは思う。万里子を育てていたときの自分もたくさん叱ったけれど、こんなにひどくはなかったはずだ。

「あんたはいっつもガミガミガミガミ。もうちょっと冷静に話せないの？」

「お母さんに似たからこうなったのよ！」

「親のせいにしないでよ。毎日のように理玖斗にも怒鳴って、ほんとうるさいったら。ねえ、理玖斗。怒られてばかりでかわいそうに」

「理玖斗は関係ないでしょう！」

こんな頭ごなしに怒ることが問題だ。

先月も万里子は理玖斗を叱っていた。理玖斗はずっと泣いていて、それでも万里子はすごい剣幕で叱り続けていて、さすがに放っておけず志のぶが仲裁に入った。どうやら理玖斗が同級生の女の子を泣かせたらしいので、とりあえず志のぶも注意はしたがぼろぼろ涙を流している理玖斗を見ているとかわいそうで心が痛んだ。

自分が怒られているわけではないのにビクビクしている理玖斗に大丈夫だと伝えるため、常に持ち歩いている棒つきキャンディをあげる。理玖斗は「ありがとー」と頰を緩ませてから、ドタドタと床を叩くように走っていった。

ふたりきりになって、志のぶは改めて万里子と向き合う。万里子は未だに目を吊り上げて志のぶを見下ろしていた。

「で、なんなのいったい。今忙しいんだけど」

「近所のひとを映画に誘いまくってるんですって？　前にやめてって言ったわよね！」

「む、無理強いはしてないわよ」

そのことか、と舌打ちまじりに答えて目をそらす。

公開予定の映画の前売り券を志のぶは十五枚購入した。特典と、主演である推しの映画を応援するという目的のためだ。ひとりで観に行ってもかまわないけれど、せっかくならば知り合いにも彼のことを好きになってもらいたいと思い、近所に住む親しいひとを何人か誘った。それだけだ。別にしつこく押しつけたりはしていない。もしよかったら一緒に行かないか、と。もちろん代金は志のぶ持ち。それのなにがいけないのか。

「スーパーで会った理玖斗の同級生のママに半笑いで言われたのよ。ライブのチケット購入の手伝いまでお願いしたそうじゃないの」

それは内緒にしてほしかった。この町の住人は本当に口が軽くて困る。

仕方がなかったのだ。クリスマスライブのチケットはファンクラブに入会していてもなかなか手に入れられない。去年に引き続き今年も落選してしまい、一般発売でなんとか入手できないかと考え、志のぶは知人にどうか応募してくれないかと頼んだのだ。なのに結果、一枚も購入することができなかった。思い出したらまた悲しくなってくる。

万里子の小言から落選の絶望が蘇りうわの空でいると、「お母さん!」と万里子が声を荒らげた。

「ああ、もう、本当にうるさいわね、万里子は」

「恥ずかしいからやめてよ、ほんとに……!」

万里子はため息を吐いて頭に手を当てて目をつむる。

近所のひとと顔を合わせるたびに志のぶが推しの話をするからか、一部のひとからは笑いものにされているらしいことは知っている。けれど、それがなんだというのか。数人は興味を持ってくれたし、同じようにファンになったひともいる。演歌歌手や最近流行りの歌手に入れ込んでいるひとたちとはお互いの推しに対する愛を語り合って盛り上がっている。なんと楽しい時間か。

笑うのは、なににも興味がない面白みのないひとたちだ。つまらないひとたちは、楽しんでいるひとを妬むのだ。推しと出会う前の自分がそうだった。

「ひとの楽しみを馬鹿にするようなかわいそうなひとたちなんて、気にせず放っておいたらいいのよ。ったく、万里子は気が小さいんだから」

　ふんっと鼻を鳴らすと、万里子が呆れたように項垂れた。

「お母さんはなんでそんな勝手なの……」

「あたしがあたしのお金で好きなもの買って楽しんでいるだけじゃないの。ちゃんと家に生活費だって渡してるんだから、残りは好きにしたっていいでしょう」

「そういうことを言ってるんじゃないのよ、私は」

　万里子の言いたいことが理解できない。

　万里子が幼いときにシングルマザーになった志のぶは、万里子を育てるために必死に働いてきた。結婚を機にそれまで働いていた事務職を辞めて専業主婦になっていたので、とりあえず友人の伝手《つて》で駅前にある和菓子屋の販売員のパートをはじめ、それ以外の時間はほとんど内職をしていた。

　幸いにも和菓子屋が全国展開しはじめたことでパートから派遣社員になり、正社員になり、副店長、店長を経てエリアマネージャーにまで登り詰め、裕福ではないものの不自由のない生活を送ることができた。そして、退職金に年金、そして企業年金のおかげで、現在の志のぶの生活はそれなりに余裕がある。おまけに定年退職後も二年前まで販売員として店頭に立っていた。共働きの娘夫婦と同居しているのも今の生活を支えてくれている。

「迷惑はかけてないでしょうが」

ふんっと胸を張る志のぶに、万里子が苦虫を嚙みつぶしたような渋い顔をして黙る。

無言の時間が刻々と過ぎて、志のぶはスマホを取り出した。雑誌を読みたいけれどこんな気分では推しに対して失礼に当たる。

「ちょっと、ひとが話してるんだからスマホなんて見ないでよ」

「万里子が黙るからでしょう」

「お母さん！　お願いだから私の話をちゃんと聞いてよ！」

聞いてるわよ、と口を尖らせながら反論する。

万里子はいつまでも母親にべったりのわりに口うるさくて仕方がない。

就職しても家を出ることなく、結婚しても家に住むのだと言い出したときは驚いたくらいだ。万里子の夫もマイペースで細かいことを気にしない性格だったため、「家にお義母《かあ》さんがいてくれたほうが安心なので是非」と乗り気だった。

何度も拒否したものの結局押し切られてしまったが、今となっては同居に後悔はない。万里子の夫は必要以上に気遣うようなこともしないタイプで気楽だし、志のぶがパートに出ていたから、孫の理玖斗の世話を頼まれることもほとんどなかった。家事は万里子と万里子の夫がいないあいだにちょろっとすればいいだけだ。

二年前に仕事を辞めてからは特に、この快適な老後に満足している。

お金があり時間もある今、夢中になれるものまでできた。これを幸せと言わずなんと言うのか。

そう思えるのは、推し――高良のおかげだ。推しと出会う前の自分は、一体なにを生きがいにして日々を過ごしていたのかわからない。

そんなことを考えながら志のぶはスマホを操作する。目の前の万里子が怒っていることなど頭からすっかり消え去っていた。

これ見よがしな万里子のため息が耳に届く。

「いい年してスマホ依存症みたいにどこでもスマホ見て。歩きスマホとかしてないでしょうね。この辺で事故でも起きたら前みたいに大騒ぎになるんだから」

「するわけないでしょう。それにあの事故は運転手側のスマホでしょ。一緒にしないでちょうだい」

万里子が口にしているのは去年あった事故のことだ。

線路近くの細い道で車が人身事故を起こし、ひとり亡くなった。運転手の脇見運転が原因らしく、普段穏やかなこの町ではかなりショッキングな出来事だった。と言っても、その話も一週間程度ですぐにみんなの興味から消えてしまったため、詳しいことは知らないが。たぶん、被害者も運転手も、この町の誰も知らないひとだったのだろう。

「もう、ああ言えばこう言うんだから！」

「うるさいわねえ。大丈夫よあたしは、もう免許証も返納したでしょう」

この町で車に乗れないことがどれだけ不便か。それでも万里子の頼みだからと志のぶは渋々受けいれたのだ。だというのに、うるさいったらない。

万里子の小言に顔を顰《しか》めながらスマホでブックマークしている情報サイトを開く。

「そういうことじゃないんだってば！」

「なにが言いたいの。あんたを育てるのに必死に仕事してきたんだから、老後くらい好きにさせなさいよ。今までのあたしがかわいそうだと思わないの？　あれはダメこれはダメって。迷惑かけてないでしょう」

「近所のひとにも失笑されてるんだから、迷惑よ。私の身にもなってよ！」

「ほんとあんたは薄情な娘ね。キャンディでも食べて落ち着きなさいよ」

万里子は顔を真っ赤にして「いらないわよそんなもの！」とどすどすと廊下を踏みつけながら去っていった。動きもうるさい。理玖斗のあの足音の騒がしさは万里子に似たに違いない。

仕方のない子だわ、と呆れながらスマホ画面を見る。そして、表示されていた最新記事の見出しに、志のぶの息が止まった。

「え」

目を見開き、声を漏らす。

〝人気アイドルグループの藤城高良（20）、活動休止か〟

信じられないニュースを見てから、志のぶは二時間以上スマホで情報をあさった。けれど、どこも似たり寄ったりの内容で、信憑性《しんぴょうせい》だけが深まった。

このニュースが本当なら生きる希望がなくなってしまう。

口を半開きにして、虚空を見つめる。そばで花子のにゃあにゃあと志のぶを呼ぶ声が聞こえるけれど、反応を返すことができなかった。

「どうしたらいいの」

志のぶは独り言《ご》つ。

高良をはじめて見たあの日はパートが休みで、万里子も万里子の夫も仕事で家におらず、理玖斗も学校に行っていた。志のぶは家でひとり暇を持て余していた。

そもそも、定年退職後にも働こうと思ったのは、することがなかったからだ。シングルマザーになってから、ずっと忙しい日々を過ごしていたから、なにもやることがない、というのは志のぶにとって落ち着かない。友人のやっているパッチワークの集まりに参加していたが、活動は週に一度だけ。誰かとランチやお茶に出かけるのにも限界がある。かといって、興味のない俳句や詩吟を習うのは気が進まない。

そんな中見つけた暇つぶしが、動画のサブスクリプションサービスだ。時間があれば韓国ドラマや日本で放送されたドラマをだらだらと観るようになり――そして、志のぶは出会った。

今までの志のぶなら決して選ばなかった、学園恋愛ドラマだった。少し前に放送されていたものらしく、かわいくて綺麗な男女が制服を着て微笑んでいるサムネイルが表示されていた。もしかしたらその小さな画像ですでに、彼に惹かれていたのかもしれない。

なんとなしに再生ボタンを押してすぐに、高良のアップが画面に映し出された。

「俺だけ見てろよ」

なんて傲慢なセリフだ、と今までなら腹が立っただろう。偉そうな男性は志のぶにとって嫌悪の対象だった。

なのに、高良が口にしたそれは、志のぶの心を完璧に射貫いた。

志のぶが高良のファンになったのは、その瞬間からだ。ドラマは一日で全話視聴し（話はよく覚えていないが、とにかく高良の顔がよかった）、苦手だったスマホを駆使して情報を集めはじめた。

若くしてアイドルグループに所属し、当時デビュー一年目。

グループの中では最年少であり、最近俳優業に力を入れている。

なるほどなるほど、と読み込んでいくと、彼の私生活についての情報を見つけた。

歌唱力があり（志のぶも歌はうまい）、体を動かすのも好き（志のぶも昔テニスをしていた）。好きな動物は猫で猫と遊ぶのが癒やし（志のぶももちろん大の猫好きである）。

自分との共通点を見つけるたびに興奮した。

その中でも感動したのが、高良の出身地が志のぶと同じだったことだ。志のぶの家からは車で三十分以上離れている別の市だけれど、同じ県内というだけで志のぶにとっては十分な縁だった。

それから、志のぶはひたすら高良を推し続けた。高良をきっかけにアイドルそのものにも興味を抱くようになったが、やっぱり高良が最推しである。

情報をいちはやく入手するために、ＳＮＳをはじめ、ファンクラブにも入会し、彼らの動画投稿サイトもチェックしている。ひとり旅なんて興味がなかったのに、ライブに行くためなら軽やかに動き回った。ライブ会場で出会ったいろんな子たちと仲良くなり、情報共有やグッズの交換をしている。まさか七十になって中学生の友だちができるとは思ってもいなかった。

時間があれば部屋で花子を抱きかかえながらライブ映像や、出演したドラマや映画を何度も観て、泣いたり笑ったり喜んだりときめいたりして過ごした。毎日が忙しくなったので、パートは辞めた。

それまで灰色だった志のぶの世界は、彼と出会ったことで色づきはじめた。そして、志のぶの世界をぐんと拡《ひろ》げてくれた。

今までの人生で今がいちばん楽しいと大声で叫べるほどに、高良という推しが存在していることが幸せで仕方がなかった。

これからもそうなのだと思っていた――のに。

「高良くんは関係ないのに……！　高良くんがかわいそう！」

ネットニュースを思い出して奥歯を嚙む。

情報をあさったところ、本人や事務所が正式に活動休止を発表したわけではないらしい。もしかするとそうなるのではないか、というどこかのライターが憶測で書いただけのものだった。

その原因は、数日前にスクープされたとある事故によるものだ。

〝高良の実の父親、過失運転致死で逮捕されていた〟

週刊誌の記者がこの事件の情報を入手し、今日発売の雑誌に大々的に載せたことが発端で、かなりの騒ぎになった。事故が起こった場所や日時まで調べ尽くされていて、それを読んですぐに、去年、志のぶの住むこの町で起こった事故のことだと気づいた。まさか、あのウワサの事故の運転手が高良の父親だったとは。

ただの事故ならまだしも、人身事故――ひとが亡くなっている――だ。

でも、志のぶにとっては衝撃だったものの問題になるとは思っていなかった。だって、高良本人の罪ではないのだから。

けれど、批判するひとたちの意見も多かったのはたしかだ。親と子どもは関係がない。そんなことたいていのひとがわかっているが、そう簡単に割り切れるものでもない。

《自分から言えばこんな騒ぎにはなってないのに》

《知らないはずがないよね。ってことは隠してたってことじゃん》

《自分の父親がひとを殺してたのに笑ってたの？　私だったら無理》

《一年間自分の親が起こした事故で亡くなったひとのことどう思ってたんだろ》

《説明してほしいよね》

高良を批判するひとたちのコメントを見て、志のぶはため息を吐く。

今の時代、芸能活動をしているひとたちは、隠し事が難しい。やましい理由がなくとも、あとから週刊誌に暴露されてしまえば、わざと黙っていた、誤魔化そうとしていた、と勘ぐって考えるひとは必ずいる。今回のスクープが高良ではなく別のよく知らないアイドルや俳優のものなら、志のぶも批判するひとと同じようなことを考えていただろう。

でも。

「ほんと、かわいそうに」

志のぶはまた呟く。

高良の家庭環境を知っているファンならば、世間の意見に賛同できないはずだ。現に、志のぶが登録しているSNSのタイムラインでは、高良もしくは彼の在籍するグループのファンばかりをフォローしているため、ほとんどのひとが高良を擁護していた。

それは、高良が、母子家庭で育ったからだ。

高良はプライベートについて話すことが少ない。そのため、小学生の時に両親が離婚し高良を含む三人の兄妹《きょうだい》を母親が女手ひとつで育てたこと、幼少期の貧しい生活のこと、長男だった高良は小学校と中学校時代は遊びに行かずに弟妹の世話をしていたことも、ファンの中では周知の事実だけれど（元同級生などからの情報らしく、信憑性が高い）、知らないひとは多いだろう。志のぶがそれらを知ったのも、ファンになって一年以上経ってからだった。情報に詳しい古参のファンからこっそりと教えてもらった。

不謹慎かもしれないが、それを知った志のぶは、生い立ちや境遇まで自分と共通点があったのかと驚き、ますます彼を好きになった。

「何年も連絡を取ってない父親だって言うのに……もう他人じゃないの」

これも、ファンしか知らないことだ。

「なんで今まで苦労した子がこんなかわいそうな目に遭わないといけないのかしら」

かわいそうなひとたちは、みんな報われなければいけないと志のぶは思う。

——そうでないと、むなしくなるから。

志のぶは五人兄妹の長女として生まれた。

あの時代ではさほど珍しいものではなかったけれど、父親は亭主関白で酒癖が悪い頑固なひとだった。母親は気も体も弱く、放っておけないひとだった。

稼ぎが悪いわけではないのに、父親の給料のほとんどがお酒と博打《ばくち》に消え、残ったわずかなお金は持病を抱えていた母親の病院代に当てられ、家族はいつもお腹を空かせていた。志のぶは学校が終われば友だちと遊びに行くことなくまっすぐ家に帰り、弟妹の世話や母親のかわりに家事をする忙しい日々を過ごした。

志のぶが十三歳のときに母親が亡くなり、二年後には父親も、お酒とタバコが原因なのか若くしてこの世を去った。幸いだったのは、突然死だったために病院代がかからなければ介護も必要なかったことだ。むしろいなくなったおかげで保険金が下りて家計が楽になった。

かといって、志のぶの生活に余裕ができたわけではない。志のぶはまだ学生で、弟妹はまだまだ幼い。親戚も父親のせいで絶縁状態だったため頼ることができず、学校に行って家事をして、弟妹の将来のために少しでもお金を稼ごうと働いた。

常に、頭の中は家族のことだった。

欲しいものを思い浮かべるのを恐れるほど、お金と時間に余裕がなかった。

生まれながらに失っているものを手に入れるのは至難の業だ。物心がついた頃にはそのことに気づいていたので、欲を抱くのは諦めていた。自分は、そういう星のもとに生まれたのだと割り切らなければ、現状を受け入れられなかった。

慌ただしい学生時代は一瞬で過ぎ去った。そして、高校を卒業してすぐに小さな家電メーカーに事務員として就職した。それまで学校に通っていた時間に働くことができて、毎月決まった金額が手に入るおかげでわずかに余裕がうまれたが、厳しい生活にはかわりがなかった。

ああ、少し、のんびりしたい。

そんな願いが芽生えた頃に出会ったのが、彼——仲幸《のぶゆき》だった。

「こんにちはー、今日は、その、いい天気ですね」

ヘラヘラとした顔で彼は事務所のドアを開けて言った。証券会社の営業としてやってきた彼は、「営業で来ましたけど気にしないでください。お金のことは、難しいですよね」となぜか仕事の話をせず、社長や社員と世間話をしただけで帰った。その後も彼は何度も会社にやってきたが、いつもお茶を飲みながら数十分話をして帰るという不思議な営業マンだった。

いつの間にか、彼は志のぶを含めた社内のみんなに気に入られていた。

ひとの懐に入るのがうまいひとだった。聞き上手で一緒にいると気分がいい相手、というのがみんなの印象だ。気の弱そうな頼りなさそうな垂れた目元と、いつもやさしげに弧を描いている口元のせいもあるかもしれない。整った顔立ちではあったけれど華やかさがなく、だからこそ人柄が目立っていた。

そんな彼に、まわりはいつしか〝この男をなんとかしてあげないと〟〝なにかしてあげないと〟と思うらしく、後から知ったところによると、伸幸は営業でトップの成績をとっていたのだとか。

そんな志のぶと伸幸がつき合うようになったのは、クリスマスの夜だった。

「クリスマスプレゼントです」

と言ってその日営業に来た彼から渡されたのは、棒付きのキャンディ三本だった。

家族以外のひとからなにかをもらったのはそのときがはじめてで、すごくうれしく思った。みんなに配っているんですと言われてちょっとがっかりし、こっそりと「他のひとには一本だけなので内緒にしてくださいね」と耳打ちされて胸がきゅんと甘く痛んだ。

三本を結んでいたリボンの裏に、「今日の七時に駅前に来てくれたらうれしいです」と書かれていて、志のぶはウキウキしつつ指定された場所に向かった。

彼のあたたかな、のんびりとした空気を醸し出す笑顔に癒やされていたのだろう。そう気づいたのは、向かっている途中のやたらと浮かれた町並みの中だった。

志のぶの姿を見た伸幸はほっとしたように眉を下げて「お腹空いていませんか」と言った。連れて行かれた店がラーメン屋でも、志のぶにとってはごちそうだった。

もしかして、と期待をしたのだが、伸幸は「じゃあ」と食べてすぐに帰ろうとした。

志のぶは思わず、ちょっと待って、と彼を引き留めて、「つき合わないんですか？」と言った。

「つ、つき合いたいです！」

白い息を吐き出しながら、大きな声で伸幸は答えた。そのまっすぐさに噴き出し、そっと手を重ねた。彼の大きな手に包まれるあたたかさに胸がジンと震えた。

「でももしも、あなたが今すぐあたしとの結婚を視野に入れているのであれば、それにはこたえられません」

すでにお互い二十四歳で、当時では結婚してもおかしくはない年齢だった。そして、結婚したら女性は会社を辞めるのが当然だと思われていた。けれど、志のぶの弟妹——当時末っ子はまだ十七歳だった——が独り立ちするまでは仕事を続けなければいけない。だから、結婚を考えることはできない。

勇気を振り絞って言った志のぶに、伸幸はこっくりと頷いて、

「いつまでも待ちますよ。きみのしたいようにしてくれていいです」

と言った。

じんわりと胸に広がる歓《よろこ》びに、志のぶははじめて未来を想像した。いつか彼と結婚できる日が来たら、そのときから自分の日々がはじまるんだと、にこやかに志のぶを受け入れてくれる彼を見て思った。

燃え上がるような、胸が痛むほど恋い焦がれるようなものではなかったけれど、穏やかな幸せを感じる相手だった。父親とは似ているところはひとつもない、朗らかなひとだった。相手に合わせることができて、相手に譲れるひとだった。

けれど、彼はただ、自分の意思がなにもないだけのひとだった。

そのことに気づいたのは、結婚してからだ。結局志のぶは万里子を産んでたった一年で、仲幸と離婚をした。

かわいそうだった。自分が、父親を失った娘が。

やっと得られたと思った幸せはまったくのまやかしで、惨めで仕方がなかった。

高良の家庭環境を知り、自分を重ねた。

今まで何度もくじけそうになったことがあるはずだと、志のぶにはわかる。それをおくびにも出さず、テレビの中で笑い輝く姿を見せてくれる高良は、志のぶにとって希望そのものだった。

「まだこんなつらい目に遭わせるなんて……」

一体神さまはなぜあんなにもまばゆい彼にこれほどの試練を背負わせるのか。彼は今どんな気持ちで過ごしているのか、想像するだけで胸が張り裂けそうになる。自分だったら間違いなく親を恨む。親が子どもの足を引っ張るなんて、あってはならないことだ。

ましてや何年も連絡を取っていない他人同然の父親が。

「本当に、ろくな男がいないんだから」

眉根を寄せて、花子に言う。

さっきまでそばにいたはずの花子は、志のぶにお尻を向けて壁と向かい合って座っていた。後ろに反らされた耳が不満を表しているように見える。独り言がうるさかったのだろうかと思い、志のぶは「はあああああ」と体中の空気をすべて吐き出すようなため息を吐いた。

ああ、かわいそうに。

あたしも、高良くんも。


高良の父親の事故が週刊誌に掲載されてから一週間が経った。そのあいだに、高良は事務所を通して、父親の件は事実だと認める直筆の書面を関係各所に送り、それがワイドショーで連日取り沙汰された。

いつの間にか広がっていたひき逃げや飲酒運転という憶測ははっきり否定し、幼い頃に別れた実の父親が事故を起こしたこと、被害者が死亡したこと、そして自身が父親のために弁護士に依頼したことなどを伝えていた。

ネットニュースのコメントやSNSでは、《会見しないでこのまま時間が経つのを待ってるんじゃないの》という否定的な意見もあるけれど、《親の罪を子どもが背負う必要ない。ましてや幼い頃に離婚した父親だろ》という同情的な意見が増えてきている。

ただ、週刊誌は高良のスキャンダルを手に入れようと躍起になっていた。そして、次々記事を出した。学生時代にいろんなひととつき合って何人もの女の子を泣かせてきた、だとか、合コンに行きまくっているだとか、普段の態度が悪いだとか。どれもこれも〝関係者〟からの情報ばかりで信憑性はないものの、それを信じてファンを辞めると言い出すひとまで出てきている。グループ内の別のメンバー担当の子は《大事な時期なのにグループに迷惑かけないでほしい》と言っていた。

今のところ、高良が芸能活動を休止する、という発表はされていない。すでに収録済みだったのであろう高良出演のバラエティなどはテレビに流れたが、生放送の音楽番組はすべて体調不良のために欠席が続いている。一体どういうことかと志のぶも含めたファンは気が気じゃない状態だ。

休止ならともかく、引退などと言い出されたらどうしたらいいのか。

想像するだけで気分が沈む。テレビを見ているとまだ十二月に入っていないのにクリスマスソングがことある毎《ごと》に流れて無性にイライラした。こっちはそんな気分ではないというのに。

結局テレビを見るのもうんざりしてきて、志のぶは休日の昼過ぎ、庭に出てブランケットを肩から羽織り、外を眺めて過ごした。

「クリスマスライブもだけど、年末年始の歌番組は大丈夫かしら」

吐き出した言葉は白く染まり、消えていく。いや、年末年始どころか、下手すれば来年のツアーにまで影響するかもしれない。なんてことだ。

目の前の景色はすっかり秋に染まっている。足元では、このあたりに住み着いている野良猫たちがお腹いっぱいになったのか気持ちよさそうに目を細めていた。今はまだ肌寒い季節だが、この野良猫たちはどうやって真冬を過ごすのか、毎年心配になる。

「冬なんかこなきゃいいのに」

志のぶは、寒いのが好きではない。幼い頃、家の中で弟妹と抱き合って、もしくは幼い万里子を抱きしめて寒さを凌いでいた日々を思い出すからだ。くっつけば多少マシになるけれど、快適にはほど遠かった。リノベーションをしたおかげで住みやすくなったけれど、以前は隙間風が入ってきて、ひゅうひゅうと風の音が響いていたのを思い出す。

そうでなくても冬はイベントが多くて、惨めになる。

今ほどではないが、クリスマスというイベントは志のぶが物心ついた頃にはすでにあった。けれど、当時は弟妹はもちろん、万里子にも満足にクリスマスパーティやプレゼントを用意できなかった。ホットケーキを焼くのがせいぜいで、そこに料理に使うバターをのせて、奮発して買ったメイプルシロップを申し訳程度にかけるだけだ。余裕ができてからは、マシなプレゼントを用意できるようになったし、小さいけれどケーキも何度か買った。それでも、冬が来るたびに憂鬱な気分になる。

「まだうじうじしてるの？」

洗濯物を抱えた万里子がやってきて、志のぶに呆れたように言った。

「うじうじって、言い方ってもんがあるでしょ」

実の母親が落ち込んでいるというのに。なんでこんなにも冷たい子になってしまったのかと志のぶは頭を振る。

「用がないなら今日はひとりにしてくれない？」

「洗濯物を干すのよ」

お母さんがなにもしないから、と文句を言って庭先に降りると、そこら中にいる猫に万里子が顔を顰める。

「何度も言ってるけど、庭で猫にご飯やらないでよ、お母さん」

「……あーもう、今はあんたの小言は聞きたくないからやめて」

庭に野良猫がいると、万里子はいつも不機嫌そうだ。なんでも糞尿《ふんにょう》の片付けをするハメになるからだとかで、そのくらいしてやればいいだろうと志のぶは思う。

「落ち込んでるのはわかるけど、ちゃんとしてくれないとこっちが困るのよ」

「まったく、うるさいんだから。あんたは目の前でお腹を空かせている野良猫たちがいてかわいそうだと思わないの」

「かわいそうだからって無責任なことしていいわけじゃないでしょ。それにこの辺の猫はボランティアのひとがご飯あげてるじゃない」

お母さんが手を差し伸べなくったって幸せなんじゃないの、と万里子は言う。

花子を飼おうと家に連れて帰ってきたときもかなり反対された。子どもの世話もしなくちゃいけないのに、とか、理玖斗にアレルギーがあるかもしれない、とか、壁で爪とぎをされたくない、だとか。公園で生まれた五匹の子猫の中で、最後まで引き取り手が見つからなかった姿が自分に重なり、万里子に相談もなく花子を引き取ったのはたしかに悪かったとは思うけれど。

「あんたは誰かをかわいそうとか思うやさしい気持ちはないわけ？」

「……かわいそうかどうかなんか知らないもの」

万里子が渋い顔をする。

庭先の物干し竿《ざお》の前で、万里子は野良猫を見てため息を吐いた。猫たちはそんな万里子の様子を気にもせずに寛いでいる。大きな欠伸をした灰色の猫が、後ろ足をやや引きずるようにして歩きはじめる。近くにいた花子のそばに近づき二匹が鼻をすりあわせてうにゃうにゃとなにかを話すように鳴く。

「この猫でしょ、事故に遭ったのって」

万里子が灰色の猫を見下ろして眉間に皺を寄せる。

「なにがあるかわかんないんだから、花子も外に出すのやめなよ。今は猫も家の中で飼うほうが一般的でしょ」

「家の中に閉じ込めておくなんてそれこそかわいそうじゃない」

「汚れるし病気になるかもしれないでしょ。この猫みたいに事故に遭う可能性もあるんだからさあ」

今は事故の話なんてしたくない。志のぶは目をそらして万里子を無視する。高良のことを思い出してしまったせいでまた気分が沈む。

「……また別のアイドル見つけたら？」

「そんな簡単なことじゃないわよ！」

カッとして瞬時に反論した。思いも寄らない発言に、感情がすべて怒りに染まる。さすがの万里子も驚いたのか目を瞬かせて動きを止めた。

「こんなに好きになれるひとを見つけるのがどれだけ難しいことなのかあんたにはわかんないの？　奇跡よ奇跡！」

世間で言う〝ヲタク〟に比べれば自分はまだ〝にわか〟と呼ばれる存在であることは、ネットを渡り歩いて自覚している。それでも、簡単に他のひとに乗り換えられるような安易な気持ちではない。

「あんたはなんでそんなに冷たいの！　あたしが悲しんでいるのになんとも思わないの！　ひとの気持ちがわからないの？　かわいそうだと思わないの！」

「癇癪《かんしやく》起こさないでよ、悪かったわよ。でもアイドルなんてたくさんいるでしょ」

まだそんなことを言える万里子に愕然《がくぜん》とする。悪いとは微塵も思っていないのだろう。

「あんたね――」

「理玖斗、どうしたの？」

声を荒らげようとすると、門から庭に回ってきた理玖斗が横から顔を出した。万里子がさっきよりも驚いた顔をして理玖斗を見つめる。

理玖斗は、大粒の涙をぼろぼろとこぼしていた。歯を食いしばり眉間に皺を寄せてなんとか涙をこらえようとしているけれど、止まる気配はない。

「どうしたの理玖斗、なんで泣いてるの」

志のぶは怒りを忘れて縁側から腰をあげ、理玖斗に駆け寄った。事情がわからなくてオロオロしていると、万里子が「サッカーの練習終わったの？」と声をかけた。それに対して、理玖斗はこくりと小さく頷く。

理玖斗が小学校のサッカーチームに入ったのは去年のことだ。いつも練習を頑張っているのを志のぶは知っていた。

万里子は洗濯物を干し続けながら「どうしたの」と普段と同じ声色で訊く。心配で狼狽《うろた》えている志のぶとは大違いの対応だ。

「練習試合で、試合に、出られなかった」

「ああ、チームのみんなでミニゲームをしたのね。でも理玖斗はまだ四年生だから仕方ないいんじゃない？　他の子はみんな上級生だったでしょう」

志のぶはふたりの会話からなんとなく理解する。

「違う、カイも山守《やまもり》も、試合に出たのに」

友だちは試合に出たのに自分だけがずっとベンチだったことにショックを受けているようだ。きっと友だちの前では涙を我慢していたのだろうとも思った。

「残念だけど、仕方ないじゃない。次頑張りなさい」

「おれも、練習したのに」

「練習しているのはみんなも一緒でしょ。理玖斗だけじゃないんだから。それに試合に出られなかったのは理玖斗だけじゃないでしょ。他の子もみんな一緒よ」

万里子の突き放したような台詞に志のぶがぎょっとする。理玖斗は慰めてもらえると思っていたのか、目を見開いて、それから歯を食いしばる。口を閉じると言葉のかわりに涙がますます流れ落ちた。

「いつまでも泣いてないで、次に向けて頑張りなさい」

「ちょっと！　万里子、そんな言い方ないでしょう」

信じられない物言いに、志のぶは耐えきれず口を挟んだ。

「泣いてるんだから、今はそんなこと言わなくてもいいじゃないの。かわいそうじゃないの、こんなに涙を流して」

そっと指先で理玖斗の涙を拭ってやると、理玖斗が顔をみるみる歪ませていく。

「こんなことで慰めてたら、キリがないでしょう」

「こんなことって。かわいそうでしょ」

「あーもう！　いい加減にしてよ！」

理玖斗を抱きしめて慰めていると、万里子が大きな声を出した。思わず志のぶも理玖斗も体を震わせる。

「自分がかわいそうだとか、私がかわいそうだとか、誰々はかわいそうだとか、聞いてるとうんざりするのよ。お母さんがかわいそうなことにしたいだけでしょ」

額に手を当てて、万里子が絞り出すような声で言った。一体なんの話なのかと、志のぶは怪訝な顔をする。

「勝手に〝かわいそう〟にしないで」

万里子は眉間にぐっと皺を寄せて志のぶを睨みつけた。そして、バスタオルを物干し竿に干すとくるりと背を向けて家の中に入っていく。

一体万里子はなにが言いたかったのか。花子とともにやってきた公園のベンチに座って志のぶは首を傾げる。

あのあと、志のぶは理玖斗の涙が止まるまでそばについていた。大丈夫よ、頑張ったのにね、と繰り返し慰めているあいだ、理玖斗はなにも言わなかった。泣き止んだ頃に朝はやくから釣りに出かけていた万里子の夫が帰宅して、すみません、お義母さん、と申し訳なさそうに笑って言った。そして理玖斗は彼と一緒に出かけた。目つきの悪い夫は、見た目に反してとてもやさしい男だ。

万里子は一体なにが気に入らないのか、あのあとずっと志のぶに背を向けたままで一度も目を合わそうとしなかった。居心地の悪さに耐えきれず、志のぶは花子と一緒にこの寒空の下、公園にやってきた。たとえ自室に籠もっていたとしても、家の中でピリピリした空気を振りまく誰かがいるとちっとも落ち着かない。

「ほんと、あの子はなにを考えてるのかしらね」

膝の上にいる花子を撫でると、花子はむふーんと言っているかのような変な鳴き声を出した。そして体を起こしながらぐいんと伸ばし、地面に降り立つとそばにいた猫たちの輪に入っていった。庭にいた猫たちは、場所をかえて公園にある大きな桜の木の根元で丸まっている。

この町は山と川、そして海が近いこともあり、秋は特に一日を通して寒暖差が激しい。

夕方に近づいてきたので、風が冷たくなってきた。念のため厚手のジャケットを羽織ってきたけれど、年々冷え性がひどくなっている志のぶには寒くてたまらない。普段はたくさんいる子どもたちの姿も今日は見当たらなかった。この場所には今、猫と志のぶしかいない。

冷たい土の上で、身に纏っているのは毛だけの猫たちは寒くないのだろうか。

ここよりもあたたかい場所はいくらでもあるというのに、どうして風の通る公園なかで丸まっているのか、志のぶには不思議で仕方がない。身を寄せ合えばぬくくなるのは知っているが、ここでなくてもいいのではないか。

野良猫たちは地域猫として保護されていて、必要最低限の食事の世話をしてもらえるし、年に一度のワクチン接種もしてもらえる。けれど、飼い猫であればいつだって決まった時間にご飯が出てくるし、快適な寝床がある。おやつだってもらえる。カラスなどに襲われることもない。体調が悪ければ、安心安全な場所で体を休めることができるし、飼い主が異変にいちはやく気づきすぐに病院に連れて行ってくれるだろう。

雨の日も風の日も、暑い日も寒い日も、常に外にいるこの猫たちのことを、志のぶはかわいそうだと思う。

かといって、花子を家の中に閉じ込めておくのも、志のぶにはできない。花子がこの野良猫たちと仲がいいのを知っているからだ。よく丸まって眠っていたりじゃれ合っていたりする。それを制限するのはかわいそうだ。

「かわいそうだからかわいそうって言ってなにが悪いのよ」

猫も、理玖斗も、高良も、そして自分も。もちろん、万里子もだ。

――勝手に〝かわいそう〟にしないで。

万里子に言われた台詞を反芻《はんすう》し、やっぱり意味がわからないと頭を振った。きっと、ただ志のぶを否定したくて言ったものだろう。

万里子は昔から志のぶを否定する癖がある。反発、と言ったほうが正しいだろう。きっと反抗期が続いているのだ。これまでもケンカはしょっちゅうしていた。けれど、ここ最近――志のぶがアイドルにハマった頃から――特にケンカが絶えない気がする。

はあっとため息を吐くと、肩かけポシェットの中のスマホから軽快な音が聞こえてきた。取り出して確認すると、先日高良の映画を一緒に観に行かないかと誘った友人のひとりが「ニュースであの男の子出てたわね映画いきたくなっちゃったわ」と句読点もなければ小文字も使用していない文章が表示される。

暴露した週刊誌のことは憎たらしいが、ワイドショーなどで取り上げられたことから彼に興味を抱くひともいるらしい。

そうなのよ、見ればみんな彼のかっこかわいさに惹かれるのよ、と誇らしくなる。

もしかすると、それほど悪い結果には至らないのかもしれないと希望を抱いた。とりあえず、映画の舞台挨拶までに復帰してくれればいいのだけれど。いや、その前に映画の完成イベントというものがあるはずだ。その頃には世間も落ち着いているに違いない。そうでなければいけない。

「会いたいわ」

志のぶはわずかに凪にさらわれる地面の砂埃《すなぼこり》を見つめて口にする。

テレビ越しにでも会えたら、この不安は払拭される。今までどおり、幸せを感じることができる。こんな人生でも生きていればいいことがあるのだと思うことができる。生きる気力が湧く。

高良の笑顔が見たい。もう大丈夫だと安心して応援したい。

もう、未来に希望を見ることさえ諦めていた日々はいやだ。

やりたいことがなにもない、ただ繰り返すだけの日常を過ごしたくない。

高良に出会う前の自分には戻りたくない。

はあっと憂いを込めたため息を吐き出し、スマホに保存している高良の写真を眺めようとする。その瞬間、シャー、という喉から息を思い切り吐き出したような音が聞こえてきて体がびくついた。

「な、なに?」

顔を上げて猫を見ると、花子が毛を逆立てていた。そばにいる猫たちも、手足をピンと伸ばし背中を思い切り高く突き上げている。尻尾も大きく膨れ上がっていた。さっきまで幸せそうに丸くなっていた猫とは思えないほど、鋭い気を発している。

猫たちの正面には公園に入ってこようとしているひとりの青年がいた。

猫が威嚇している姿を見るのは、はじめてだ。このあたりの猫は誰かに牙を向けることはない。でも、そういえば町のひと以外には警戒心が強いとボランティアをしている知人が言っていたのを思い出した。

今にも猫に襲われそうな青年は黒いキャップをかぶっていて、黒のジャケットに細身のデニム、そしてブーツという格好をしていた。うまく言えないけれど、ひとつひとつのアイテムが、オシャレな感じがする。

「ちょ、ちょっと……なんでそんなに……」

戸惑った声で青年が猫に呼びかける。聞き覚えのある声に、志のぶは目を瞬かせた。どこで聞いたのか、なんて考えなくてもわかる。毎日のように志のぶは〝彼〟の声を聞いているのだ。

「あなた」

呼びかけると、青年は猫から志のぶに顔を向けた。やや距離があるうえに青年は深くキャップをかぶっていて、メガネと黒いマスクも身につけている。そのため、顔はよく見えない。

けれど、志のぶは確信した。

なぜかと言われてもわからない。だって、そうなのだから。心臓がばくばくと音を立てて暴れている。

「高良くん、よね」

青年が大きく体を震わせて、時間が止まったかのように体の動きを止めた。


青年――高良は志のぶの隣に腰掛けておろおろしていた。

志のぶの呼びかけに、彼はなんとか誤魔化そうとしどろもどろに否定したが、それは志のぶの耳には入らなかった。

まさか自分の目の前に高良がいるなんて、という驚きに加えて、彼の姿を見たことで安堵が生まれ、言葉にできない感情が溢《あふ》れて、はらはらと涙が流れて止められなかった。

「あ、あの、大丈夫、ですか？」

ずびっと洟をすすると、さっきまであたふたしていた高良がおそるおそるといった様子で志のぶに声をかける。もう顔を隠さなくていいと判断したのか、マスクを顎まで引き下げている。

「た、高良くんがあたしに……話しかけてる……」

もしかしたら自分の心臓はいつの間にか動きを止めていて、今見ているものは夢なのかもしれないと思うと、また涙が浮かぶ。彼に手を合わせて拝みたい。

「ありがとうございます」

「はは、なんでお礼なんですか」

ふ、と彼の息が吐き出される。それを吸い込んで、高良のそばの空気はおいしい、このまま死んでも悔いなし、と感動に打ち震える。思考がおかしくなっている自覚はあるが、気分がいいのでどうでもいい。

「もしかして、僕のファンとかだったり、します？」

「もしかしなくて完全に完璧にファンです！　はあああああ、あたし今高良くんと言葉を交わしてる……夢かしら……死後の世界かしら……」

「縁起でもないこと言わないでくださいよ、夢じゃないですから」

クスクスと高良が笑う。

天使がいる。目の前に紛う方ない天使がいる。

そんな志のぶとは打って変わって、猫たちは今もまだ高良に対して警戒心を顕《あらわ》にしていた。花子もハチワレの猫も、少し離れた位置から高良を睨んでいるし、ひとに対して特に堂々としているグレーの猫は元々不細工な顔をより不細工にして高良を明らかに監視していた。

高良がくしゅっとくしゃみをすると、猫たちの毛がぶわっと一瞬逆立った。

「ちょっと、あんたたちなんでそんな態度なの。失礼よ」

あたしの高良くんに、という言葉は呑み込んだ。

「いいんですいいんです、すみません、なんか、僕この辺の猫に、嫌われてて」

猫の嫌いな匂いでも発しているのかなあ、家で飼っている猫はとても懐いてくれているんだけどなあと、と言って、高良は自分の服の匂いを嗅ぐ。なんでも特にグレーの猫が彼を敵視しているらしく、突然襲われたこともあるのだとか。

そこでふと、疑問を覚えた。

「今日が、はじめてじゃないの?」

そもそもこんな辺鄙《へんぴ》な場所になぜ高良がいるのか。この町になんの用事があるのか。高良とはなんの接点もないのに——と思ったところで、志のぶの脳裏に先週見たネットニュースの見出しが蘇った。

ハッとする志のぶの表情に、高良は眉を下げて微笑を浮かべる。今にも泣き出しそうな、けれど腹を括《くく》ったかのような強さを感じる不思議な表情だった。

高良は志のぶから目をそらして「そうですね」と小さく呟きながら猫たちのいるほうを見つめる。そしてはあっと息を吐き出してから目を伏せた。

「とあるひとに会いに来たんですけど、なかなか会えなくて」

それは誰だろうか。

高良がこの町にいるのは事故が理由だろう。さっきの彼の表情から、恋人や友だちではないと思う。けれど、この町に関係者はいないはずだ。事故を起こした父親も被害者もここには住んでいないし、出身でもないはずだ。

かといって、詳しく訊くのは憚《はばか》られた。

きっと今の彼は考えなければいけないことがたくさんあるに違いない。この先どうなるのか、どうすればいいのか、毎日考えているのではないだろうか。

志のぶにも、そういう時期があった。

いや、今までの人生、ほとんどがそうだった。

そんなとき、ひとに説明するのは煩わしい。話しすぎると気を遣わせてしまい、平気な振りをしなければいけないからだ。どれだけ親しい関係でも、口にしたくない気分のときはある。初対面の相手ならばなおさらだろう。

「今日は結構寒いのに、ここでなにしてたんですか」

目を上げた高良が志のぶのほうを見る。

「え、ああ、ちょっと、家にいると娘がうるさいから出てきたのよ」

「はは、僕もよく小さいとき母親の小言から逃げて公園とかで過ごしてました」

そう言われると、自分のしていることが子どもと同じなのかと恥ずかしくなった。志のぶの弟妹も、万里子も、志のぶに叱られると家を飛び出してしばらく帰ってこないことがあったなと思い出す。

「でも、僕も……同じかもしれない」

高良は鼻を真っ赤にしてかなしげな声を出す。彼はこんな顔もできるのかと、志のぶの胸がときめく。そんな場合じゃないのだが。

今までテレビや雑誌で見る明るい表情の彼しか知らなかった。実年齢よりもかわいらしいと思っていたが、本来の彼はずっと大人びた子だったのかもしれない。

「会いに来たとか言って、本当は逃げ出すための理由にしていたのかもしれません。最悪っすね」

額と目元を手で覆いながら高良は笑う。はは、と乾いた自嘲気味な声は、少しかすれていた。

「今まで頑張ってきたのに。やっと、いろんなことがよくなってきたのに」

涙をにじませて震えている。彼が実際泣いているかどうかは隠れていて見えなかったけれど、志のぶまで泣きそうになる。

これまできっとひとりで耐え忍んできたに違いない。

今、志のぶの目に映る高良は、アイドルとして応援してきた〝推し〟ではなく、かわいそうな若い〝男の子〟だった。

「なんで、こんなんばっかなんだろ……」

横顔だけでも、彼が歯を食いしばっているのがわかる。

――なんであたしばっかりこんな目に遭わないといけないのよ。

かつて志のぶも同じようなことを思った。やるせなさに心が折れそうになるから、怒りにかえるしかなかった。それでも、まるで自分が呪われた人生を歩まされているような気分になり、卑屈な思考が拭えないときがある。

そして、ひとを妬み、不幸を願ってしまう。

「だ、大丈夫よ！」

高良のほうに身を乗り出して志のぶが叫ぶ。

突然の声に驚いたのか、高良の体が大きく跳ねて、目を見開き振り向いた。

「自慢じゃないけど、あたしもそこそこ苦労してきたのよ。もうびっくりするくらい貧乏だったんだから。親も頼りにならないから、家事もして家計も支えてきたのよ」

まくし立てるように話し続ける。

血圧が上がってきたのか、寒さが吹っ飛んでいく。

「結婚してやっと幸せになれると思ったら、意地の悪い姑《しゅうとめ》が毎日のように家にやってきて口出ししていちいち嫌みを言ってきたうえに、夫に浮気までされたんだから！」

「うわ……」

さすがの高良も言葉を失ったらしい。

彼の表情に志のぶの高ぶった感情が急激に冷めていく。自分はなにを叫んでいるのかと惨めな気持ちで歪んだ笑顔を浮かべた。笑わないと、やっていられない。

秋のさびしげな空気に、若かりし頃の自分が浮かび上がってくる。

よくある話だ、とすうすう寝息を立てて寝ている娘を背負いながら家事をしているとき、志のぶは何度も思った。

結婚した途端に、夫のいやなところが目につくようになる。

やさしかった姑が口うるさい嫌みなひとにかわる。

夫は姑の味方になるわけではないが、事勿《ことなか》れ主義なのでなにもしない。

そんな夫に腹を立てて家の中の空気は最悪。

その結果、夫は不倫をする。

見事なロイヤルストレートフラッシュだな、と志のぶは夫の不倫の証拠——行った記憶のない旅行の領収書——を見たときに思わず感嘆の声をあげてしまった。ちょうどその頃カジノをテーマにした小説を読んでいて、得たばかりの知識で沈みそうになる自分の気持ちにストッパーをかけたのだろう。

かといって伸幸を責めずに良き妻を装うことはできなかった。

「きみの望むとおりにする」

問い詰めると伸幸はそう言い、「じゃあ別れましょう」と志のぶはすでに用意していた離婚届を差し出した。彼は「わかった」とその場で記入し印鑑まで押してくれた。

「クリスマスの夜に、万里子を連れて家を出たのよね」

空を仰いで目をつむり、志のぶは呟いた。

あの日、離婚届を受け取り、すぐに荷物をまとめた。夫のスーツケースに必要な物を詰め込んで外に出ると、夜空には星が瞬いていた。光がぼやけて、いつもよりも大きく拡散していた。涙でにじんでいたからだと気づきながら、万里子に「星がきれいね」

「今日はクリスマスだからサンタさんからのプレゼントかしら」と言った。万里子はまるで世界にひとつしかない宝石を見ているみたいに、うれしそうに笑った。

こんな嘘《うそ》に、満面の笑みを浮かべる万里子を、かわいそうだと思った。

かわいそうな自分の人生に巻き込んでしまった。離婚することにしてよかったのだろうか。寿退社をした志のぶは今日まで専業主婦だったため、働く当てはないのに。幼い子どもを育てなければいけないのに。

でも、今さら撤回はできない。

かわいそうな女の、なけなしの、最後の、意地とプライドだ。

「姑や元夫を見返してやる、あんなひとたち不幸になってしまえと何度も心の中で呪って〝かわいそう〟から脱却しようと必死で働いたのよ」

今まで口にしたことはないけれど、何度も後悔に襲われた。嫌みなんて聞き流していれば、好きでなくてもお金を稼ぐひとがそばにいるのだと割り切れば、これほど苦労することはなかっただろう、と。

何度、自分の人生を呪っただろうか。

どれだけ他人の笑顔を妬んだだろうか。

思い出すと、自分が憐《あわ》れな存在に思えてくる。それは胸にこびりついてシミになって、一生取れない感情として今もあり続けている。忘れたくとも忘れられない。目をそらして過ごしていても、ときおりふっと蘇る。そのたびに自己嫌悪と嫉妬と憐憫《れんびん》が体中に広がって沈みそうになる。

それでも。

「なんとかなるから、大丈夫」

目をしっかり開けて高良に言った。

「今はかわいそうでも、高良くんなら絶対大丈夫！」

根拠のない言葉だけど、志のぶはそう信じているし、高良自身もそう信じるしかないのだ。それを疑っていては、スタート地点にも立てないと、志のぶは思っている。

高良は手を口元に移動させて、眉を下げた表情で志のぶを見つめ返した。

高良の三倍は長く生きている自分の言葉だ。きっと彼には響くはず。そう信じて言葉を続けようと口を開く。

けれど、それよりもはやく、彼が目を細めた。そして、「そっか」と気の抜けた言葉を発してがくりと首を前に折るように俯いた。

「やっぱり、僕って〝かわいそう〟なんですね」

小さな声が、冷気の中に漂う。志のぶの耳に届いたその力の抜けた声と台詞に、体の芯がひやりと凍っていく感覚に襲われた。

彼の顔は鼻だけではなく頬も赤く染まっている。そして、目元も。

「どのへんがかわいそうですか？　両親が離婚したことかな。弟や妹の世話をしていたことや貧しかったことかな。それとも、父親が事故を起こして僕の芸能活動に悪影響を与えたこと？」

「……えっと、それ、は」

志のぶはもじもじと両手の指先を絡ませて言葉を探す。たしかにかわいそうだと思っていて、それは彼の言ったことが理由だ。でも、返事ができない。

黙っていると、「あ、でも」と高良はからっとした声をあげて志のぶを見上げる。

「事故を起こした原因が僕で、自業自得でかわいそう、ならそのとおりですね」

「え」

目を瞬かせると、高良は「僕なんです」と言葉を続けた。

「事故のとき、父親が電話してた相手って僕なんです。僕が、電話をしたんです。そろそろ父さん誕生日だろ、一緒にご飯でも行こうよ、って」

志のぶの知らなかった真実に、呼吸の仕方を忘れてしまったかのように息が止まる。冷たい風に晒《さら》された猫がぶしゅんぶしゅんとくしゃみをしてハッとした。

「でも、それは高良くんのせいじゃ……」

詰まった喉をなんとか開いて返事をする。

「なんで、あのとき電話なんかしちゃったんだろう」

高良は志のぶの声が聞こえていないかのように話を続けた。

手先が冷えてかじかむ。オロオロと視線を彷徨《さまよ》わせると、猫たちがじっとふたりを見つめていた。高良に向けていた警戒心は解かれているが、近づいてこようとはしない。

「僕のせいなんです、いつも」

これは自分に話しているわけじゃないと思った。高良はただ、溜まっていたものを吐き出しているだけだ。

「幼い頃のなんでも買ってもらえた生活が忘れられなくて、借金を背負った父親を僕が責めたせいで、パパなんか嫌いパパのせい、ってなにも知らないくせに責めたせいで、父親は母親と離婚して、ひとりで姿を消したんです」

成長してじわじわと自分のしたことを自覚したんだと高良が言う。

それがきっかけになった可能性はあるかもしれない。だからといって、高良のせいではないと志のぶは思う。けれど、彼だってそんなことはわかっているはずだ。

「弟や妹にも僕のせいで苦労させちゃって、芸能活動だって……はじめはちっともお金にならないどころか迷惑かけたし。それでもなんとかここまできたのに、これからだったのに、僕のせいでメンバーまで巻き込んじゃって」

僕はいつも、余計なことばかりしてしまうんです、と高良は声を絞り出した。

「かわいそうなのは、僕じゃなくて、僕のまわりのひとです。家族にメンバーにマネージャーに、ファンのひとたちも」

志のぶの脳内に、高良とのはじめての出会いが蘇った。

世界が一気に輝きだしたあの日の思い出を殴られたような衝撃が走る。

「あたしは！　かわいそうじゃないわ！」

気がついたら大声で叫んでいて、猫たちがぴょんっと飛び上がって臨戦態勢に入った。

「あたしを〝かわいそう〟から救ってくれたのは、高良くんなんだもの！　高良くんはすごいんだから！　みんなを幸せにできるんだから！」

まるで高良にはそんな力がないみたいじゃないか。高良に失礼だ。

「勝手に〝かわいそう〟にしないで」

口にして、万里子に言われた台詞とまったく同じであることに気づいて、一気に感情がしゅるしゅると萎んでゆく。

茫然とする志のぶを、高良とまわりにいる猫が目を丸くして凝視している。いったいなにが起こっているのかわからないと言いたげだ。志のぶ自身もよくわからない。「あ、あの」と身振り手振りで誤魔化そうとするが、そもそもなにを誤魔化すのか。どうしたらいいのかわからず動悸《どうき》が激しくなり汗まで浮かんでくる。普段はカサカサの掌がじっとりと湿ってくる。

ちょっと落ち着かなければ。息を大きく吸い込んで、ゆっくりと吐き出して気持ちを整える。そして、ちらりと隣の高良に視線を向けると、彼はまだ固まっていた。さっきまでの泣き出しそうな雰囲気がなくなっていることだけが救いだ。

こほんと咳払《せきばら》いをして、志のぶは口を開く。

「……たしかに、高良くんのことをかわいそうだと思ってた、のよ」

自分の境遇と似ているから同じような気持ちだったはずだと決めつけていた。それに、さっきの高良の話を聞いて、違った意味でかわいそうだと思ったことも否定できない。

今はじめて、それは失礼なことだったのかもしれないと感じる。

「それに、あたしは自分のことをかわいそうだと思ってた。だって、ほら、必死に子育てして、終わったらもうこんなおばあさんだったのよ」

若い頃のように体力もないし、ずっとお金を稼ぐことに必死だったから、有り余る時間をどう使えばいいのかわからない面白みのない年寄りになってしまった。

「そんなときに、高良くんに出会ったの」

志のぶは隣の高良ではなく、自分のスマホのアルバムの中にある高良の写真を開いて見つめた。

「高良くんを見て、青春時代にやり残していたことを思い出したのよ。それから、あたしは毎日楽しくて仕方がないの」

高良のおかげで、かわいそう、とは無縁の幸せな二年間を過ごした。

はじめて見た高良の映画と、そのセリフ。「俺だけ見てろよ」と言うシーンだけで百回は見た。それまで偉そうな男なんか大嫌いだったのに、高良のあのセリフは本当にかっこよかった。一度生で拝みたい。ライブの抽選に外れたときは世界が終わってしまえばいいとすら思った。自分が行けないのに他人が楽しむなんて悔しすぎる。ドラマは絶対にリアルタイムで見るしバラエティも欠かさずチェックしている。歌がうまい、演技がうまい。日々成長している姿は生きがいになる。

いつも友人に語るときのように熱弁した。相手が高良本人だということは志のぶの頭からすっかり抜け落ちていた。興奮して寒さはまったく感じなくなり、むしろ暑くなってきたくらいだ。高良の話をしているだけで力が漲《みなぎ》ってくる。やっぱり自分にとって高良はすごい存在だ、と改めて思った。

「で、このドラマがね……って、え？」

とっておきの情報を教えようと志のぶが高良のほうを見る。と、彼の瞳から水滴が静かに流れて頬を伝っていた。

「え？　泣いてるの？　やだ、なんで？　気に障ることを言っちゃったかしら！」

志のぶに言われるまで高良も自分が泣いていることに気づかなかったのか、慌てて涙を拭い顔を隠そうとする。

「す、すみません。なんだろこれ。なんでだろ」

「ハ、ハンカチ！　ちょ、ちょっと待って」

あわあわしながら志のぶはポシェットからハンカチを取り出す。高良はおずおずとそれを受け取り、目元にあてた。

高良を泣かせてしまった。かわいそうだと悪気なく口にして彼の表情を曇らせただけではなく、涙まで流させてしまった。今度はどんな失言をしてしまったのか。思い返そうとしても夢中になって喋っていてまったくわからなかった。

自分まで泣きたくなってしまう。

ひとりパニックになっていると、足元にふわりとあたたかくてやさしい毛並みが触れた。驚いて地面を見ると、花子がなにを考えているのかわからない顔で志のぶを見上げている。そして、次に高良をじっと見つめてから、彼の膝に飛び乗った。

さっきまで決して高良に近づこうとしなかったのに、高良の膝の上で花子は腰を下ろし、目を細める。そして不思議なことに高良に牙を剝《む》いていたグレーの猫やハチワレも、彼の足元に集まっていた。

まるで彼を慰めようとしているみたいだ。

高良はどういう状況なのかわからず、涙を引っ込めて花子の背中を見下ろす。そしてゆっくりとその背中に触れた。

花子はぞわりと体を波打たせたけれど、高良の手を拒否せず受け入れた。

「そ、その子はあたしの家の猫で、花子っていうの」

「あ、そうなんですね」

「花子は、あたしと一緒によく、高良くんのドラマを見てるから、花子も高良くんのファンで、慰めようとしてるんだと思うわ」

きっとそうだ。そうに違いない。なんとなく花子の視線が不承不承であることを伝えているように感じなくもないが。

「は、はは」

高良が情けない顔をして笑った。

涙で瞳を濡らしながら、志のぶを見て笑った。

「じゃあ風邪引かないように、あたたかくしてくださいね」

志のぶの家の前で、高良が微笑む。

あのあと、くしゃみをした志のぶに高良が慌てて「帰りましょう！」と家まで送ってくれたのだ。自分でも気づかないうちに体が冷え切っていたらしい。花子は腕の中で志のぶをあたためてくれている。

「ありがとうございました」

「あたしのほうこそ、なんだか、ごめんなさいね」

今は泣いていないけれど、きっと自分はなにかミスを犯してしまった。こんなことではファン失格だ、という思いと、ただ若い男の子を傷つけてしまったという思いが胸の中でまざりあう。

「お母さん、なにしてるの」

玄関前で高良と向かい合っていると、ドアが開いて万里子が顔を出す。

「遅いから探しに行こうかと思ったんだけど、って、誰、この子」

「あ、すみません！　公園で話を聞いてもらって……その」

万里子に訝しげな視線を向けられて、高良が頭を下げる。マスクにメガネに帽子の青年は、万里子の目には不審者にしか映らなかったのだろう。かといって、万里子に彼の正体を明かすのもどうかと思い、

「あたしのお喋りにつき合ってくれただけよ。おまけに送ってくれたんだから」

と万里子の背中を押して家の中に促した。

「じゃあ、ありがとうね」

「こちらこそ、ありがとうございました」

高良はスッキリした顔で笑っている。けれど、彼がどうして泣いていたのかわからないままで、志のぶの胸にしこりが残る。かといって、なんでどうしてと食い下がるわけにもいかない。

彼は、大丈夫なのだろうか。今日のことがなにかの引き金になり、彼が芸能活動を辞めると言い出さないか不安になる。そんな心情に高良は気づいたのか、

「これからも、応援よろしくお願いします」

と言って、深々と頭を下げた。

――やっぱり、彼はひとをかわいそうにするようなひとではない。

だって志のぶをこんなにも安心させてくれて、満たしてくれるのだから。

そしてそんな彼のおかげで、志のぶは明日が楽しみに思える。

「なんなの、さっきのあの子」

家の中に入るなり、万里子が眉をひそめて志のぶに訊く。彼も去った後だからもういいかと説明しようとすると、目の前にあるクリスマスツリーに気がついた。志のぶの背丈ほどある大きなツリーには、七色のＬＥＤが点滅している。

「ああ、これ。さっき理玖斗とパパが飾ったのよ。まだ十二月でもないのに」

「理玖斗は、もう大丈夫なの？」

サッカークラブから帰ってきたときは泣いていたのを思い出して家の奥を覗くと、理玖斗の笑い声が聞こえてきた。どうやら万里子の夫とゲームをしているようだ。

「もうすっかりいつもどおりよ。次頑張るんですって」

そんなもんよ、と万里子が肩をすくめた。そんなものなのか、と志のぶは言葉にせずに口の中で呟く。

「ああもう、体冷え切ってるじゃない。もう年なんだから、風邪引いたらどうすんの。花子も連れ出して。花子の姿が見えなくなると気が気でなくなるんだからね」

ぼーっとしていると志のぶのそばで万里子がいつものように小言をはじめる。

「……万里子、花子のこと嫌ってるんじゃないの？」

「そんなわけないでしょ。好きに決まってるじゃない。ただ飼うとなると寿命が短いからいやなのよ」

なに言ってるの、と万里子が眉間に皺を寄せた。

「家の中がいいのか外がいいのかは猫じゃないからわかんないけど、もしものことがあったらって考えるとかわいそうで落ち着かないの」

万里子の〝かわいそう〟の台詞に、志のぶの体が反応する。

たしかにかわいそうだ。事故に遭ったら痛いだろう。グレーの猫はケガで済んだが、最悪の場合命を落とす可能性もある。でも外での花子はのびのびとしている。それに、猫たちが実際どう思っているかは、わからない。

「で、さっきの子は――」

万里子の言葉を無視して志のぶは踵を返し、ドアを開けて走った。冷たい風にビンタされたような痛みを感じながら、必死に脚を動かした。久々に走るせいで脚が何度ももつれてしまうし、思った以上に前に進まない。たった数メートルで息が切れ切れになる。

「た、たから、くん!」

公園の手前で前を歩く高良の背中を見つけて声をかけたが、彼に届かなかった。

「た、たか、高良くん!」

もう一度呼びかけると、どこかから猫の大きな鳴き声が聞こえてきて、高良が足を止める。そして、あたりを見回し追いかけてきていた志のぶに気づいて、慌てて駆け寄ってきた。

「どうしたんですか」

「こ、こんなものしかないけど」

ぜえぜえと肩で息をしながらポシェットの中の棒付きキャンディを彼の手に握らせた。

こんなもののために走ってきたのかと自分で恥ずかしくなる。なぜそんなことをしたのか自分でもよくわからない。

志のぶから受け取ったキャンディを見つめて、高良は破顔した。

「今年初の、クリスマスプレゼントです」

それほどキャンディが好きなのかと不思議に思うほど、彼が喜んでいる。もしくはこんなものでももらえたらうれしいと思うくらい、彼は今まで大変だったのかもしれない。

かつて、志のぶは伸幸に棒付きキャンディをもらった。あのとき、志のぶは心の底からうれしかった。そんなものでさえもらえなかったから、ではない。彼がくれたことを、特別に感じたからだ。

その思い出は、今もかわらない。忘れようとしたって、忘れられない。

たとえ、彼との結婚生活とその結末が最悪なものであっても、あのときの自分の感情は本物で、なくなることはないのだ。

だから、志のぶは棒付きキャンディを持ち歩いていた。棒付きキャンディを見れば、あの頃の幸せな気持ちが蘇るからだ。幸せを夢見て抱いた希望が胸に広がるからだ。

弟妹や万里子にささやかなクリスマスプレゼントしか贈れなかったのに、満面の笑みを向けられたとき、志のぶは〝かわいそうだ〟と思った。でも、〝それ以上に幸せになったのを覚えている。

ささやかすぎるものであっても、喜んで受け取れること、受け取ってもらえること、それはなんて、幸せなことだろうか。

ずっと、自分の人生はかわいそうだと思っていた。

でも——かわいそうな〝ときもあった〟人生だっただけだ。

自分と同じように立派な老人となった弟妹は、今も頻繁に連絡をくれる。万里子も、お母さんひとりになるでしょ、と大人になってもずっとそばにいてくれた。伸幸も、意志の弱いやさしいだけのひとだったけれど、そのやさしさに救われたことも、ある。

これまでの苦労がなければ高良に癒やされることはなかったかもしれない。この気持ちを知らないままでいたかもしれないなんて、想像するだけでぞっとする。

そんなものだ。

彼の〝かわいそう〟もそうであってほしい。

「これからもあたしは高良くんのファンだから、たくさん幸せにしてちょうだい」

高良の手が、するりと志のぶの手からはなれた。

また彼を傷つけてはいないかと不安になった。けれど、高良の表情は穏やかで、ゆるやかに唇は弧を描いていて、小さく頷いたあと、彼はそっと瞼を閉じた。

そして、次に見せたのは、力強い自信に溢れた瞳だった。

「俺だけ見てろよ」

片頬を持ち上げて、にやりと高良が笑った。

風がぴゅうっと吹いて、真っ赤な落ち葉が踊るように彼のまわりを舞った。

一生推します。寒空の下で志のぶは手を合わせた。


後日、ポストに志のぶ宛の小さな封筒が入っていた。差出人も書かれていないうえ、消印もないので、どうやら直接投函されたらしい。

おそるおそる開けると、サイン入りのハンカチと、クリスマスライブのチケットが二枚入っていた。志のぶはそれらを神棚に飾った。

数日前に高良は音楽番組の生放送に出演したところだというのになんということだ。今すぐ死んでもいい――いや、ライブに行くまでは健康でいなければ。

うれし涙を浮かべながら神棚に手を合わせていると、万里子が「またなんかあのアイドルのグッズでも買ったの？」と険しい顔をしてやってきた。

「あんたはなんでそんなに高良くんを嫌うのよ。やめてよね」

じろりと万里子を睨むと、

「あの子、垂れ下がった目がお父さんに似てて嫌い」

と言われた。別れてからも万里子と夫は定期的に会っているし、ふたりの仲はそれほど悪くないのも志のぶは知っている。なのに嫌いだと言う万里子に、つい噴き出してしまう。

「泣いてたでしょ、お母さん。いつもこっそり」

知っていたことに驚いた。万里子が寝静まってからしか涙を流すことはなかったのに。でも、万里子は今まで知らない振りをしていたのだ。

「万里子は、かわいそうなんかじゃなかったわね」

「なに急に」

「あたしは、かわいそうから抜け出すために必死だったわけじゃなかったなーって気づいたのよ」

万里子を、幸せにするために頑張ってきた。

そんなふうにひとに力を与えてくれる存在が〝かわいそう〟なわけがない。

でもそれを言葉にするのは気恥ずかしいので、口にしなかった。

〝かわいそう〟なだけのひとなんか、いないのかもしれない。少なくとも、今まで志のぶがそう思っていたひとは、みんな、ただ、日々を懸命に生きているひとだった。

「高良くんのライブ、一緒に行く？」

万里子は心底いやな顔でしばらく返事に悩んでから、「仕方ないな」と苦虫を嚙みつぶしたように眉根に皺を刻んで言った。

志のぶはその返事を聞いて、満面の笑みを浮かべた。
はやく冬になればいい。もっと寒くなればいい。今年の冬は、楽しみで仕方がない。

❺ ねこ町3丁目のアパート

冬の夜は、氷の中を歩いているようだと、ぼくはいつも思う。

コンビニで晩ご飯を食べたあと、ぼくはしばらく風が入ってこない建物のそばで過ごす。その様子を見たコンビニの給餌係がぼくのために古いカサカサのタオルを敷いた段ボールを用意してくれたので、最近はその中で丸まっている。肌触りはよくないが、中にいると結構あたたかい。給餌係にしてはまあよくやったと褒めてもいいレベルだろう。

そして町が静かになった頃にぼくはすっくと立ち上がり、最近の寝床に向かう。

たまに昼間も行くけれど、ほとんどが夜で、ぼくはそのまま朝までそこで過ごす。

前はこれほど頻繁に行っていなかった。ときどき様子を見に行くついでにのんびり過ごしていただけだ。けれど〝あいつ〟がこの町にやってくるようになり、ぼくは〝彼女〟を守らなければいけなくなったのだ。

でもまさか、〝あいつ〟が花子のママの大事なにんげんだったとは。

そのことを知ったときは驚いたし、花子のママが今にも泣きそうな顔をしたので、仕方なく、渋々、いやいや、少しだけやさしくしてあげたけれど。

ぼくだってできればにんげんに毛を逆立てたくはない。だってにんげん相手に警戒するなんてばかげている。

けれど、ぼくが〝あいつ〟にやさしくしてあげたのは、あの日だけだ。ぼくにとっては、〝あいつ〟よりも〝彼女〟のほうが守るべき相手だから。いや、泣いちゃいけない、泣かせてはいけない相手と言ったほうがいいか。

たしたしと足音を消して道路を歩きながらぼくは頷く。

路面もひんやり冷たくて肉球が冷える。普段は花子の長い毛は邪魔そうだし毛繕いが大変そうだなあと思っているけれど、こういう日は羨ましく思う。走ったら体があたたかくなるだろうか。でも、今日はなんだか後ろ足の調子が悪い。

「あーあ、もう、やんなっちゃうなあ」

夜空に向かってぼやくと、より一層冷たい風が吹いた。

だいたいなんで〝あいつ〟は〝彼女〟に会いに来るんだ。

そしてなんで〝彼女〟は〝あいつ〟を見て逃げて泣いたんだ。

あの姿に遭遇しなかったらぼくはこんな苦労をしなくて済んだというのに。

〝あいつ〟だって〝彼女〟に避けられていることはわかっているはずだ。なのにちょくちょくこの町にやってくるから、いけないのだ。さっさと諦めてしまえばいいのに、なかなかしぶとくていやになる。ケンカをするのは好きではないけれど、このままではらちがあかない。そろそろこの爪の鋭さをわからせなければならないかもしれない。

ハチワレには「もう放っておけよ」と言われた。

花子には「あいつが悲しんでるとママが悲しむからもういいじゃない」とも言われた。

ローラには「他の女を気にするなんて！」と怒られた。

協力してくれている町じゅうの猫たちも同じような反応だ。

ぼくだってわかってるさ。いつまでも〝彼女〟のことを気にしちゃだめだってことくらい、わかっている。いつもならもうとっくに飽きて忘れて過ごしていたはずだ。

「でも、これはぼくの、ぎむってやつなんだ」

たぶん。

みんなもそのぼくのぎむを感じてくれているからか、はたまた暇だからなのか、文句を言いつつも、いつも〝あいつ〟がやってくるとすぐに知らせてくれる。

冷たい夜道でぼくは気合いを入れて、目的地のアパートの下から二階のベランダを見上げた。ベランダからこぼれる明かりのそのまた上には、ぽつぽつと星が灯っている。

くんと鼻を鳴らすと、雪の匂いがした。

――雪の匂いは、にんげんの流す涙の匂いと似ている。

静かで、湿っていて、さびしくてかなしくて、落ち着かない気持ちになる。

にんげんは、ぼくらがいないとすぐに泣く。

だから、放っておけない。

＊

クリスマスと正月が終わった、と思ったらもうバレンタインだ。

コンビニに足を踏み入れるたび、世間は忙《せわ》しいな、と千咲は思う。少し前まで正月の飾り付けだったのに、ここ二週間ほどはピンクと茶色でかわいくデザインされたＰＯＰが飾られている。

ハートが散らばる店内に目を細めて、あたたかい紅茶のペットボトルと栄養補助食品を手に取りレジに並んだ。

「あれ、千咲さん、朝に来るなんて珍しいっすね」

レジに立っていたコンビニ店員の粕谷が千咲に気づき、親しげに話しかけてくる。

「あなたこそ、なんで朝からバイトしてるの」

千咲がコンビニを利用するのは夜がほとんどだが、朝食を食べる時間がなかったときは朝に立ち寄ることもある。けれど、これまで粕谷の姿を見かけたことはなかった。

「オレ、就職決まって今暇なんですよねー。卒論も終わったし」

「四年生だったんだ。おめでとう」

購入した商品をレジ袋に入れる彼は「今日はラッキーっすね」と上機嫌な様子だった。それが、朝から自分と会えたからだとわかっているが、気づかないフリをする。

「ありがとうございましたー」

素っ気ない千咲の態度にもにこにこと挨拶をした粕谷は、次にレジにやってきたサラリーマンにも「タバコ好きっすねえ」「ライターいります?」などと話をしている。

外に出てあまりの寒さにマフラーを鼻まで引き上げるついでに、なんとなくコンビニのほうを振り返ると、レジにいた粕谷はすぐに千咲の視線に気づいてひらひらと手を振ってきた。

変な子、と声に出さずに呟いてから、千咲は顔を前に向けて歩きだした。視界のすみで、グレーの猫がこちらを見ているのに気がついたけれど、無視してバス停を目指す。

コンビニ店員の粕谷に好きだと言われたのは、去年の春のことだ。

見るからに自分よりも年下の男の子に、まさか告白されるとは思ってもいなかった。それまでコンビニの店員と客という接点しかなく、レジの最中を除けば、話をしたのは一度しかなかったのに。

はじめは冗談だと思った。粕谷もそう言ったので、悪趣味なことをするやつだと幻滅した。チャラい印象はあるけれど、仕事は丁寧で親切で、親しみやすさを感じる彼のことをいい子そうだと思っていたから余計だ。

けれど、彼は冗談ではなく本当に千咲が好きだと、改めて好意を伝えてきた。

もちろん、千咲は断った。考える素振りもせず突き放すくらいはっきりきっぱり拒否したつもりだ。なのに、断っても冷たくあしらっても、彼はまっすぐ千咲に好意を向けてくる。むしろ馴れ馴れしくなってきたくらいだ。

「なんで、やめないんだろう」

白い息と同時に吐き出す疑問。それは、静かな空気の中に溶けていった。

そもそも粕谷はどうして自分を好いてくれるのか。やさしくした覚えもないし、他人と比べてなにか秀でた見た目でもない。同じ会社に勤めている丸山美海のほうがはるかに華やかだ。おまけに千咲は粕谷よりだいぶ年上だ。大学四年生、ということは今、粕谷は二十二歳で、千咲とはちょうど十歳差ということになる。

粕谷なら、女性にモテないことはないだろう。同じコンビニで働いていた子と一時期いい感じだったのも覚えている。

なのに、どうして。

——真面目なひとは、損をするんだよ。

やっぱり、彼の言うとおりなのかもしれない。粕谷に会うたびに同じことばかり考える。そして、考えたって仕方ないか、と諦めるところまでがワンセットだ。無駄な時間を過ごしたことに自分で辟易《へきえき》する。

ふうっとマフラーの下でため息を吐いてから、あたたかい紅茶のペットボトルをカイロ替わりに持ってバス停に並んだ。

この町に住みはじめて、一年半ほどになる。

やってきたバスに乗り込んで会社近くの停留所に着くまで、千咲は窓から景色を眺めて過ごす。この辺の住民は車で仕事に行くひとが多いらしく、車内は以前住んでいた街ほど混み合ってはいない。

いつだって、千咲の目に映るのは空と山だ。海も近くにあるが、バスからは見えない。広々としているのに山があるせいなのか、なぜか息苦しく感じる。世界に取り残されているような心細さとさびしさもある。

千咲はつり革を握りしめて、目をつむった。


終点のふたつ前の停留所で降りて、五分ほど歩いた先にあるのが、千咲のこの町での職場だ。一階が駐車場になっていて、そこにはしょっちゅうハチワレの猫が我が物顔で寝転んでいる。それを横目に見ながら中に入る。

エレベーターで七階まであがり、右側の事務所のドアを開けた。中には、数人の営業の男性がすでに席についていて、千咲の姿に「おはよーございますー」と顔を上げて声をかけてくる。

この輸入雑貨を取り扱う会社は、以前勤めていた大手メーカーの部品販売をしている子会社よりも働きやすい。そこそこ忙しいが、みんなどこかのんびりしているからだろう。のんびりしすぎてイライラしてしまい、新参者だというのに上司や先輩につい思ったことをはっきり言ってしまうこともあるが。それすらも「新田さんはしっかりしているなあ」と受け入れてくれるあたたかさがある。

「あ、おはようございますー、千咲さん!」

デスクについてぬるくなったペットボトルの紅茶に口をつけると、美海がやってくる。営業事務である美海の席は、ちょうど千咲の席の正面だ。顔を真っ赤にして「はあ、さむいさむい」と彼女はマフラーをほどく。

「おはようございます、丸山さん」

美海は五ヶ月前に結婚して名字がかわったが、会社では旧姓のまま働いている。

千咲ははじめ、仕事でミスの多い美海のことが苦手だった。相手のほうが年下とはいえ先輩にあたるので、注意をするときは毎回気が重かった。

もともと千咲は初対面の相手に怖がられることが多い。特に仕事関係では表情がかたく口調もなかなか砕けることがないため、親しくなるまで時間がかかる。

それでも、美海は千咲に笑顔で話しかけてきてくれた。美海に厳しい言い方をしてしまったときも、落ち込みはしていたが、避けずに接してくれた。そして、注意されたことを受け止めて以前よりもミスをしなくなった。

今では、かなり親しくなったと千咲は感じている。

「そういえば、今年のバレンタインもみんなで大袋のお菓子買うつもりですけど、千咲さんもそれでいいですか？」

「ああ、はい。ありがとうございます」

「じゃあ、わたし夫のチョコレート買いに出掛けるので、そのときに買ってきますね。精算はそのあとで」

わざわざチョコレートを買うためにバスと電車を乗り継いで百貨店のある駅まで行くつもりなのだろう。

「ベルギーの有名なショコラティエの限定チョコが並ぶらしいんです」

相当楽しみなのか、美海が教えてくれた。そして「夫には一粒だけしかあげませんけど」と言葉をつけ足す。

幸せそうな美海に、彼女の夫はきっと美海にとっていい相手なのだろうと思う。

結婚式は友人と親族だけだったので、会社からは誰も参加しなかった。二次会もほぼ友人だけだと聞いたので、誘われたけれど断った。そのため、千咲は美海の夫になったひとを見たことがない。

美海から聞いた話によると、相手とは一昨年《おととし》の夏に猫がきっかけで出会ったらしい。つき合ったのはその一ヶ月後らしく、冬が来る前には結婚が決まったのだとか。出会いからの展開のはやさに驚いたけれど、以前同じビル内の会社にいた男性と結婚するよりもよかったのではないかと思う。

美海がその男性とつき合っていたことを、千咲は知っている。美海から直接聞いたことはないが、駐車場のすみで猫を交えて話をしている姿を何度か見かけた。ふたりの距離の近さから醸し出される雰囲気は、恋人同士のものだった。

相手の男性とは、エレベーターで乗り合わせたときなどに挨拶を交わしたことがある。失礼ながら笑顔がなんとなくうさんくさいなと感じていて、なんで美海はこの男とつき合っているのかと不思議に思っていた。

けれど、美海は突然、別のひとと結婚を決めた。おまけに、完全に夫との交際期間がその男性とかぶっている。一体彼女がなにをどう思い、別の相手と結婚することにしたのかは、わからない。でも。

「仲良くていいですね」と千咲が言うと、美海は「えー、えへへー」と表情を緩ませた。幸せそうでなによりだ。

仕事が終わるのは大体七時から八時で、バスを降りると必ずそばにあるコンビニに寄り、缶ビール一本とつまみを買って帰るのが日課だ。自炊がきらいなわけではないが、スーパーが遠いので平日は面倒くさくてあまりしていない。

海と山が近い町は食べ物がおいしいと思っていた。けれど、ネットスーパーやコンビニでしか食料を買わないので、いまいちそのおいしさを味わえずにいる。

今日は朝に働いていたからか、粕谷の姿はなかった。

たまにはなにか雑誌でも買ってのんびり読むのもいいかもしれないと棚を眺めていると、一冊の雑誌に目が留まり、一瞬息が詰まる。

ファッション雑誌の表紙を、最近人気のアイドルグループが飾っていた。〝主演映画公開中の藤城高良インタビュー〟とでかでかと書かれていて、手が伸びる。けれど、触れることができない。

「あ、千咲さんお疲れさまっす！」

「っわ！」

突然背後からぽんっと背中を叩かれて、ひっくり返ったような声が出てしまった。目を丸くして振り返れば、千咲と同じように驚いた顔をしている粕谷がいる。

「びっくりしたー。千咲さんでも驚くことあるんすね」

「急に声かけられたら誰だってびっくりするよ。大体なんでいるの。もしかして朝から晩まで働きづめなの？」

バイトでそれは許されるのか、と思ったけれど、粕谷はコンビニの制服ではなく私服姿だ。

「忘れ物したんで、千咲さんがいそうな時間に取りにきただけです」

そういうことをしないでほしい。一歩間違えたらストーカーじゃないかと千咲は思わず眉間に皺を寄せる。なのに粕谷は「へへ」とはにかんだ。

「っていうか千咲さんもこのグループのファンなんですか？」

「いや、べつに。っていうか〝も〟ってなに」

自分の手が雑誌に向かって宙に浮いたままだったことに気づき、慌てて引っ込める。動揺を隠すようにいつもよりも早口で話してしまったが、粕谷は気づいた様子を見せず、

「この藤城高良っていう子、常連客のおばあちゃんがめっちゃ推してるんですよ。この前この子をイメージしたネイルをしたって見せてくれて」

と言った。

「今日もこの雑誌、朝に二冊買っていったんですよ。話しかけたらいつもすんげー説明されるから、おかげでオレも詳しくなっちゃった」

「……へえ」

こういうアイドルのファンは若い女の子だけかと思っていたが、高齢者にも人気があるのかと再び雑誌の表紙を見る。たしかに写真の彼には独特のオーラを感じる。

対面したときの彼は、こんな感じじゃなかったのに。

「この子、二ヶ月くらい前に親が人身事故起こしたとかでニュースになってて、しばらくテレビにも出てなくて、志のぶさんすげえ落ち込んでて。だから復帰してからの熱量がすげえのなんのって。あれはファンって言うより片想いですね」

へえ、と相槌《あいづち》を打ったつもりだったけれど、声にならなかった。

これ以上彼と話すのは精神衛生上よくないと判断し、「じゃあ」と千咲は粕谷の横を通り過ぎて飲料コーナーに向かい、さっさとレジを済ませて外に出た。駐車場のすみから、グレーの猫——粕谷はサンタと呼んでいた——が顔を出して千咲に大きな瞳をまっすぐに向けている。

「なに見てんの」

小さな声で、千咲は猫に話しかける。

この猫のことが、千咲はきらいだ。いや、サンタだけではなく、どの猫も等しく、千咲にとっては目障りで不快な存在だ。朝のバス停にも、昼にたまに行く喫茶店にも、公園にもコンビニにも、この町はどこにでも猫がいる。

千咲が話しかけたところでサンタは返事をするはずもなく、ただ、見つめてくる。なんなんだ、と千咲はうんざりしてため息を吐き出した。

年末から増えているため息は、二月に入ってより一層増えている。

この町で過ごして一年半。

千咲は心の中で彼に報告する。

のんびりした町だって思ったのは、正しかったみたい。

あと、この町は、恋をしているひとが多い気がする。

この場に彼がいたら、どんな顔でなんて返事をしただろうか。

——みんな馬鹿だよな。

はじめて彼と言葉を交わしたときのことを思い出し、苦笑する。そして無意識に右側に視線を向けた。

いつも彼——稜生《いずき》がいた千咲の右側には、もう誰もいない。

だから、いつも欠落感がつきまとう。


千咲が稜生と出会ったのは、高校生の頃だ。

〝聖人君子の王子さま〟

一年のとき、少女漫画のヒーローかと思うようなあだ名の男子生徒がいることを、千咲はその生徒と同じ中学校出身の女子から聞いた。興味本位で隣の教室まで彼を見に行って、悔しいことに納得した。

彼は、イケメンという感じではなかった。ただ、整った顔立ちをしているからか、王子さまっぽさがあった。一重の涼しげな目でちらりと視線を向ける姿は同年代の男子から感じたことのない色気がある。くせっ毛なのか毛先がほんのりとカールしていて、似合っていていいなと思った。千咲はさらさらストレートの男子が好みだったのに。

そして、聖人君子と呼ばれるほどに彼は性格が飛び抜けていいようだった。中学時代は生徒会長を務めていたらしく、やさしく親切で、誰も彼が怒っている姿を見たことがないのだと言う。

そんな人間が存在することを不思議に思いながら、同じ学校に通う同級生とはいえ、自分とは縁のない遠い世界のひとなんだろう、と千咲は思った。そもそも彼は特進科で千咲は国際学科だ。接点がない。

それから三年間、千咲は稜生が誰々に告白されたとかつき合ったとか別れたといったウワサを聞くだけだった。たまに遠目に見かけるが、それだけだ。稜生は千咲のことを知るはずもなく、言葉を交わしたことは一度もない。

そのまま卒業を迎えるはずだった。

けれど、その直前の卒業式の予行演習の日に、思いがけない接触があった。

その日の千咲はやさぐれていて、友だちと帰らずひとり校舎に残り、時間を無為に過ごしていた。そして、それが馬鹿らしくなり帰ろうとしたときのことだ。

「気持ちはうれしいけど、ごめん」

もう数歩で下駄箱に到着する、というときに、そんな声が聞こえてきた。

「いえ、気にしないでください。卒業前に、気持ちを伝えたかっただけなので」

次に聞こえてきたのは、涙をにじませた女の子の声だった。

なるほど、告白の現場に出くわしてしまったらしい。千咲はゆっくりと息を吐き出し立ち止まった。そして気配を消すように壁にもたれかかる。しばらくして、誰かが小走りに千咲と反対方向に去っていく足音が廊下に響いた。

そしてその直後、

「くだらねえことで呼び出すなよ」

という舌打ち混じりの声が聞こえた。

それは、さっきのやさしい声色を出していたひとと同じひとの発言とは信じられないほど冷たいもので、自分の耳を疑った。

そのせいで、彼が近づいてくることに気づかなかった。

茫然としている千咲の前を通り過ぎようとした稜生が、目の前で足を止める。そして千咲の存在に気づいた彼は、瞠目《どうもく》してから、にこりと微笑んだ。

「みんな馬鹿だよな」

それは、ちっともやさしさを感じない、意地の悪い笑みだった。

「口止め料として、ケーキでもおごるけどどうする？」

別にそんなものもらわなくても誰にも言うつもりはない。誰も信じるはずがない。

けれど、千咲はその誘いについていった。なんとなく彼に興味を抱いたからだ。三年間王子さまの仮面をかぶり続けた彼の本性はなかなか面白いのではないか、と。

「信用するから悪いんだよ」

校内で有名な王子さまは、駅前から少し離れたファミリーレストランで行儀悪くストローで千咲を指しながら言った。ウワサとまったく違う彼の態度も、千咲の現状に対する冷たすぎる反応も、なぜかこの男に身の上話――彼氏にフラれた衝撃で、放課後校内を彷徨っていたこと――をした自分も、理解ができない。

「あんたに見る目がなかっただけだ。ドンマイ」

「……あなたがこんなやつだと思わなかったくらい、見る目はなかったかもね」

「わかってんじゃん」

嫌みを返すとケラケラと笑われた。

でも悔しいことに彼の言うとおりなのだろう。

二年のときに同じクラスになり、三年になってしばらくしてから告白されてつき合った男子のことを、千咲は誠実でやさしいひとだと思っていた。メッセージや電話もマメにくれて、映画や音楽の趣味も同じだから一緒にいると楽しかったし、大学が別でものんびりとつき合っていくだろうと思っていた。

ところが今日、話があると放課後にひと気のない場所に連れて行かれて、他に好きな子ができたんだと突然フラれた。千咲の記憶では、今日一緒に帰る約束をしていたはずなのに。意味がわからない。

「二股でもかけてたんじゃねえの？」

「そうなのかなあ……」

落ち込みたいのに、釈然としないせいでただただ気分が悪い。フラれたときに「千咲は一緒にいてもあまり楽しそうじゃなかったし」と言われたのもある。

「あんた、真面目で自分にも他人にも厳しそうだよな」

「そんなことないと思うけど」

でも、そう見えるということはそうなのだろう。思い返せば、やさしいが計画性のない彼に注意することが多かったような気がしないでもない。

「恋愛感情ほど曖昧で不確かで馬鹿馬鹿しいことはないから、落ち込まなくてもいいんじゃないか？　そんなもんだから高校時代につき合っていてもいつかは終わるよ。無駄な時間が短く済んでよかったじゃん」

「だからあなたは告白されても断ってるの？」

「別に毎回断ってないよ。好みだったらつき合う。一時的につき合うのはいいけど、卒業前だといろいろ面倒だから今回はご縁がなかった、て感じかなあ」

たしかに何度か彼女ができたとウワサを耳にしていたなと思い返す。それにしても、このひとはなかなか最低な男ではないだろうか。これのどこが王子さまなのか。

「……なんでそんなにウワサと違うの？」

遠目にしか見たことがないが、彼はいつもにこにこしていた。友人らしきひとの相談にのっているような姿も見かけたことがある。困っている女子に手を差し伸べるところに遭遇したこともある。そのたびに千咲は、さすが王子さまだと思っていた。

でも、今の彼が素なのだろう。悔しいことに、王子さまにはほど遠い今の彼もそれはそれで魅力があり需要がありそうだ。

「いい子でいたほうがなにかと便利だから。さっさと家を出るには親に信用されないとだめだし、面倒なことにならないために、面倒なことしてんだよ」

彼は千咲の質問に、事もなげに答える。

家を出るには、という言葉が引っかかり言葉に詰まった。家庭環境になにか問題があるのだろうか。そこは突っ込まないほうがいいだろうが、じゃあなんて返事をすべきなのだろうか。

ぐるぐると考えていると、彼が「ぶは」と噴き出した。そして「悪い悪い」と顔の前で手を振る。

「深刻な話じゃないよ。俺、母親と血が繋がってないんだよ。親父の再婚でできた母親だから。弟と妹は俺とは腹違い。母親はいいひとで俺にもやさしくしてくれるけど、だからこそ気を遣うから独り暮らししたいなーってだけ」

彼は明るい口調で話す。だから千咲も「そっか」と重くならないように軽く言った。

「あと、俺と親父を捨てて別の男とどっか行った本当の母親のこと忘れたいから、なんの思い出もない遠くに行きたい」

かつん、と彼の持っているフォークが器に当たった音が響いた。窓の外を見つめる彼の横顔を少しカールした髪が隠していて、どんな表情をしているのかわからなかった。

「愛とか恋とか、そんなもんなんだよ」

「え、あ……うん」

「親父も離婚して二年もしないうちに再婚したしな。移りかわるもんなんだよ。だからあんたも、落ち込む必要ねーよ」

そうだね、とはとてもじゃないが言えなかった。かといって、そんなことない、とも言えない。かわりに千咲は「ん」と曖昧な相槌を打った。

稜生は、他人を信用していないのだろう。そして、そのことをさびしく思っているようにも感じた。

「あんた、話しやすいな。もっとはやくに仲良くなればよかった」

「私は、本性を知ったのが今でよかったなあと思ってるけどね」

じゃなければ彼のウワサを聞くたびに複雑な気持ちになっていただろうから。千咲がそう言うと、「たしかに」と稜生は笑った。

別れ際、彼は告白してきた女子からもらったというチョコレートを「これで元気出せよ」と言って千咲に渡してきた。王子さまからの施しだ、と最低な台詞までつけて。

不思議な出会いだったな、と思いながら千咲は目を覚ました。

夢で彼に会うのは久々だ。普段彼を思い出すのとはまったく違って、表情や声がリアルだった。

十一時を過ぎたところか、と時計を見て千咲はぐいっとベッドに横たわったまま手足を伸ばす。休日はどうしても寝すぎてしまうので、よく夢を見る。でも、今日のように実際過去に起こった出来事を見ることは滅多にない。

ベッドから体を起こして、稜生との出会いの夢を反芻する。人前ではいつもにこにこしていた彼の、諦念を抱いた大人びた表情は、迷子になっているにも拘わらず涙を浮かべることのない子どものように見えた。つまり、ちぐはぐだった。

「……まさか、あのときは稜生とつき合うことになるとは思わなかったな」

冷たい床の上に足先を置いて呟き、現実はこちらだと自分に言い聞かせる。体に力を入れて立ち上がり、キッチンで電気ケトルのスイッチを入れた。

高校卒業間近にはじめて会話をした稜生と千咲は、だからといって突然仲良くなることもなく言葉も交わさないままそれぞれ別の大学に進学した。ときおりふと、あの王子さまの仮面をかぶっていた彼は大学でどう過ごしているのだろう、と思うことはあったけれど、その一瞬だけだ。千咲はそれなりに大学生活を満喫していた。

稜生と再会したのは、またもや大学卒業間近の二月のことだった。家から数駅離れた場所にあるカフェでのんびりしているとき、ドラマのように彼女から水をぶっかけられていたのが稜生だった。

「ぶふ」

あのときの稜生の驚いた間抜けな顔を思い出して、噴き出してしまった。誰もいないのに、なぜか恥ずかしくなり咳払いをする。タイミングよくお湯が沸いて、インスタントコーヒーを入れてリビングに戻った。

千咲がひとりで暮らすこのアパートは２ＬＤＫで、充分な広さがある。独立型のキッチンと、リビングダイニングが十四畳、そして六畳の部屋がふたつとウォークインクローゼット。一昨年引っ越したばかりのときは広すぎて落ち着かなかったし、今もやや持て余している状態だ。

二階建てアパートなので、女性の独り暮らしにはセキュリティー面で心許《こころもと》ないが、近くに交番もあるし、住人も老夫婦だったり新婚夫婦だったり、みな親切だ。今のところ身の危険を感じたことは一度もない。家賃も千咲ひとりの給料でなんとか払える額だったのも幸いだった。

けれど。

広々とした空間にぽつんとひとりでいると、胸の中に冷たい風が吹くのを感じる。

「夕方まで暇だな……」

今日は地元に帰る予定だ。が、まだたっぷり時間がある。とりあえず出掛ける準備をしてみるけれど、三十分しか消費できなかった。はやめに家を出たところで時間を持て余すのは目に見えている。ドラマでも観ようかな、と思ったところでベランダでなにかが動いたのに気づき顔を向けると、レースのカーテン越しに丸まっている毛玉が見えて千咲は舌打ちをする。

コンビニでよく見かけるグレーの猫、サンタだ。サンタは千咲が用意してやった猫ベッドで気持ちよさそうに眠っている。千咲が見ていることに気づいた様子はない。

サンタが千咲の部屋のベランダに現れるようになったのは、去年の春からだ。

ちょうど、コンビニ店員の粕谷に告白された直後のことで、深夜になぜかハチワレの猫がベランダにやってきて、発情期かと思うほどの大声で鳴いてガラスをかしかしと引っかきだした。なにごとかと思っていると、今度はドアからも鳴き声がして、あまりの異常さに恐る恐る外に出た。そこにいたサンタは、千咲を見るなりついてこいと言わんばかりにちらちらと振り返りながらどこかに向かった。不思議に思いついていった先には、原付で転んだらしい粕谷がいた。

あの日の猫たちの行動は、千咲に粕谷を見つけさせるために誘導したようだった。

「まさかね」

思い出し、何度も口にした否定の言葉を呟く。猫がそんなことするわけがない。それよりもなによりも、なんでサンタがベランダにしょっちゅうやってくるのか、だ。

あの日以来、この猫は毎日のように現れる。雨の日も暑い日も寒い日も。仕事が終わってコンビニに寄ったときはいつもそこにいるのに、千咲が家に帰るとベランダにちょこんと座っている。そして、観察しているかのようにじっと見つめてくる。

家に招いてほしいのかと思ったけれど、千咲はベランダの窓を開けることはしなかった。ただ、ガラス越しに猫と見つめ合った。

そのうちいなくなるはずだ。

なにももらえないとわかれば諦めるはずだ。

そう思っていたのに、サンタは千咲の帰宅に合わせてベランダにやってきて、朝までそこにいる。気になって仕方がないが、ベランダで粗相をするようなことはないので我慢していた。

でも、それも限界に近い。

以前は寝ているだけだったのでまだよかったが、去年の十一月頃から休日にもやってきて、大声で鳴くようになった。それは朝だったり昼間だったり夜だったり時間に関係なく、発情期の猫のように鳴く。一日に何回も鳴くときもあれば、うんともすんとも言わない日もある。

ペット入居可のアパートだし近くに野良猫もたくさんいるからか、他の住民はこの鳴き声に対してなにも言わない。なぜそんなに猫にやさしいのだろう。

なにか要望があるのだろうかと考えて仕方なく水を置き、寒くなってきたので猫ベッドも置いてやった。なぜ野良猫にそんなことをしなければいけないのかと不満に思いつつも、鳴き止む可能性に賭けたのだ。結局すべてが無駄だったようで、あまりのうるささに千咲は何度も家から逃げ出した。

猫避《よ》けグッズを探したほうがいいのかもしれない。

でも、気が進まない。稜生なら、そんなことはしないだろうから。

とりあえず今日は静かでいますように、という願いも空《むな》しく、やっぱりサンタはにゃあにゃあとうるさく鳴きだした。ガラス越しでも響く声に千咲は耳を塞ぐ。

「もう勘弁してよ……」

サンタは体をぐいっと伸ばしガラスに手をかけて、千咲になにかを訴えている。猫の言葉をわかるようになりたいと切に願う。ノイローゼになりそうだ。そうでなくとも千咲は猫がきらいなのだ。サンタのことは特に、きらいだ。

かしかしとガラスを爪でかく音がする。

ぎゅっと目をつむると、稜生が猫を撫でる姿が浮かんだ。

稜生は猫が好きだった。犬も愛情深くて賢くていいけれど、猫の距離感が心地いいのだと、稜生はいつも言っていた。

——どこがいい距離感だ。

千咲は奥歯を噛み、準備していた大きなカバンを肩にかけてベランダを見ずに一直線に玄関に向かう。


「どうしたの千咲。帰ってくるの夜じゃなかったの」

実家に帰ると、母親が驚いた顔をして出迎えてくれた。

「暇だったから」

コートを脱いでリビングに入ると、猫のかわいい動画がテレビで流れていた。また猫かと千咲はテレビを消す。真っ黒になった画面に無表情の自分の顔が映り込んだ。

「寒かったんじゃない？　あたたかいものでも飲む？」

「ああ、うん、そうだね」

「で、最近どうなの」

キッチンで準備をはじめる母親に、千咲は「まあまあ」と適当に答えてソファに腰を下ろす。

実家に帰ってくるのは、正月以来だ。

千咲の実家は、今住んでいる町からひとつ県を越えるため電車で二時間以上かかる。バスや乗り継ぎの時間を含めれば三時間だ。都会と呼べるほど栄えてはいないが、交通の便がいいためそれなりにひとが多い。そして、野良猫は少ない。

あの町に引っ越すまで、千咲はずっと実家で暮らしていた。最寄り駅には大きな商業施設があり、ファストフードやファミリーレストラン、カフェや書店がある。以前の仕事先は電車で三十分足らずの、ありとあらゆる会社がここに集まっているのではないかと思うくらい、高いビルが建ち並んでいる地域だった。

便利だったな、と今やスーパーまで自転車で十五分以上かかる環境にいる千咲は思う。

どうしてあの町に住むことになったのか、と言えば、稜生が転職することになったからだ。知っているひとのいない土地に行きたい、という稜生の希望で、千咲も彼と一緒に引っ越すため転職活動をはじめた。

「千咲、そろそろ、戻ってきてもいいのよ」

ぼんやりと外を眺めていた千咲の姿になにを思ったのか、母親がマグカップをローテーブルに置いて気遣うような視線を向けてきた。顔を合わせるたびに同じ台詞を言われるので、今さら驚きも怒りも面倒くささもない。

「あの町にひとりで住むのは……しんどいでしょう？　仕事だってこっちならいくらでも見つけられるし、なんなら少し休んだっていいんだから」

テーブルを挟んで向かいに座った母親は、なぜか千咲よりもずっと落ち込んでいるように見えた。千咲が悲しんでいる姿に心を痛めているのはわかるけれど、果たして母親が思うほど自分は弱っているのか、よくわからない。

本当なら稜生と一緒に暮らすはずだった2ＬＤＫのアパートにひとりきりで過ごすのは、思った以上にさびしさが募る。それは間違いない。ふとしたときに、なんで自分はひとりでこんな縁もゆかりもない土地に住んでいるのかと不思議に思う。

稜生も想像すらしていなかっただろう。

まさか、これから住む部屋のサイズを採寸しに行った日に、事故に遭うとは。

あの日が最後の日になるとは。

バスの時刻まで時間があったので、せっかくだからのんびり歩いて駅に向かうことにした。線路に沿って行けば駅に着くだろうと、地図も見ずにこの町の日々を想像して話をしていた。

塀の上に猫がいた。

目が合うと、猫がぴょんと地面に降り立って、千咲と稜生を見上げて鳴いた。

そこに突然——一台の乗用車が現れたのだ。

それほど速度が出ていたわけではなかった、と思う。ブレーキ音も聞こえたけれど、それがどのタイミングだったのか、千咲にはわからない。

道のはしに、千咲と稜生は立っていた。

猫は、道の真ん中にいた。

運転手は猫に気づいて慌ててハンドルを切ったらしい。けれど、車は猫にぶつかり、そのまま稜生に向かって突っ込んできた。千咲は稜生に咄嗟の判断で突き飛ばされて無事だった。

あの町で一緒にしたいことを話していたのに、なにひとつ叶《かな》えることができないまま、彼は、彼の人生を終えてしまった。

——俺のことは、忘れていいよ。

目を閉じる直前、自分の死を悟った稜生はそう言った。

鮮明に覚えているのに、あっという間の出来事だったせいか今でも現実味がない。泣いて彼の名前を呼び続けたのに、その記憶はあるのに、本当にそんなことを自分がしたのだろうかと不思議な感覚に陥る。

母親が入れてくれたコーヒーに口をつけると、久々に再会したときの稜生の、感情を失ったような瞳が蘇る。あのときと同じように、千咲の心臓がきゅっと萎縮して小さな痛みを伝えてきた。

「もう一年半も働いたんだし、いいんじゃない？」

千咲は稜生がいなくなっても、あの町にひとりで暮らすことを決めた。表向きはすでに就職先が決まっていたから、と説明していたが、本音は、両親や友人に〝恋人を失ったかわいそうな子〟と思われている中で生活するのがいやだったからだ。

「前に進むことも、考えてみたらどうかしら」

母親の言う〝前に進む〟は、〝稜生のことを忘れろ〟ということだ。でも、本当のことを言えば、地元のほうが稜生との思い出が多すぎて余計に彼のことを思い出す。

なにせ彼とは、八年もつき合っていたのだ。

もちろん、あの町にいても稜生のことは思い出す。そして、ひとりきりでさびしさに耐えるのは、あまりに孤独で二度と立ち上がれないような気にもなる。母親からすれば、心配なのもわかる。

引っ越したほうがいい、と思うときもある。あの小さな町はウワサが広まりやすいので、事故の件もみんな知っているだろう。幸い、当時はまだ住んでいなかったからか、千咲の恋人が被害者だとは知られていない。他県のひと、という情報が先に広まったおかげで、誰も本気で調べようとしなかったようだ。稜生の勤める予定だった会社が家から離れていたのもよかった。

けれど、いつかバレるだろう。あの町でウワサの的になるのは避けたい。

特に最近は、もっと面倒な状況に陥っている。人気のあるアイドルグループのひとりが、事故を起こした運転手の息子だと週刊誌にスクープされたからだ。テレビでその情報が流れたのを見たときは、余計なことをした記者を殴りたくなった。

いや、それだけならまだよかった。最悪なのは、なにを思ったのかその息子であるアイドルの青年が家にやってきたことだ。

休日に珍しくチャイムが鳴り出てみれば、マスクに帽子にメガネという怪しげな格好をした青年が立っていて、千咲の顔を見るなり頭を下げた。反射的にドアを閉めて話すことはないと彼を拒絶した。大人しく帰ってくれてほっとしていたら、次の週にもやってきたので、千咲は耳を塞いで居留守を使った。外出しているときに千咲の家に向かう彼の姿を見かけたこともある。

彼に恨みがあるわけじゃない。怒っているわけでも憎んでいるわけでもない。

彼と運転手の関係は、千咲も知っている。事故のとき、ふたりが電話をしていたことも。でも、彼が事故を起こしたわけではない。それに、加害者の運転手は、脇見運転をした罪を受け入れて何度も何度も泣きながら頭を下げていた。

だからといって、あなたは悪くない、とは口が裂けても言えない。

脇見をしなければ稜生が亡くなることはなかったはずだ。道の真ん中にいた猫を見落とさなければ、猫を避《よ》けようとしてハンドルを切らなければ、稜生は無事だったかもしれない。

加害者に怒りや悲しみをぶつけても、稜生はかえってこない。だからこそ、やるせなさが募る。稜生の死によって胸に渦巻く感情のやり場がどこにもなくてひたすら苦しくなる。

だから――あの事故に関係があるひととは、関わりたくない。

それを彼に伝えることすらしたくない。

千咲は、なにもできない、なにもしたくない。

そんな自分をひどく情けなく思う。

「かわらないと、だめなのかもね」

このままでいいのかと自問自答するのにも疲れてきた。自分の感情がふわふわと煙のように漂っている。存在しているのはたしかなのに、それを自分で摑めない。

そして、最近は〝どうでもいい〟にたどり着きつつある。

「彼の、稜生くんのご両親も、心配してたわよ」

「そっか」

母親が稜生の両親とたまに連絡を取っているのは知っていた。千咲のことを心配して稜生の母親が電話かメッセージを送ってくるのだろう。千咲に直接コンタクトを取らないのも、千咲を気遣ってのことだ。

——稜生、あなたの両親は、あなたのことを大事に想っているよ。

心の中で彼に呼びかける。この声が聞こえていたら、彼はきっと「知ってるよ」と苦笑するだろう。彼もまた、両親のことを大事に想っていたから。

だからこそ、稜生と両親はわかり合えなかった。

そのことを知っているのは、千咲だけだ。本人たちでさえも気づいていなかった。

母親は千咲の様子を見て、これ以上訊くのをやめようと思ったのか、最近父親が太ってきて血圧が高くなってきたことや、母親がハマっているドラマのことや、結婚して家を出た姉がそろそろ家を買う予定らしいという話にかわった。

コーヒーを飲みながら母親の他愛ない話を適当に相槌を打ちながら聞く。家を出る前ならば途中で「それさっきも話してたよ」「同じ話しすぎ」と突っ込むところもスルーして、笑みを顔に貼りつける。

そういえば、稜生が家に来たときも、母親は上機嫌で似たような話をしていた。あのときの稜生は、どんな顔をしていただろうか。

やっぱり地元に帰ってきたほうが、稜生のことをよく思い出す。

「千咲、久々だね！」

中学からの友人、陽奈子《ひなこ》が千咲にビールジョッキを掲げて言うと、高校からの友人、杏《あん》と浪恵《なみえ》も「本当だよ」とそれぞれのグラスを持ち上げる。ひとりひとりに千咲はグラスをぶつけて「久々ー」と明るく答えた。

陽奈子から「二月に集まろうよ」と連絡があったのは二週間ほど前のことで、千咲は珍しくその誘いを受けた。

引っ越すまでは数ヶ月に一度は四人で集まっていたが、今日は一年半ぶりだ。何度か誘われていたけれど、三人とも稜生と千咲の関係を知っているので気を遣わせるだろうと断っていた。浪恵の結婚が決まったことを知らなければ、今日も来なかっただろう。

お祝いの席なので、集まった場所は千咲の実家の最寄り駅から数駅離れた場所にある、こじゃれた創作和食の店だ。千咲を含めた四人は好きなものを注文し、各々のペースでお酒を飲んだ。その中で陽奈子は一番はやく気分よさそうに酔いに身を任せた。五年前、四人の中で最初に結婚した陽奈子は現在二児の母で、元々誰よりお酒が好きだったのに飲む機会が減って弱くなったと言いながら、にこにこと三杯目のビールを飲んでいる。

三人と会うまで千咲はやや緊張していた。妙な気遣いをされたらどうするかシミュレーションまでしてきたくらいだ。けれど、長年友人であるからかそんな心配は杞憂《きゆう》だったようで、気楽に楽しむことができた。

陽奈子の義両親は親切だけれどちょっと面倒くさいときがあるだとか、浪恵の結婚相手は料理がうまいだとか、杏が勤める会社にややこしい上司がいるだとか。近況報告に小ネタを挟みながら笑い声を響かせた。ときおり思い出話でも盛り上がったが、稜生の名前が出ることはない。

楽しいと思う。なのに、脳裏にすぐ稜生の姿が現れて、そのたびに体の一部が軋む。そのせいか、千咲は普段よりもお酒を飲むペースがはやかった。

二時間ほど食べて飲んで喋って過ごしていると、みんなほどよく酔いが回りはじめ、

「そういえば、マッチングアプリやってみたんだよねえ」

と杏がスマホを取り出して言った。

「結婚する気はないけど、彼氏がほしくてさあ」

杏は昔から結婚制度に不満を抱いていた。子どもが苦手だから産む気もないと言っていて、事実婚でいいじゃん、という考え方だ。恋人がほしいと知人に話をしたらマッチングアプリを勧められたらしい。

「条件とか趣味とか指定できるのはいいけど、読書が好きでもどんなジャンルが好きかって大事じゃん。そこがなかなか難しいの！　たしかめようとするとやり取りしなきゃで結構面倒くさい」

「趣味の一致は大事だよね」

杏の話に、陽奈子と浪恵が頷いた。趣味の一致か、と千咲は呟く。

「稜生とはまったく趣味が違ったなあ……」

思わず稜生の名前が口からこぼれたことに、三人の表情で気づいた。自分で思っていた以上にお酒が回っていたのかもしれない。

「あ、ごめん」

三人が彼の名前を避けていたことはわかっていたのに。咄嗟に謝ると、三人はハッとしたような顔をしてから「謝ることじゃないよ」と杏がなんとも言えない笑顔で答えた。それに続くように陽奈子が「たしかに、ふたりがつき合ってるって聞いたときびっくりした」と明るく言う。浪恵も「ほんとだよね」と頷いた。

「ふたりって、そんなに違ったの？」

「あー、うん、全然合わなかった。映画も、音楽も」

彼の話題を避けずに陽奈子が尋ねてきたので、千咲もなんでもないことのように、ただ、別れた彼氏の話をするように答える。

返事をしてから、違った、という言葉はもしかしたら適切じゃないのかもしれないと思う。稜生は、趣味がなかったと言ったほうが正しい。なににも執着がなく、こだわりもない。好きなものがないかわりに、きらいなものもなかった。勉強も運動もそつなくこなせればいいという考えで、食べ物に好ききらいもなく、服装はいつもシンプルで、インドアでもありアウトドアでもあった。

――ひとに対しても。

だから、彼には知人が多かったけれど、友人と呼べるようなひとはひとりもいなかったのではないかと千咲は思っている。遊びに誘われて出掛けることはあったし、メッセージや電話のやり取りもしていたけれど、広く浅いつき合いで、千咲のように定期的に集まる友人はいなかった。稜生は誰のことも友だちとは思っていなかったかもしれない。王子さまの自分としてしか、ひとと接していなかったからだろう。

「稜生くんってスポーツが好きそうだったもんね。千咲インドアだし」

「そういえば放課後、友だちとバスケとかしてたね」

「みんなで集まってバーベキューとかキャンプとか？」

やりそう、と三人が記憶の中の稜生を思い浮かべて話し続けた。

「高校のときしか知らないけど、ほんと王子さまだったね」

「あたし、荷物運んでるとき助けてもらったことあるよ。スマートでさあ」

あの頃の稜生は間違いなく王子さまだった。みんなの会話に曖昧な笑みを浮かべて相槌を打つ。彼がこの会話を聞いていたら、にこにこと微笑みながら否定しつつ、裏では片頰だけを引き上げて馬鹿にしていたのではないだろうか。

想像していたよりも自分の心が乱れていない。悲しくも苦しくもない。

ただ、ちらちらと脳裏に稜生の歪んだ笑みが浮かぶ。

「友だちがどこかで家族と一緒に買い物してるの見たことあるって言ってたな。年の離れた妹と弟とかっこいいお父さんと若くて美人なお母さんと」

「家族にもやさしかったの？　知らなかったー」

「バレンタインとかめっちゃもらってたのに、ホワイトデーにちゃーんとひとりずつにお返し用意してたの知ってる？」

三人はお酒の力が加わっているのか、饒舌に稜生について語る。

やさしかったね、かっこよかったね、なんでもできるひとだったね。誰からも好かれていた、誰に対しても親切だった、誰かを悪く言うことがない。

高校時代、遠目に見ていた稜生を千咲も同じように思っていた。今と同じようなことをクラスメイトが話しているのを何度も聞いた。常にまわりにはひとがいて、笑っていて、友だちや家族を大事にしていて、先生からも好かれていた。

あの姿が彼の日々の努力だったと、同級生で知っているひとはいるのだろうか。

「なにもかも順調って感じだったよね。大学も国公立だったっけ。で、どこかのメーカーの商品開発とか言ってたよね、千咲」

「え？　ああ、うん。辞めたけど」

「外資だったよね。なんか稜生くんって感じ！」

どういう感じだ、とつい突っ込みそうになって呑み込んだ。

三人、いや、同級生の中では、稜生は順調な人生を歩んでいたひと、という認識なのだろう。天才肌ではないが、だからこそ、それでも堅実に結果を出している彼は努力のできるひとだと映ったのかもしれない。

それは間違っていない。でも、大きく間違っている。

いつまで稜生の話が続くのだろうと思っていたところで、会話が緩やかに移りかわり、いつの間にか陽奈子の長男が幼稚園で好きな子ができたらしいという内容になった。今は男の子がチョコレートをあげることも多くなっているようで、一緒にブラウニーを作るのだと言う。

稜生にも、もらったことがある。

稜生が誰かからもらったものだったけれども。

ずっと、神経が露出しているみたいにヒリヒリする。


「じゃ、また集まろうねー」

店を出て電車に乗り込み、最初に杏が手を振って降りていった。そして浪恵とは実家の最寄り駅に着いてから別れて、陽奈子と千咲はバス停に並ぶ。

すでに十時を過ぎているのに、駅前にはまだ大勢のひとがいて、バス停にも列ができていた。だからなのか、あの町よりも気温が高いように感じる。お酒のせいかもしれないが、吐き出す息の白さが違う。

なんとなく頭上を見上げると、星の数も少なかった。それ以上に、空が狭い。

都会に比べて地元は田舎だなと思っていたけれど、あの町に比べたらそんなことはない。あの町の空は、千咲の想像以上に広かった。高い建物のかわりに山があっても、空は遮られない。

「今日、稜生くんの名前を出すから、びっくりした」

ぼんやりしていると、隣でスマホをいじっていた陽奈子がささやくように言った。

「ちょっと、安心した。ずっと会えなかったし、かといって連絡していいのかどうかもわからなかったし。前に進めてるんだね千咲は。よかった」

自分ではちっとも前に進めていないと感じているのに、不思議な評価をもらった。こんなふうに彼の名前を口にするだけで、涙を見せたり苦しい表情をしないだけで、みんなにそう思われることに違和感を覚える。戸惑いすぎて、うまく返事ができない。

「ずっと悲しんでるんじゃないかって、気になってたんだ」

今の自分は悲しんでいないのだろうか。

返す言葉が見当たらず口角を上げたまま黙っていると、陽奈子は「迎えに来てくれたみたい」とスマホの画面を確認してロータリーに停車している父親の車を見つけた。家まで送っていこうか、と声をかけてもらったけれど、千咲は酔い覚ましにのんびり帰ると言って断った。

陽奈子を見送った直後に、千咲の乗るバスがやってくる。

席について、さっきの陽奈子の台詞を反芻した。

今の千咲は、毎日決まった時間に起きて、仕事に行って、ご飯を食べて、仕事をして、家に帰る途中でコンビニに寄って、簡単なご飯と缶ビールで一日を終える。稜生を想って泣き暮らしているわけではない。四六時中どころか、暇なときでさえ彼との思い出に浸ることもない。

それが悲しんでいないことになるのは、どうしてなのか。涙を流さなければ、家に閉じこもっていなければ、稜生がいないことを悲しんでいないことにされるのだろうか。

不満に思う自分と、それに安堵するまわりのひと。

虚《うつ》ろな目で窓ガラスに映りこむ自分の顔を見つめていると、ぽたりと雫《しずく》が落ちてきた。雨が降ってきたらしく、ちょうど自分の額の位置から眉間に水滴が落ちる。

それはまるで、あの日の稜生のようだった。

大学卒業間近の二月、カフェで再会した稜生は、濡れた髪の毛をかきあげて、

「意味わかんねえよな」

と言った。羞恥を隠すために呆れた態度をとっていたのだろう。彼にもそんなかわい一面があったのかと思い、「そうだね」と肩をすくめてから、同じテーブルを勧めた。彼女に水を浴びせられたうえに店内にひとり取り残されていた稜生を放っておけなかったとも言える。あとは、野次馬根性も多少あった。あんなドラマみたいなことが実際に起こるなんて、一体なにがあったのか。

千咲が稜生と話しはじめたからか、ざわついていた店内が落ち着きを取り戻す。ホットコーヒーのおかわりをふたり分注文して彼にハンカチを差し出した。彼の額から落ちる雫が眉間をとおって目頭に流れていく。

「久々の再会だね。っていうか私のこと覚えてる？」

「もちろん。卒業直前に彼氏に二股かけられてフラれた子だろ」

「いやな覚え方だなあ」

内容はさておき、彼の記憶に自分が刻まれていることはうれしかった。

「今回は俺が二股された側だから、いいバランスになったな」

「バランスはよくわかんないけど、稜生くんが二股されるとか意外だね」

稜生は、四年経っても稜生のままだった。垢抜《あかぬ》けたように見える分、大人っぽさが増していた。黒色のモッズコートにグレーのプリントロンT、そしてカーゴパンツに黒のハイカットスニーカー。シンプルな服装なのに、それが誰よりもセンスよく映る。おそらく、今も彼は王子さまキャラとして生きているのだろう。フラれる要素が見当たらない。しかも、なぜフラれた側が水をかけられたのか。

不思議に思っていると、それに気づいた稜生が再び「意味わかんねえだろ」と言ってにやりと笑った。グラスに水はあまり入っていなかったのか、彼の濡れた髪の毛はハンカチでそれなりに拭き取ることができた。

「ナンパしてきた男と二股かけてるのを彼女の友だちから聞いて、彼女にたしかめたら、違うの、本気じゃないの、本当に好きなのは稜生だけ、だと。俺の気持ちが信じられなくて不安でさびしかったから浮気したんだってさ」

浮気した側の言い訳フルコースだ。

稜生は笑っていたが茶化していいのかわからず口を閉じていた。慰めるにも、なにを言えばいいのかわからないし。黙っていると、稜生が千咲の顔を覗き込んできた。

「あんた今どういう反応したらいいか悩んでるだろ」

そして、ぶふっと笑われた。

「ま、そういうことで、さすがにやさしい俺も無理だわ、ってなったから別れたんだけど、話があるって呼び出されて、より戻したいって言われてさ。さびしくて浮気したなら仕方ないからどうでもいいよ、これからも浮気頑張って、て言ったの」

やさしいと自分で言うのもどうかと思うが、その後の台詞もどうなんだ。わざわざ稜生のいるこの町まで来た相手にちょっとだけ同情する。自業自得だけど。

「浮気した一番の理由は、俺の就職が決まってないからだろうなあ」

稜生がコーヒーに手を伸ばして言う。

彼女にフラれたことよりも意外だ。

「あ、今俺が独り暮らしで堕落した生活を送っていたからじゃないかと思っただろ」

「いやさすがにそこまでは」

彼が言うには、単位は必要以上に取得していたし、成績はほぼ〝秀〟か〝優〟だったという。友だちと遊びつつ、自炊もそれなりにしていたのだとか。カフェの厨房《ちゅうぼう》でアルバイトもしていたため、料理の腕はいいのだと自慢げに言った。もちろん、就職活動も真面目にやっていたらしい。

「でも、内定もらった会社を断って実家に戻ってきたんだよ」

「え、なんで？」

「義母が倒れて、親父がすげえ困ってたから放っとけなくてさ」

にこやかな王子さまスマイルで答える彼に、千咲は言葉に詰まる。

彼が王子さまのフリをしているのは、そうしなくては感情が溢れ出てしまうからなのかもしれない、と思った。本音を言うより偽ることのほうが、稜生にはきっと、楽なのだろう。

「だから、今は実家から通える範囲で就職活動中。親が倒れるわ、二回目の就活だわ、浮気されるわ、フラれるシーンを同級生に見られるわ、なかなかひどい状況だろ」

ふはは、と稜生が笑うので、「滝にでも打たれてきたほうがいいかもね」と同じ調子で彼に合わせた。

「実の母親の借金返済の督促状も届いたし、マジでどうにかしたほうがいいかもな」

「……情報が多すぎるなあ……」

さすがに処理ができなくなってくる。こめかみに手を当てると、稜生は「疲れるだろ」となぜかより一層楽しそうに目尻を下げた。話しはじめたときはもう少し苛立っているように見えたのに、今はそんな様子は一切ない。

「やっぱ恋愛なんてくだらねえな」

「それ彼女の前で言ってたら、ホースで水をかけられてたかもね」

「そこまで根性ある女だったら、つき合っててもよかったけど」

なぜそうなる。

「あんたとは取り繕った俺で話したことがないからかな、楽でいいな」

呆れて首を左右に振ると、稜生は腕を組んで唇を弧にした。こんな台詞をあたたかくてやさしげな笑みを浮かべて口にする彼を見ると、喉が締めつけられた。

「でもこれで、あいつは俺のことなんかきれいさっぱり忘れるんじゃないか」

それはまるで、彼女のことを思って悪役に扮《ふん》したみたいな言い方だった。

別れ際、千咲は三日前くらいからカバンの中に入れてあったチョコレートのクッキーを取り出した。袋を触った感じで、クッキーはおそらく割れていたが、気にしない。

「これで元気出しなよ、王子さま」

「施しを受けるなんて、落ちぶれたな、俺も」


その日、千咲と稜生は連絡先を交換したけれど、連絡を取り合うようになったのは数ヶ月後、千咲が働きはじめてからだった。ふたりの就職した会社が、たまたま同じ駅にあり、たまたまある日帰宅時間が重なって、なんとなく晩ご飯を食べに行った。稜生は三月の半ばに無事就職先が決まったのだと教えてくれた。成績がよかったことと王子さまキャラという最高の外面のおかげで、あまり苦労せずに済んだと鼻高々だった。悔しいことに千咲よりもずっと初任給がよかった。

それから定期的に稜生と会うようになった。

稜生の義理の母親はしばらく入院していたけれど、一年ほどで退院し日常生活を送れるまで回復した。かといってすぐに家を出ると「家にいたくない」とバレてしまうだろうと、稜生は実家暮らしを続けていた。

お金が貯《た》まるからいいけど、と言っていたものの、彼が窮屈な思いをしていることは明らかだった。親が口うるさいわけではないし、放置されているわけでもない。そもそも実家に帰ってきたのも、父親が困っていたからと稜生が自分で決めたことだった。

両親も、弟妹も、血の繋がらない母親も、稜生にとっては家族だったし、それは稜生の一方通行だったわけではない。

でも、稜生は家族の中で自分は不要なのではないかと、いないほうがいいのではないかという思いを拭えないでいた。その不安をほんのひとときでも忘れるために、いい子のフリをしなくていい千咲を誘っているだけ。

稜生とつき合うようになるまでの二年間、千咲はそう思っていた。

「俺、千咲とならつき合えると思うんだよな」

前触れも前置きもなく、稜生が言った。

「つき合えるかどうかより、好きかどうかのほうが大事じゃないの？」

千咲はすでに、稜生に対して特別な感情を抱いていた。だからこそ、彼の発言に怪訝な顔を見せる。彼が自分を好きじゃないとわかっているからこそ、冷静に受け止めることができた。

「好きよりも、一緒にいたいか、一緒にいられるかのほうが大事だろ」

「私は私を好きじゃないひとと一緒にいたくない。価値観が違うね、残念ながら」

稜生が〝好き〟よりも〝一緒にいる〟ことを優先する気持ちは、二年間の友だちづき合いの中で充分理解していた。

稜生が五歳にも満たない頃、実の母親が他に好きな男性を作って家を出て行ったからだ。稜生の記憶の中の両親は仲がよく、三人で出掛けることも多かったらしい。母親は楽しそうに笑っていたし、父親は母親にやさしかった。父親の両親、稜生にとっての祖父母も父親と母親の関係は良好だと思っていたと言っていた。社内恋愛を経て結ばれた結婚式当日の写真でも、ふたりは幸せそうにしていたという。

だからこそ、三年ものあいだ母親が別の男性とつき合っていたことが、稜生は今も信じられないのだ。だから、恋愛とはそういうものなのだと答えを出して受け入れた。父親が離婚して二年後に再婚したことも原因のひとつだろう。

父親も、祖父母も、実の母親のことを悪く言うようになった。最低の嫁だった、ふしだらで身勝手だ、かわいい子どもを置いて行くなんて普通じゃない、と。

「千咲は俺にやさしくないよな」

ぶすっと子どものように稜生が口を尖らせる。

「やっぱり真面目なひとは損をするようにできてるんだよな」

「自分で真面目って言うところが稜生らしいよね」

そう言ったものの、千咲から見ても稜生は間違いなく真面目だった。どれだけ適当なことを口にしていても、何事にも手を抜くことができないところが彼にはあった。彼に比べたら自分は真面目でもなんでもないと思えるほどだ。

でもそれ以上に。

「稜生は〝真面目〟なんじゃなくて、〝誠実〟だと思うけど」

この言葉のほうが、稜生にはしっくりくる。

稜生は目を見開いてから、たしかに、とうれしそうな顔をした。

稜生との関係はかなり特別なものだと自覚していたが、未だに稜生がどこで喜ぶのかはさっぱりわからない。

彼の心の内に秘められている感情はわかるのに。

たとえば、誰かから好かれることを信じられないとか、誰かが自分を大事に想ってくれていることに確信が持てないとか。だから、彼は他人に対して王子さまのフリをして距離を取る。自分からは決して近づかないように自分を制御している。

それは、母親と父親の離婚だけではなく、母親に置いて行かれたという思いもあるからだろう。母親はその後一度も稜生に会いに来ることなく亡くなり、かわりに借金返済の督促状が届いた。相続放棄の手続きをして事なきを得たらしいけれど。

──俺のことは忘れてたんだろうな。

稜生はそう言って笑いながら千咲に話した。ケラケラと愉快そうな笑い声が痛々しく感じた。彼は家族の話をするとき、いつも泣くように笑う。笑いながら泣く。

「やっぱり千咲は真面目で損をするタイプだな。俺みたいなのに懐《なつ》かれてさ」

「……別にそんなふうには思わないけど」

「千咲は俺が懇願したら折れてくれそうだし。やっぱり損してるな」

「断ってるんだけど」

「千咲も俺と一緒にいたいだろ？　いいじゃん」

「私の返事聞く前に話を進めないでよ」

「好きになって別れたら悲しいから、好きじゃないほうがいいし」

話を聞け。

「稜生が今まで誰とつき合ってもうまくいかないのは、別れることを前提につき合ってるからだよ。別れない関係もあるよ」

千咲の両親もそうだ。ケンカは多いが仲はいいと千咲は思っている。そして、稜生の今の両親も再婚してから今も一緒にいる。稜生もそのことはわかっているようで、千咲の言葉に舌打ちをした。反論できないときの稜生のクセだ。

いつまでも王子さまキャラでしか恋人とつき合えないことも、うまくいかない原因だと稜生も気づいているのだろう。誰にでもやさしいから、彼女はみんな、自分が特別だと思えない。そのせいで、いくら稜生が相手を本気で大事に想っていてもすれ違う。

父親と義理の母親も、同じだ。そして、実の母親も。

「わかっててもできないから、俺は千咲を好きになりたくない」

「なにそれ」

「千咲のことは、忘れられそうにないから。だから、一緒にいたい」

めちゃくちゃなことを言われているような気がした。というか言っている。

枝豆を手にして口の中に放り込み、彼の台詞とともに咀嚼《そしやく》した。

「稜生、私のことめちゃくちゃ好きなんじゃない？」

「愛とか恋とかいう言葉よりも、記憶に残るひとかどうかのほうが、信じられる」

「意味わかんないんだけど」

「今年のバレンタインは期待しとくわ。千咲は彼氏になにをあげるのか気になるな」

こじらせている相手と会話するのはなかなか大変だ。

けれど、彼にとってこれ以上ないほどの愛の告白だなと思った。

バレンタインには、コンビニで買ったチョコレートをあげた。


停留所についてバスを降りると、見慣れているはずの夜の景色が異国のように感じられた。いつもなら目の前にコンビニがあるはずなのに、ここにはない。

稜生は、ひとの多いところが苦手だった。それをおくびにも出さないが、ひとが多ければ多いほど、彼は他人との壁を高く築くクセがある。誰でも受け入れるような笑みを浮かべて、誰の侵入も許さない透明で強固な防弾ガラスで自分を守っていた。

両手に息を吹きかけて、夜空に視線を向ける。

バス停から実家までの道を、稜生と歩いた。車で送ってもらったこともある。別れ際、稜生はいつも置いてけぼりにされたかのように目に悲しみを滲ませていた。けれどいつも笑っていた。

稜生のその顔を見るのが、苦手だった。

曲がり角に着いて足を止める。誰もいない右側を見て、かつての稜生の姿を思い浮かべた。普段は足を止めないこの場所で、彼は立ち止まり千咲の名前を呼んだ。

——俺、転職しようと思う。

地元から離れた場所に行くのだと、彼の表情ですぐにわかった。

——千咲は、俺と離れたくないんじゃない？

——稜生が私と一緒にいたいんでしょ。

——そうだよ。

素直にそう言ってくれたとき、千咲に迷いはなくなった。

あのとき、彼ははじめて千咲を求めた。〝もしも〟のことを常に頭の片隅においていた稜生が、千咲に手を伸ばしてきてくれたことが、うれしかった。

——でも、もしも千咲が結婚を考えているなら……。

だから、その言葉は遮った。自分に気を遣う稜生の顔を見たくなかった。稜生が気に病むくらいなら、結婚なんて形式上の関係はどうでもいい。両親にはもう年も年だし同棲するなら籍くらい入れるように言われたけれど、千咲は首を縦に振らなかった。

そんな千咲に、稜生は「やっぱり千咲は損をする性格だ」と、涙をこらえていたのか歪な笑顔を見せて言った。

今日一日で、何度稜生の姿や声が蘇っただろう。

顔が冷たい、と思ったところで自分が泣いていることに気づく。一滴ぽつんと地面に落ちる感覚がして、自分の体も崩れ落ちる。

「……もう、やだ」

彼がいなくなった悲しさよりも、彼の抱えていた葛藤に対しての切なさが全身を駆け巡り、苦しくて仕方がない。

この土地に刻まれる記憶は、いつも千咲を苦しめる。

やめてほしいと懇願してしまう。

――この街には、もう千咲の好きな彼はいない。

実家で一晩過ごし、朝食も食べずに電車に飛び乗り千咲は町に戻ってきた。さっさとアパートに帰り、布団をかぶって心身を休めたい、のに。

「……なんなのよ、一体」

バスを降りてコンビニに寄ったはいいが、そこから家に帰る道をグレーの猫、サンタに阻まれた。粕谷は品出しをしているらしく顔を合わせずに済んでほっとしていたのに、猫のせいで台無しの気分だ。

コンビニに入るときは駐車場のすみで丸まっていたくせに、なぜ今はぐるぐると千咲の脚に絡みついてくるのか。にゃあにゃあとなにかを訴えるように激しく鳴き、次第にサンタだけではなくハチワレの猫や長毛種の猫までやってきた。どうにか猫を避けて行こうとするものの、シャーッと牙を剝き出しにされる。そのたびに猫が増えていく。今度は茶トラの猫がやってきた。

「っもう！　いい加減にしてよ！」

負けじと怒るが、猫たちにはまったく効果がない。むしろ鳴き声がさっきよりも大きくなった。このやり取りを、かれこれ十分以上続けている。

今日は昨日よりも風が冷たくて、足先が冷えてくる。とりあえずコンビニの中に戻ろうかと考えたけれど、負けた気がして気に入らない。

猫はいやだ。猫なんか大きらいだ。この町から一匹残らず消えてしまえばいいのに。猫が好きだった稜生はもういないのだから、猫がいなくなったって千咲はちっとも困らない。

お菓子とお茶とパスタの入ったコンビニ袋を下げた手に力が入る。

投げつけたい衝動に駆られる。

掌に爪が食い込むほど強く強く握りしめる。そして、

「あれ？　千咲さんなにしてるんですか」

ぐっと腕を引き上げようとしたところで背後から呼びかけられ、びくりと体を震わせると同時に体の力が抜けて、コンビニ袋を地面に落としてしまった。

あ、と声にならない声を発して振り返ると、粕谷が不思議そうに首を傾げて千咲を見ている。そして、ゆっくりと近づいてきて茫然としている千咲のそばで腰を折った。

「どうしたんすか。あ、パスタめちゃくちゃですね」

ひょいっと拾い上げたコンビニ袋の中は、落下の衝撃で蓋が外れてしまったらしく、パスタが散らばっていた。粕谷に見せられて食欲が一気になくなる。

「新しいのと交換しましょうか？」

「いや、いいよ、大丈夫」

首を振って粕谷の手にしている袋を受け取る。

自分はなにをしようとしていたのか。後ろめたくて粕谷の目を見ることができない。

とにかく今すぐこの場を離れなければ。猫は相変わらずにゃあにゃあとうるさいが、粕谷がなんとかしてくれるだろう。

「顔色悪いですけど、大丈夫ですか？」

「なんでもないから、気にしないで。仕事戻っていいよ」

「あ、オレ今から休憩なんで大丈夫です」

タイミングの悪さに舌打ちをしそうになる。

この場からさっさと離れようと、粕谷からも猫からも目をそらして前を向く。と、道路を歩く人影に気づいた。黒い帽子にメガネにマスク姿の青年だ。やや距離があるのではっきり見えるわけではないが、年末からあの姿を千咲は何度も目にした。申し訳なさそうな顔でインターフォンのカメラに映る高良に、何度も心を乱された。

反射的にぐるっと向きをかえて、粕谷の背中にまわる。

「ち、千咲さん？」

「じっとしてて」

粕谷の背中越しにバス停のほうを見る。素性がバレないようにできるだけ顔を隠している高良は、ゆっくりと千咲の住むアパートに向かっていく。重たそうな足取りから、彼が千咲に会いたいわけではないとわかる。

なら、来なきゃいいのに。そこまでして千咲に言いたいこととはなんなのか。千咲になにを望んでいるのか。芸能人とはそんなに時間があるものなのか。

心臓の鼓動が喉まで伝わってきて息苦しくなってくる。

もし、コンビニを出てすぐに部屋に戻っていたら、また耳を塞いでチャイムの音をやり過ごす苦痛を味わうところだった。猫は鬱陶しかったが、今日に限っては猫に助けられたということだ。

高良の姿が見えなくなってからほっと息を吐き出して、未だ足元にいる猫に視線を落とす。さっきまでうるさかったのに、今はぴたりと鳴き止んでいて、くりっとしたキラキラの瞳で千咲を見上げている。

このグレーの猫は、いったいなにを考えているのだろうか。

千咲にはさっぱりわからないけれど、稜生は「猫って結構表情豊かだよ」と言っていた。稜生は昔、猫を飼っていたらしい。中学の頃に亡くなってからは、妹の要望で犬を飼っていた。

稜生は、「犬もいいけど俺はやっぱり猫だな」とこの町の野良猫を見て微笑んでいた。なんとか仲良くなりたいなあと、珍しくデレデレしていた。

あのときの稜生を見た千咲は、しみじみと彼への愛情を感じた。

思い出した今も、同じ気持ちになる。

「なんだったんですか？」

粕谷の声にハッとして、「急に、ごめんね」と謝る。誤魔化さなければと思ったのに、なぜか「会いたくないひとがいて」と正直に口にしてしまった。粕谷は「まあ、そういうひとも、いますよね」とよくわからない様子で、けれど千咲を気遣うようにやさしい返事をくれる。普段にこにこして、適当に過ごしているような雰囲気の粕谷は、実際ものすごく真面目で、素直な男の子だ。

「ストーカーとかじゃないっすよね？」

「それは違うよ」

「そのひと、千咲さんの家に行ったんですか？」

「うん。すぐに帰ると思うけど」

けれど、彼が去る姿を確認するまでは、家に帰りたくない。すぐに諦めてくれればいいが、しばらく千咲の帰宅をドアの前で待つ可能性もある。居留守を使っているとき、彼がいつ立ち去ったのか確認したことがないのでわからない。

悩んでいる千咲に気づいた粕谷は、あ、と目を輝かせ、「オレとお昼一緒に食べません？」と言った。それ食べないでしょ、とコンビニ袋を指さされ、千咲は頷く。でも、どこで食べるというのか。

「オレのオリジナルスペシャルメニューがあるんです！」

えへんと胸を張った粕谷は、ここで待っていてください、と千咲をコンビニ横の隙間道に案内してからコンビニに戻った。

陽《ひ》が入らない細い建物と塀のあいだは、空気が冷たい。けれど、風が通らないからか寒さは幾分マシに思える。千咲と一緒に粕谷のあとをついてきたらしく、サンタが千咲の足元にちょこんと座った。彼が持ってくるご飯を期待しているのだろう。

十分ほど待っていると、

「すんません！　お待たせしました！」

と元気よく粕谷が隙間道に入ってくる。両手にひとつずつカップ蕎麦《そば》を持っていて、コンビニ袋もひっ下げている。

粕谷が現れるだけで日陰の薄暗い空間がぱっと華やいで騒がしくなった。

「はい、粕谷特製天ぷら蕎麦っす！」

持っていたカップ蕎麦のひとつを手渡され、千咲はそれを受け取る。掌にあたたかなぬくもりが広がってきて、ほうっと息を吐き出した。正直、カップ蕎麦が出てくるとは思わず拍子抜けしたけれど。

でもどうして蕎麦なのか。カップ蕎麦にしては重いし、蓋からなにかが飛び出しているのが見える。セットになっているかき揚げだろうか。

粕谷は慣れた手つきで猫にご飯をあげてから千咲の隣に腰を下ろし、いただきますと手を合わせた。つられるように千咲も呟き、蓋を剝がす。

「なにこれ……豪華」

蕎麦には海老《えび》と山菜の天ぷらが添えられていた。

「今日、ちょうどお客さんのおばあちゃんが天ぷらくれたんですよ。今年ははやめにいいセリがめっちゃ取れたらしくって。海老もおまけで。今日、オレお昼は絶対これにしよーって決めてたんですよねー」

山菜の天ぷらはおいしい、と千咲はかつて稜生に力説したことがある。稜生は穏やかな表情で「引っ越し蕎麦は山菜の天ぷら蕎麦がいいな」と言った。時季的に難しいんじゃないかと言うと、じゃあ来年だな、と目を細めた。

稜生は未来のことを話すのがあまり好きではなかった。直近ならともかく、来年以降の話はいつだって曖昧な〝いつか〟とか〝そのうち〟とかいう言葉を使った。

でも、この町に引っ越すことが決まってからの稜生は違った。したいことやりたいことを頻繁に口にして、すべてを楽しみにしていた。

稜生がこの蕎麦を見たら、興奮したことだろう。まるではじめて誰かの手作り料理を食べるように喜んだだろう。

蕎麦を啜《すす》る。海老を囓《かじ》る。山菜を摘まむ。

千咲の口の中に広がるそれらは、今まで食べたことがないほどおいしかった。

体がほこほことあたたかくなって、力がするすると抜けていく。

すべてが溶けて——涙がこぼれた。

「ち、千咲さん？　え、な、なんで？」

粕谷が目を見開いておろおろあたふたする。

「ねえ……前に進むって、なんだと思う？」

「え？　え？　え？」

「ずっと、動けないの。どうしたらいいのか、わからない。前に、進めない。でも、進んでしまうと、失うってわかってるから、進みたくない」

口を開くと、言葉と一緒に涙もぼろぼろとこぼれていく。それでも千咲は蕎麦を啜った。あたたかい湯気に、冷たい涙が混じる。

なにも知らない粕谷になにを言っているのか。そもそも自分はなにを言いたいのか。鼻水も出てきて、千咲はずずっと洟をすすった。戸惑う粕谷を一瞥して、ごめん、と言いかけてやめる。謝ってしまうと、なぜか、彼と距離が近づいてしまう気がする。

涙を掌で拭って、箸と口を動かす。

「よくわかんないんですけど。そのままでいいんじゃないですか？」

「——え」

思いもよらない言葉に、弾かれたように顔を上げて間抜けな声を出す。

「なにがあったのか、なんで千咲さんがそう思ってるのかわかんないですけど、オレが好きになった千咲さんはたぶん、いろいろ抱えてた千咲さんなんで。そのままの千咲さんがオレは、好きです」

胸を張って告白されて、千咲の涙が止まってしまった。

でも、そのままでいい、という言葉をもらったのは、稜生がいなくなってからはじめてかもしれないと思う。もしかしたら似たような言葉をこれまでもかけられたかもしれない。でも、その言葉の先には〝いつか前を向いて〟という願いが込められていた。

千咲も、そうしなければいけないのだと思った。思いきり泣いたこともある。でも、ただ泣き疲れただけだったので、次に髪を切った。これまでの自分を捨てなければいけないような気がして、長かった髪の毛をばっさりと切り落とした。鏡に映る自分がこれまでと姿をかえていたら、なにかがかわるかもしれないと思った。

でも、短くなった髪は結構似合っていて、稜生ならなんて言ったかな、と想像した。その時、不思議なことに、一瞬だけ悲しみが消えた。その分、彼のいない現実に押しつぶされそうなほど苦しくなったけれど。

でもあの一瞬の幸福感を忘れられず、千咲はこの町に住むことにした。

結局なにもかもが中途半端なまま、今に至っている。

でも粕谷は本当に、今の千咲でいいと、言ってくれている。

――そのままでいい。

粕谷に言われた言葉を反芻すると、ふわりと体が軽くなった、気がした。

「もちろん、〝そのまま〟が違う形にかわることもあると思いますけど」

眉を下げて申し訳なさそうにする彼を見て、千咲はじいっと粕谷を見つめていたことにやっと気づいた。はっと我に返り、蕎麦に意識を戻す。

粕谷はやっぱり、やさしい。なにもわからないのに、わからないなりに千咲に寄り添ってくれる。お調子者の口調で、真面目に考え向き合ってくれる。

「粕谷くんは、損をするタイプだよね。私なんかを好きになって、フラれて、でも好きなままで、こうしてわけのわからない弱音につき合わされて」

なんにもならないのに。

粕谷の気持ちに千咲がいつかこたえるわけでもないのに。少なくとも、彼が言った〝そのままの千咲〟でいる限り、そんな日は来ないだろう。

「今、オレラッキーって思ってたんですけど」

きょとんとした顔の粕谷に、千咲は力なく笑った。

「……そっか」

自分は、そんなふうに考えたことがあっただろうか。

ただ、今この瞬間、隣に粕谷がいることに救われたのは間違いない。

粕谷とお昼を食べたあと、千咲は少し悩んでからアパートに向かった。

高良はまだいるだろうか。そう考えると脚がガクガクと震える。それでも、なんとか脚を前に進めていく。そんな千咲を見守るかのように、サンタがちょこちょこと不格好な歩き方で千咲の後ろをついてきた。

なぜこの猫はこんなに自分に絡んでくるのか。歯を食いしばり鼻から息を吐き出す。と、サンタが汚い声で鳴いた。呼ばれたような気がして足を止めると、高良が姿を現した。一時間弱のあいだ、高良はアパートの前で待っていたらしい。

目が合う。そして、彼は目を伏せる。

姿勢のいい彼の体が、ぎゅっと縮まって猫背になった。

「あ、あの」

「っ、な、なにも、言わないでください」

咄嗟に彼の言葉を遮る。あまりに強く唇に歯を立てたからか、口内に鉄の味が広がった。頭を振って彼の視線から逃げるように自分の足先を見る。

大丈夫だ、と自分に言い聞かせる。けれど、じわじわと胸の中にある黒い種が芽吹いて大きくなっていく。瞼をきつく閉じて、彼が立ち去るのをじっと待った。

どうしたって彼を目の前にすれば冷静ではいられない。どうしても、どうしても、最後の稜生を思い出す。

ざり、と地面と靴がこすれる音が聞こえて瞼を開く。高良がゆっくりと、足を引きずるように近づいてくる。腰が引けているのがわかる。けれど、彼は歯を食いしばり千咲のほうをまっすぐに見つめながら目の前にやってくる。

運転手である彼の父親はすでに、罪を受け入れた。千咲に会いに来ないのは、代理人を通して千咲が断ったからだ。なのにどうして高良は会いに来るのか。

これまでずっと、不思議に思っていた。けれど、こうして彼の顔を真正面から見てやっと、自分が高良と話をしたくないと思っているように、高良もなんとしてでも千咲に謝らなければと思っているのだとわかる。

彼の背中に、ずっしりと重たいなにかがのしかかっている。絶対に話をしようという、彼の確固たる決意がうかがえる。

目の前にいるのは、自分よりも十以上も年下の男の子なのに。

かつて自分が彼くらいの年だった頃は、彼のような表情をしたことはなかっただろう。咄嗟に高良から目をそらす。息が上手に吸えない。胸が苦しい。それでも、千咲はなんとか声を絞り出す。

「もう、会いに来ないで、ください」

両手をぎゅっと握りしめて言葉を紡いだ。この調子で言いたいことを言えそうだ、と一瞬思ったのに、その余裕が気を緩ませたのか喉が詰まる。無理矢理声を出そうとすると、かわりに涙腺が緩む。それをこらえるとまた、息苦しさに襲われる。

口を開き、息を吸って、吐く。

両手で顔を覆い、目をつむって涙を呑み込み、喉を開く。

そしてやっとのことで、言葉を続ける。

「私はあなたと、関わりたく、ないんです」

彼が運転していたわけではない。彼の父親が脇見運転をした。その原因が、彼との通話だったからといって、彼に罪があるとは思っていない。

ただ、ただただ、他人でいてほしい。

顔を見ると、あの日の行動をすべてやり直したくなる。あの一瞬の出来事を、どうにか回避できたのではないかとばかり想像してしまう。

そして、憎んでしまう。

あの日のすべてを。自分も、稜生も、運転手も、高良も。

「恨んでいるわけじゃないです。でも、なにも、できないんです」

自分のことで精一杯なのだ。

自分が彼に向き合えば、彼が背負っているものを下ろしてあげられることはわかっている。もしくは、ただの正義感だとか義務感であっても、彼が悪いわけではなく、恨んでもいないのだから手を差し伸べるべきかもしれない。しかも相手はまだ二十歳の男の子だ。

でも、できない。加害者であれ、電話の相手であれ、子どもであれ、誰であれ、理解したり寄り添ったりするだけの余裕が、今の千咲にはない。稜生がいなくなったことを受け入れる以外のことをしたくない。

だからこそ、せめてその想いはちゃんと彼に伝えるべきだろう。彼のためにも、自分のためにも。そう思えるようになったのもたった今で、それだけで精一杯なのだ。

「……でも、僕は」

「やっと、このままでいいかもと、少し、受け入れることができてきたんです。でも、そこに、そんな私の日々に、あなたの父親はもちろん、あなたもいなくていいんです」

彼に会うとどうしても、なぜ稜生が亡くなってしまったのかを考えてしまうから。あのときああしていればこうしていればと、考えても意味のないことに囚《とら》われてしまうから。

ゆっくりと顔を上げると、高良は戸惑った表情で千咲を見つめていた。

「だから、あなたは、忘れていいんです」

「そんなこと……っ、僕のせい、なのに。全部僕が、もしも、僕が」

「いいんです。忘れてください。忘れて、なにも知らない他人になってください」

千咲のきっぱりとした口調に、高良がぐっと言葉を詰まらせる。

彼もどうにか、前に進みたくて足掻《あが》いているのだろう。千咲があの日あのときのすべての行動を後悔しているように、彼もまた後悔を抱えている。加害者じゃないからこそ。

でもやっぱり、千咲は彼のためになにもできない。

僅かに同情しているけれど、だからといって、彼のその苦痛を和らげることは、できない。うわべだけであっても彼の謝罪を受け入れることが、どうしてもできないのだ。

許すことも、許さないことも、できない。だって、千咲の感情はどちらでもないから。

一歩、千咲は足を踏み出す。

「私のこれからに、あなたはいなくていいんです」

目を伏せて、高良の横を通り過ぎる。

「同じように、あなたのこれからには、私も——稜生も、いなくていいんです」

声を震わせないように、一言一句意識して絞り出した。喉の痛みを和らげるように空気を呑み込んで顔を上げる。冬の空が千咲と高良を見下ろしていて、冷たい風が通り抜けていく。

「謝らなくても、私に許されなくても、あなたは生きていけます」

だから、今日を最後にするべきだ。

吐き出す息が白く染まる。なのに、熱を感じる。体も息も、涙も熱い。

稜生はあの瞬間、ただ千咲だけを見つめていた。

あのとき、彼の目にはどんな景色が映っていたのだろうか。

この町に住んでいたら、稜生はどんなふうに過ごしていただろうか。

こじらせていたすべてから切り離されたこの場所で、稜生はたくさん笑ったに違いない。ときおり両親から連絡があって、少し影を落とすかもしれない。でもそれは〝そのままでいい〟彼の姿で、彼もきっと遠くを見つめたあとにはこの町の景色と、猫と、千咲を見て朗らかに微笑むだろう。

そんな日々があったはずだと思うと、今、彼がいないことが悔しくてやるせない。

けれど――千咲の脳裏に浮かぶ稜生は、いつも幸せそうだ。

だから。

「私とあなたが他人であれば、私は、明日あなたがすべて忘れて笑っていたって、なんにも、気になりません。いや、笑っていてくれたほうが、いいかもしれない」

そう言って、千咲は振り返った。背後にいた高良は千咲に体を向けたまま、茫然としている。

コンビニの雑誌で見る彼は、笑っていた。正直に言えば、なにも気にならないなんてことはない。でも、暗い顔をしているよりも、万が一事故の件を理由に芸能界を引退するよりも、以前のようにアイドルとして活躍してくれているほうがいい。

一時期活動休止したあとに戻ってきたのは、彼なりになんらかの覚悟と決意をしたからだろう。それで、いい。それはすごいことだ、と思う。

「あなたは……それで、いいんですか？」

眉を下げた高良が千咲に訊《たず》ねる。不安そうな声だ。

一瞬だけ、ほんの一瞬だけ考えた。そして、するりと自然に言葉が出る。

「私も、彼がいなくても生きていけますから」

そんなつもりはなかったのに、なぜか自分は微笑んでいた。それに気づき、今度は自分の意思で、口の端を引き上げる。たぶん、それはとても歪な笑顔だっただろう。

高良はぐっと唇を噛みしめて、目を閉じてからゆっくりと頭を下げる。そして再び顔を上げたとき、彼は、笑みを浮かべていた。それは、千咲に負けず劣らずの、歪んだものだった。

千咲はそれ以上なにも言わずに再び前を向いて足を踏み出した。

「あんた、忍者なの?」

部屋についてベランダを見た千咲はがっくりと項垂れる。

アパートに入る直前までそばにいたサンタが、いつのまにかベランダにちょこんと座って千咲を見ていた。まっすぐに歩けない足で、よくもまあ毎日ベランダにのぼれるものだと、感心してしまう。

千咲は上着を脱いでベランダの前にしゃがみサンタと目を合わせる。高良と別れたあとぼとぼとと涙を流したせいで、気を抜いたら目を閉じて眠ってしまいそうなほど瞼が重い。

「……ねえ、あんたでしょ」

ガラスで隔たれている猫に話しかける。猫が汚い鳴き声を発したのがわかった。

あの事故の日、そばにいた猫のことはまったく覚えていない。ただ、猫も稜生と同じように事故に遭ったことだけは記憶に残っていた。だから、粕谷にサンタの説明をされたときに、すぐにあのときの猫だと気づいた。

猫はケガだけですんだ。

なのに、稜生は死んだ。

千咲はサンタの目をじっと見つめる。サンタはしばらく千咲を凝視していて、そして、へぶしっとくしゃみをしてから千咲を見て目を細めた。

――あ、あの猫、俺を見て目を細めた。瞬きした。

――猫が瞬きするのは愛情のサインなんだって。

最後の散歩で、稜生が興奮していたのを思い出す。

千咲と猫のあいだは、ガラスで仕切られている。

こんなふうに、自分は高良を最後まで拒絶した。この先もずっと、隔たれたそれぞれの世界で過ごすことを望んだ。

けれど。

千咲はすっくと立ち上がり、洗面所でタオルを濡らした。それを手にしてサンタの前に戻ると、ベランダの窓を開ける。サンタはきょとんとした顔をしてから、恐る恐るといった様子で家の中に入ってくる。手にした濡れタオルで手足と体を簡単に拭いてやると、少しいやそうな顔をしつつも大人しくしていた。

「あんたも、稜生が好きだったんだね」

稜生が愛情深いひとだとサンタには一目でわかったのだろう。なかなか見る目がある猫だ。愛情深すぎて、家族に気を遣いすぎていたひとだから。自分を捨てた母親のことを、いつまでも愛していたひとだから。

サンタを抱きかかえて、汚いだろうことも無視して顔を埋めた。ずっと外にいた猫の毛は冷たい。なのに、あたたかい。

ぬくもりを感じることで、今までどれほど自分がさびしさを抱えていたのかを実感した。さびしさと、与えられる生きているぬくもりに、目頭が熱くなる。

——俺のことは、忘れていいよ。

稜生はずっと、母親に忘れ去られたと思っていた。そして、いつまでも母親のことを忘れられない自分に苦しんでいた。だから、あの言葉は千咲のことを想っての、稜生の遺言のようなものだったのだ。自分だけが覚えていて、自分だけが焦がれる耐えがたい心の渇きを、彼は知っていたから。

でも、もうそんなことはどうでもいい。

「自分もできなかったくせに、ひとに押しつけないでよね」

猫のお腹の中で呟く。口の中に毛が入ってきて咳《せ》き込んでしまい、猫が驚いたように床に飛び降りる。

なにかをかかえて、切り離して、彼への想いを捨てて、前に進まなければと思っていた。でも、そうしたくなかった。だから余計に苦しかった。

でも、千咲は前を向いている。前に進んでいなくとも。そう、自信を持って言える。

彼を好きなままで、思い出を抱きしめたままで。

ごふごふと、止まらない咳に涙目になる。

「忘れるわけ、ないじゃん」

かすれた声は、咳に混じって涙になって、サンタの頭上に落ちた。びくんと体を震わせたサンタは、首を傾げてから毛繕いをしはじめた。

ベランダの窓を開けて受け入れた猫は、千咲を少しだけ、さびしく、けれどあたたかくしてくれるに違いない。

朝起きて、仕事に行き、帰ってきて、眠る。

そして目覚めると、千咲の足元でサンタが丸まって眠っている。それが最近の光景だ。

千咲が動きはじめると、サンタはぐいんと背を伸ばし、キッチンに立つ千咲の足元にきて、相変わらず汚い声でご飯を催促する。

部屋の中に入れたからなのか、サンタはあれから一度もベランダで鳴くことはない。千咲の帰宅に合わせてベランダにやってきて、朝ご飯を食べると外に出て行く。

「まるで私を守ってくれていたみたいだなあ」

高良と会わないように千咲を部屋から追い出したり、コンビニで足止めしたり。口にして、なにをバカバカしいことを考えているのかと苦く笑う。

窓を開けてサンタを見送ってから、空を仰いだ。

山と広々とした空が見える。そういえばこの町に引っ越してきてから、まだ海に行っていないことを思い出した。休日は自転車に乗って出掛けて、おいしそうな海の幸を近場で手に入れられないか探してみるのもいいかもしれない。稜生は、きっと羨ましがるだろう。

――真面目なひとは、損をするんだよ。

今の千咲に、稜生はそう言うんじゃないかと思った。愛を誓ってくれない相手とつき合うことになり、この町に引っ越すことになり、おまけに相手に先立たれてしまった千咲は、稜生には損をしているようにしか見えないだろう。

でも。

「よく考えたら失礼な台詞だよね」

一緒にいた時間すべてを否定しないでほしい。

そばに稜生はいないけれど、ここにいると稜生の笑顔が自然と浮かぶ。千咲の脳裏では、この町やサンタのいる部屋で過ごす楽しそうな稜生がいて、それは実際に彼と過ごした地元での姿よりも楽しそうだ。そんな稜生が、千咲は好きだ。

――だから、私はこの町で暮らす。

虚無感を覚えたり、孤独に震えたり、ときには稜生のことを忘れて、忘れていたことに後ろめたさを感じて、そして、あったかもしれない未来を思い描きながら、進む。前か後ろか、どこにたどり着くのかもわからない。でも、わからないままでいい。今の〝そのまま〟が形をかえることもあるだろう。

この町だから、千咲はひとりで、暮らしていける。

「いい町だな」

引っ越してきてよかったと、千咲は空に向かって伝えた。

エピローグ

海と山の幸を満喫するのは大変だ。

はーあとため息まじりに女性がそう言うのを、クッションの上で丸まっている猫は聞いていた。

「平日は買い物に行けないし、土日は動きたくないし」

ぶつぶつと猫を相手に喋っている女性から視線をそらして、猫は窓の外を見た。

ようやく春がやってきたが、今日はちょっと寒い。いつもなら町中を歩いている季節なのに、今も猫があたたかい部屋でのんびりしているのは、そのせいだ。

猫は大きな欠伸をしてむくりと体を起こし、大きく伸びをする。そばにいる女性も同じように立ち上がってのろのろと身支度を整える。

その様子を、猫は眺める。

部屋の中のテレビから、時間を告げる音楽が聞こえてくる。女性は「今日雨降らないよね」と独り言を呟きながらパタパタとテレビの前に移動してきた。ちょうどそのとき、

「次はエンタメのコーナーです。人気青春マンガの実写映画化が決定し、主演にはアイドルグループの――」

軽快な女性の声に、彼女がぴたりと動きを止める。そして、画面の中で満面に笑みを浮かべているアイドルの青年を見てほっとしたように微笑んだ。そばにいる猫は、女性とテレビを交互に見て、首を傾げる。

「あんたも出掛ける？」

支度を終えて玄関のドアを開けた女性は猫に声をかけた。猫はにゃあとひと鳴きしてさっきまで寛いでいたクッションからのそのそとやってきて女性の足元を通り過ぎる。ドアの外で女性がやってくるのを待ち、そして女性の歩く速度に合わせて猫は同じ方向に歩いて行く。地面に落ちている桜の花びらが心地よい風に吹かれるのを見て、髭《ひげ》をぴくぴくと反応させた。

「あ、おはよーございます、千咲さん！　あ、サンタもいるじゃん」

「……おはよう」

原付がやってきて女性の前で止まる。猫は最近行動のかわった男をじろりと睨《ね》めつけてふいとそっぽを向いた。男は「つめてえなあ」とケラケラ笑う。

「オレ、もうすぐ大型バイクの免許取るつもりなんですよ」

「へえ。頑張って」

「そしたら、千咲さん、オレの後ろに乗ったりしませんか?」

「しないと思う」

話すふたりを放置して猫はスタスタと歩きだした。男のしょんぼりした声が聞こえてきたけれど、振り返らずにいつもの公園に向かう。がっかりしていても男が笑っているのは知っているから、気にしなくてもいいことなのだ。女性も、たぶん、笑っている。

風が吹くと、桜の花びらが降ってきた。地面がますますピンクに染まる。

今日も一日暇そうだな、と猫は大きな欠伸をした。暇で、忙しい一日になることだろう。それがこの町の猫の過ごし方だから。


遠くを見ると、山がある。少し歩くと川があり、もっと歩くと海に出る。

狭いようで広いようで、退屈なようでせわしないこの町には、どこにでも猫がいる。

どこかから、いつもこの町に住んでいるひとたちを見つめていて、どこかで誰も知らない恋情に耳を傾け、いつの間にか暇つぶしという名のお節介で誰かを幸せにしている、かもしれない。


「ただいまあ」

暗くなった空の下、明るく灯った部屋からベランダへ顔を出した女性に、猫はきれいだとは言いがたい声で返事をした。女性は猫の手足と体を拭いて、部屋の中に招き入れる。猫は満足そうにクッションの上で丸まって目を閉じる。そんな猫を、女性はやさしく撫でた。

「バイクねえ……稜生も、免許取りたがってたなあ……」

ぽつんと呟いたその声は、さびしそうで、けれど幸せそうだった。

緑色のガラス玉のような猫の瞳を、女性が覗き込む。

眉間をゆっくりと撫でられて目を細めた猫は、そのままころんと横になった。その隙を狙っていたかのように、女性は猫のお腹に顔を埋める。

「あたたかいね、あんたは」

猫は誇らしげにひと鳴きした。

この町には、誰かに恋するひとたちがいる。

そして、この町には、猫がいる。

それは、この町に住むひとたちに恋をしている猫たち——かもしれない。

解説

吉田伸子

猫って、神さまなのかもしれない。そんなふうに思うことがある。こんなに寝てばかりいて、こんなにマイペースなのに。それでも、時々、一緒に暮らしている猫に話しかけてしまうことがあるのだ。「ね、本当は全部わかってるんでしょ？」と。

その昔、大好きだった祖母を喪《うしな》って、めそめそめそめそしていた時、普段は抱っこが好きじゃないのに、黙って膝の上にいてくれた先代猫。彼はとりわけ神さまっぽかった。

ある時、風邪で寝込んでいたら、おでこにひんやりぐにゅっとしたものが押しつけられた。薄目を開けて横を見ると、なんと、先代猫が枕元で香箱《こうばこ》を組む恰好《かっこう》で、前足の肉球を私のおでこにのせていたのだ。ひ、冷えピタならぬ冷え肉球！　熱でぼおっとした頭でそんなことを思いながら、なぜかすごく安心して、そのまま寝落ちしてしまった。あの時の肉球の感じは、今でも覚えている。

その先代猫は、一年半の闘病生活を経て旅立ってしまったのだが、彼が私に命の終わりを見届けさせてくれたことは、後年、父の介護と看取《みと》りに向き合う、私の心構えの準備の時間だった、と思っている。

今、一緒に暮らしている猫は、二匹とも先代猫ほどの神さまっぽさはないものの、それでも時おり「！」となることがあり、その都度、やっぱり猫って神さまかも、と思う。

本書は、そんな猫たちの「神さま」としての横顔を描いた物語だ。

物語のプロローグに出てくるのは、「山、海、川が揃《そろ》った穏やかな町」に引っ越そうとしているカップル。そのカップルを、この町を選ぶとは「見る目があるな」と見つめる猫。この、陽《ひ》だまりのような優しいプロローグから、どんな物語が始まるのか。

第1章は、主人公と思われる猫＝サンタの独白から始まる。いわく、猫が「お節介を焼くのは、暇だからだ」と。その後に続くのは、コンビニでバイトをしている大学生・粕谷渉の片思いの物語だ。渉は、思い余ってコンビニの常連客である年上の女性（名前さえ知らない）にいきなり「つき合ってくれませんか！」と告白してしまう。件《くだん》の女性から、「いや、無理です」と秒で断られるも、女性への想《おも》いは止《や》まず。渉の片思いの行方は？

第2章も、始まりは猫の独白からだ。この章でメインとなる猫は、サンタの仲間猫・

ハチワレで、古いビルの駐車場を寝ぐらにしているハチワレに、雨の日だけご飯をくれる美海の物語が描かれる。この第2章には、ちょっとした〝仕掛け〟があって、そこだけ切り取るとミステリとしても成立するような驚きがある。

第3章でメインとなる猫は、同じくサンタの仲間猫・ローラ。ただし、ローラは飼い猫であり、物語はローラの飼い主である四十二歳の春樹と、春樹の恋人である二十五歳の進が中心だ。第4章でメインとなる猫は、ローラと同じく飼い猫である花子で、花子の飼い主である七十一歳の志のぶの物語が描かれる。

と、ここまで書いてきて、プロローグに出てきたカップルは？　と思われた方、その疑問には、第5章が答えてくれます。もっとも、その疑問に対する伏線は、第1章から少しずつ張られているので、勘のいい読者なら、途中で気づくかも。詳しくは書きませんが、鍵は、サンタの右足(怪我《けが》をして、不自由になっている)にある、とだけ。この章で描かれる恋がもうね、きゅんですよ、きゅん！

第5章を読むと、本書が実に緻密に構成されていることがわかる。先に、第2章には、ミステリとしても成立する驚きがある、と書いたが、それは本書全体にも言えることだ。第1章からの繋《つな》がりを、この章にきっちりと集約させているのだ。それも、物語全体の雰囲気からはみ出すことなく読ませる。この、作者の櫻いいよさんの手際には、思わず唸《うな》ってしまう。

加えて、各章で描かれている、それぞれの恋や愛の有り様がいい。第1章では大学生男子の片思い、第2章では結婚間近のワーキング女子の愛、第3章では同性カップルの愛、第4章では推しに捧《ささ》げる愛、そして、第5章では運命的な恋、と様々なバリエーションで描かれているのだ。読んでいて、あぁ、この作者は人と人とのかかわりの裏も表もひっくるめて、恋すること、愛することを肯定しているんだな、と思う。そこがいい。そこが素晴らしい。

どの章にもぐっとくる箇所があって読ませるのだが、個人的に、「かわいそう」という言葉の〝刃《やいば》〟にきっちりとフォーカスした、第4章「ねこ町4丁目の公園」が特に良かった。

二年半前、男性アイドル・藤城高良に、画面越しに出会ってしまった志のぶは、以来、文字通り寝ても覚めても高良推し。和室の壁は高良のポスターで埋め尽くされ、彼が掲載されている雑誌の発売日には、書店の開店に合わせて買いに行く。彼が主演の映画の前売り券は、特典と応援のために十五枚も購入し、彼のことを布教するため、近所に住む親しい人を誘う。推し活に追われる志のぶの人生は、今が一番輝いている。

離婚後、志のぶはシングルマザーとして働きに働いて来た。今では娘夫婦と孫と同居し、退職金と年金のおかげで楽隠居の身分ではあるものの、志のぶは、ずっと〝かわいそうな自分〟に囚《とら》われている。十三歳で母を亡くし、二年後に父も亡くし、五人兄妹の長女だった志のぶの頭の中は、常に家族のことでいっぱいだった。「欲しいものを思い浮かべるのを恐れるほど、お金と時間に余裕がなかった」のだ。

実は高良もまた、シングルマザーに育てられた長男で、幼い頃から遊びにも行かず弟妹の世話をしていた。そのことを知った志のぶは、一方的に高良に親近感を抱く。だから、ある不運な出来事に襲われた高良が、活動休止か、とニュースになった時、志のぶは思う。「ほんと、かわいそうに」と。

でも、でも。この「かわいそう」が実は問題なのだ。え？　志のぶが高良をかわいそうだと思う気持ちのどこに問題が？　そう思ったすべての人にこそ、この第4章は必要な物語だと思う。少なくとも私は、この章を書いてくれた作者の櫻さんを、それだけで信じる。そして、そういう櫻さんだからこそ、優しい物語のなかに、実は深いテーマを織り込めたのではないか、とも思う。

志のぶが娘の万里子から向けられたある言葉と、同じ言葉を口にするシーン、もうね、本当に尊いのだ。

章の終盤に出てくる高良の言葉「俺だけ見てろよ」の鮮やかさもいい。志のぶ同様、私も胸を撃ち抜かれました。母親の推し活を、「恥ずかしいからやめてよ」と事あるごとに否定してきた万里子が、志のぶに高良のライブに誘われた時、「仕方ないな」と言うラストには、ちょっと泣きました。

　そして、そして、本書に欠かせないのは、もちろん猫たち。猫の主人公はサンタなのだが、登場するそれぞれの猫たちも「神さま」の顔をチラ見せしていて、それがもう、猫好きにはたまりません。とりわけ、猫たちが集って、あれこれ話をしている場面——年がら年中「発情」しているらしい人間のことを、「にんげんがそんなに大変な生き物だったなんて……」「こりゃあ、放っておけないな」と語り合う——は軽やかなおかしさと、ぬくもりに満ちている。

　他にも、あぁ、そうそう、こういう態度、(猫は)する、する！　と的確に猫好き心をくすぐるポイント多し。可愛《かわい》い、可愛いだけの描写ではないので、猫好きではない読者でも違和感なく読めるはず。

　サンタやハチワレが、「野良猫」ではなく、地域で保護されている猫であることも、猫好きとしては好ましい。そういう細部まで、ちゃんと考慮されて書かれている物語の証《あかし》でもある。そして、それは同時に、その地域の優しさ、寛容さを表すことにもなっていて、作者の心配りが行き届いた物語であることがよくわかる。

　作者の櫻いいよさんは、『君が落とした青空』(通称「きみあお」)でデビューされた方で、同作は二〇二二年、映画版が公開されている。同じく今年(二〇二三年)映画化された『交換ウソ日記』は続編も刊行されていて、コミカライズや児童文庫化もされており、十代の読者からの支持を集めている。十代向けの物語で培ったその実力は、本書でも遺憾なく発揮されている。サンタたちの物語を、そして、サンタたちが暮らす町に住む人々の物語をもっと読みたい、と思ってしまうのは、私だけではないはずだ。

（よしだ・のぶこ　書評家）

本書は、集英社文庫のために書き下ろされた作品です。

本文デザイン／西村弘美
本文イラスト／おとないちあき

集英社文庫　目録（日本文学）

佐川光晴　おれのおばさん
佐川光晴　おれたちの青空
佐川光晴　あたらしい家族
佐川光晴　おれたちの約束
佐川光晴　大きくなる日
佐川光晴　おれたちの故郷
櫻いいよ　猫だけがその恋を知っている（かもしれない）
さくらももこ　ももこのいきもの図鑑
さくらももこ　もものかんづめ
さくらももこ　さるのこしかけ
さくらももこ　たいのおかしら
さくらももこ　まるむし帳
さくらももこ　あのころ
さくらももこ　まる子だった
さくらももこ　ももこの話
さくらももこ　さくら日和
さくらももこ　ももこのよりぬき絵日記①〜④
さくらももこ　ひとりずもう
さくらももこ　おんぶにだっこ
さくらももこ　焼きそばうえだ
さくらももこ　ももこの世界あっちこっちめぐり
さくらももこ　のほほん絵日記
桜井進　夢中になる！江戸の数学
櫻井よしこ　世の中意外に科学的
桜木紫乃　ホテルローヤル
桜木紫乃　裸の華
桜木紫乃　家族じまい
桜沢エリカ　女を磨く大人の恋愛ゼミナール
桜庭一樹　ばらばら死体の夜
桜庭一樹　ファミリーポートレイト
桜庭一樹　じごくゆきっつ
佐々涼子　エンジェルフライト　国際霊柩送還士
佐々木譲　犬どもの栄光
佐々木譲　五稜郭残党伝
佐々木譲　雪よ荒野よ
佐々木譲　総督と呼ばれた男（上）（下）
佐々木譲　冒険者カストロ
佐々木譲　帰らざる荒野
佐々木譲　仮借なき明日
佐々木譲　夜を急ぐ者よ
佐々木譲　回廊封鎖
佐々木譲　抵抗都市
佐藤愛子　淑女失格　私の履歴書
佐藤愛子　憤怒のぬかるみ
佐藤愛子　死ぬための生き方
佐藤愛子　結構なファミリー
佐藤愛子　風の行方（上）（下）
佐藤愛子　こたつの人　自讃ユーモア短篇集一

集英社文庫

猫《ねこ》だけがその恋《こい》を知《し》っている（かもしれない）

2023年8月30日　第1刷　　定価はカバーに表示してあります。

著　者　櫻《さくら》　いいよ

発行者　樋口尚也

発行所　株式会社　集英社

東京都千代田区一ツ橋2-5-10　〒101-8050

電話　【編集部】03-3230-6095

【読者係】03-3230-6080

【販売部】03-3230-6393（書店専用）

印　刷　株式会社広済堂ネクスト

製　本　株式会社広済堂ネクスト

フォーマットデザイン　アリヤマデザインストア　　マークデザイン　居山浩二

本書の一部あるいは全部を無断で複写・複製することは、法律で認められた場合を除き、著作権の侵害となります。また、業者など、読者本人以外による本書のデジタル化は、いかなる場合でも一切認められませんのでご注意下さい。

造本には十分注意しておりますが、印刷・製本など製造上の不備がありましたら、お手数ですが小社「読者係」までご連絡下さい。古書店、フリマアプリ、オークションサイト等で入手されたものは対応いたしかねますのでご了承下さい。

© Eeyo Sakura 2023　Printed in Japan

ISBN978-4-08-744560-2 C0193